Carin Hjulström

FINNS INTE PÅ KARTAN

Månpocket

Denna Månpocket är utgiven enligt överenskommelse med
Bokförlaget Forum, Stockholm

Omslag av Sofia Scheutz

Tryckt hos V-TAB Avesta 2010

ISBN 978-91-7001-783-4

1

Hon såg på långt håll att det var han. Den slängiga, vägvinnande gången, den tydligt självmedvetna hållningen och sättet att gång på gång dra handen genom det långa mörka håret trots att det hela tiden föll tillbaka ner i ögonen. Han hade fortfarande inte sett henne. Frida saktade omedvetet in på stegen.

Vilka det var han diskuterade så intensivt med var svårt att urskilja. En solreflex från butiksfönstren gjorde att den delen av gatan badade i ett ögonbedövande ljus. Hon tyckte sig urskilja två av lärarna och några tredjeårsstudenter som hon inte kunde namnet på. Peter kände ju alla, kunde prata med vem som helst. Skulle hon vinka och söka hans uppmärksamhet? Men tänk om han inte såg henne. Det kunde bli pinsamt. Eller tänk om han såg henne, men ändå inte vinkade tillbaka utan bara skickade en distanserad nick. Det skulle vara ännu värre.

Hennes sida av gatan låg i skugga. I dunklet var hon osynlig. Trots en lätt genant känsla av att tjuvkika kunde hon inte låta bli att stanna till i skydd av den skrovliga tegelväggen. Hon ville bara titta på honom, se hur han rörde sig, hur han fick de andra att skratta, hur han ägde den lokala världen.

En känsla av stolthet och förväntan inför allt de skulle komma att göra tillsammans fick hennes ansikte att forma ett omedvetet leende. Hon kröp längre in mot väggen. I skuggan var hon trygg.

– Frida Fors?!

Frida vände sig om med ett ryck och stirrade rakt in i Janne Ahlséns frågande gråblå ögon.

– Vad gör du?

Medan hon intensivt sökte ett bra svar på frågan noterade hon att skjortan under hans kamelfärgade duffel var felknäppt.

– Jag… iakttar, svarade hon, lättad över att ha hittat något att säga. Jag iakttar verkligheten. Du brukar ju säga att en bra journalist ska göra det.

– Visserligen. Men kanske inte just när det är lektion.

– Jag är väl inte senare än du?

I ögonvrån såg Frida hur Peter och de andra kom fram till skolentrén och försvann in. Janne Ahlsén sprack upp i ett leende.

– Sant. Du är rapp du. Vi får skynda oss båda två.

Någon minut senare höll han upp den glasklädda entrédörren för Frida. Det var ett betonggrått sextiotalshus i fyra våningar. På väggen i den lysrörsbelysta senapsgula hallen satt en stor bronsfärgad skylt med texten: Journalisthögskola. Strax under satt en mindre skylt i vit plast med svart text: Institutionen för journalistik och masskommunikation Göteborg. En pil pekade i riktning mot spiraltrappan. Ljudet av trampande fötter mot våningsplanen ovanför sjöng i metallen. De skildes åt på våning två. Janne Ahlsén gick mot expeditionen, Frida mot föreläsningssalarna.

Hon krängde av sig den svarta ullkappan i farten, stannade hastigt till framför en spegel och rättade till den korta skotskrutiga kjolen, kollade så att den svarta kajalen inte hade sotat för mycket under ögonen och skyndade vidare in i salen. Bänkarna stod utplacerade två och två. Peter satt längst fram intill dörren. Platsen bredvid honom var redan upptagen. Där satt Torkel, skåningen som kunde tjata hål i huvudet på vem som helst. Frida svor tyst för sig själv och gick motvilligt mot en ledig bänk vid fönstret. Peter blinkade diskret när hon gick förbi.

Hon satte sig och sökte helt hastigt hans blick och samförstånd. Han tittade bort. Hon förstod fortfarande inte varför det skulle vara så hemligt. Alla visste ju ändå att de träffades. Hur hade han egentligen gjort för att få henne att självmant gå in i en roll som krävde viss underordning? Hon visste inte. Bara att det hade gjort gottont när han började skrapa hål på hennes tillkämpat hårda och taggiga yta.

Gång på gång hade han försäkrat att inför honom behövde hon inte vara stark, inför honom kunde hon vara precis hur svag som helst. Han skulle aldrig missbruka det förtroendet om hon bara la sitt lilla liv i hans händer och lyssnade på hans råd om hur tillvaron skulle hanteras. Han hade bett henne slappna av, släppa taget och bara våga ta emot. Det var så enkelt och befriande att inte själv behöva brottas med frågor om vad som var rätt och fel utan där han som en förälder, magister, guru och älskare avgjorde vad som var viktigt och riktigt. Det hade känts så skönt att bara falla och falla och tillåta sig att vara liten och våga tro på att han skulle fånga upp och ta emot när stötarna blev hårdare.

Hennes nya oro gällde att den där känslan bara infann sig ibland. Nu när hon hade slutat att lita till sin egen inre röst och bytt ut den mot hans blev det plötsligt tyst när hon måste fatta beslut och han inte var där. Den behagliga känslan av att ha lagt sitt öde i någon annans trygga händer byttes mot en rädsla inför vad som skulle hända när han inte fanns intill och kunde fylla i hennes egen allt tystare vilja. Lika ofta som han hittade vägen in i henne, lika ofta kunde han säga något eller göra något som fick henne att känna att de inte alls var så samstämda som hon trodde. Om han ens var där.

Frida försökte slå undan tankarna och fokusera på nuet. Hon hade just hunnit plocka upp block och pennor när Janne skyndade in, nu med den blekblå skjortan rättknäppt. Det rakade huvudet, de svarta glasögonen och de mullvadsfärgade manchesterjeansen gav honom en avspänd intellektuell look. Han såg bra ut för att vara nästan femtio. Med en duns släppte han ner en tjock bunt tidningar på katedern och gick sedan och slog igen dörren.

– Vi har som ni förstår massor att göra idag. Vi ska titta på tidningsdummyn som ni gjorde förra veckan, nyhetsvärdering, vinklar, utgörande. Kerstin Regnell har tittat på språket och så har jag bett en av fjolårsstudenterna att komma och opponera lite mer generellt.

Torkel böjde sig fram över bänken, viftade med armen och började prata utan att invänta ordet.

– Praktikplatserna då? Vi har ju väntat på besked i två veckor! Jag har fru och tre barn hemma i Helsingborg. Hur ska man kunna planera när man inte får veta nånting?

– Jag vet det, Torkel. Vi beklagar verkligen att det har dragit ut så på tiden, men det har som jag har förklarat flera gånger varit väldigt svårt att få tag på praktikplatser åt alla och därför har vi inte kunnat presentera listan tidigare. Men idag är det dagen D.

– Sista dagen på terminen?! Det är skandal! Det tycker alla. Eller hur? sa Torkel och vände sig indignerat ut mot klassrummet för att få klasskamraternas bifall.

Janne avbröt mumlet som uppstod.

– Tack för upplysningen. Jag är väl bekant med läsårstiderna. Listan kommer efter lunch.

– Får jag Helsingborgs Dagblad? kväkte Torkel på sin nasala skånska.

– Efter lunch, Torkel! Vi har lite annat att gå igenom först, svarade Janne sammanbitet.

Dörren öppnades och in släntrade en ung kvinna i välsittande tunika, smala jeans, höga stövlar och det långa håret snyggt slarvigt uppsatt i en tofs. Janne kastade en snabb blick över axeln och sa med en lätt ironisk ton:

– Så roligt att du kunde komma. Varsågod och sitt, Cilla.

Cilla sökte Frida med blicken och pekade frågande på den tomma bänken bredvid henne. Frida nickade att den var ledig. Cilla sjönk ner på stolen med en generad suck:

– Fan, vad pinsamt.

– Att du kom försent? Det var väl inte så farligt?

– Det måste ju synas på mig varför.

Frida synade Cillas ansikte och såg rodnaden på kinderna och halsen.

– Jag fattar inte?

Cilla log sitt mest skälmska leende och viskade:

– Vad tror du? Tänk. Du är ju smart.

Frida tänkte intensivt och kände plötsligt igen minen.

– Har du … haft sex? Nu? Nyss?

– Det är bara förnamnet. Jag är helt bedövad.

– Du är otrolig. Jag fattar inte hur du får alla att falla.

Viskandet upphörde när Janne Ahlsén slängde till dem två tidningar med en menande blick. Frida och Cilla drog till sig varsin och började bläddra. Förstasidan pryddes av texten ”Västfronten” i stora bokstäver.

Västfronten var Journalisthögskolans ständigt återkommande övningstidning. Alla journaliststudenter skulle under sin studietid producera en alldeles riktig tidning, fast på låtsas, med hjälp av de nyheter som fanns till hands under just den veckan. Eleverna delades in i grupper som reportrar, redigerare och arbetsledare. Varje morgon under produktionsveckan inleddes med ett möte där dagens nyhetsuppslag gicks igenom och sedan skickades reportrarna iväg på olika uppdrag. För att det inte skulle bli orättvist för dem som ”bara” hade ritat tidningssidorna hade reportrarna inga namn under artiklarna. Men så småningom brukade det ändå läcka ut vad var och en hade gjort.

Det var Peter som låg bakom nyheten som täckte förstasidan: Kommunpolitiker smygfilmade på personalfesten, friades i tingsrätten. Nyheten byggde på integritetsutredningens betänkande om att det fanns ett glapp i lagen kring användandet av privata övervakningskameror och Peter hade själv grävt fram ett aktuellt exempel från Halmstad. Visserligen var kommunpolitikern bara fritidspolitiker och personalfesten var på hans civila jobb som lärare, men ändå. Det var en bra egen nyhet. Peter riktigt solade sig i glansen av allas uppmärksamhet där han satt på andra sidan klassrummet. Frida bläddrade fram till "sin" artikel – ett personporträtt på en ung poptjej som startat eget skivbolag för att kunna ge ut sina låtar och nu fått en hit med låten "Please, want me". Den var inget märkvärdigt, det visste hon. Varje dag funderade hon på om hon egentligen var tillräckligt intresserad av de stora frågorna för att någonsin kunna kalla sig journalist.

Dörren öppnades på nytt och Janne Ahlsén välkomnade skolans stilistiklärare Kerstin Regnell och fjolårsstudenten Örjan Berg. Regnell hade en förkärlek för stormönstrade tyger. Ju färggladare, desto bättre. Just idag hade hon fastnat för en klänning i en starkt pistagegrön färg som i kombination med det psykedeliska blommönstret i kornblått, svart och cerise var en riktig explosion för ögat. Klänningen var av hög kvalitet och sydd i form av en lätt utsvängd rock. Knapparna var av metall och märket kunde bara köpas på NK. Med ett par grova, randiga strumpbyxor och svarta skinnstövlar kände hon sig intellektuellt elegant och framför allt mycket yngre än sina sextioett år. Det kortklippta grå håret och de knallblå glasögonen matchade perfekt. Hon ställde ner sin stora skinnportfölj och plockade upp sitt exemplar av övningstidningen fullklottrat med röda noteringar. Hon tittade uppfordrande på Örjan Berg som stod intill henne och utgjorde ett typexempel på uttrycket bjärt kontrast. Hans säckiga, bruna skinnjacka ackompanjerades av ett par urtvättade jeans, rödaktig skäggstubb över koppärrig hud och ett stripigt hår över en kal hjässa, sammanfogat i nacken i en mycket tunn hästsvans.

– Ska du eller jag börja?

Örjan Berg drog ner dragkedjan och kliade sig i skäggstubben med cigarettgula fingrar.

– Jag ska speaka ett inslag på nyheterna om två timmar så jag är gärna först, sa han trött.

– Varsågod. Kör igång, sa Kerstin och slog sig ner på en bänk bredvid Janne Ahlsén.

Örjan Berg bläddrade sakta igenom tidningen medan han hummade igenkännande åt sina anteckningar om de olika artiklarna. Han stannade vid ett reportageuppslag.

– Det är inte så länge sen jag gick här själv, men ni ska veta att det är en helt annan sak när ni kommer ut i verkligheten. Där är det ingen lekstuga.

Han höll upp ett bilduppslag med bilder på ett pojkrum där väggarna var täckta av affischer med nynazistiska symboler.

– Det här är väl ett inköpt reportage, vad jag förstår. Ett starkt material och bra bilder. Det är alltså bara layouten jag kan bedöma. Och vad har ni gjort av den?

Örjan gjorde en överdriven rörelse som visade att han specialstuderade layouten, och höll sedan upp tidningen igen.

– ”Nazze som gillar Nasse”. Ursäkta mig, men hur i helvete tänkte den som satte den rubriken? Och hur tänkte den arbetsledare som släppte igenom den? Den reducerar hela problematiken till nåt slags skämt. Det är tur för er att man inte vet vem som har gjort vad.

Frida såg hur Cilla blev högröd i ansiktet och viskade:

– Är det du?

– Jamen, vad fan, väste Cilla tillbaka. Texten var så tråkig så jag tyckte att man behövde lätta upp den lite. Och man ser på en av bilderna att han har både Nalle Puh och Nasse på sängen.

– Men han är ju nynazist? Det kan man väl inte lätta upp?

Cilla tittade sig diskret omkring för att se hur många av klasskamraterna som mindes vem som ritat just det uppslaget. Bara

Torkel tittade åt hennes håll med ett överlägset leende. Cilla lutade sig fram mot Fridas öra igen.

– Det enda intressanta i hela texten var att killen hade en minikrematorieugn hemma i pojkrummet. Fatta grejen? En minikrematorieugn! Men det fick inte plats i rubriken, och MKU kändes inte som nåt bra rubrikord.

– MKU?

– MKU ... minikrematorieugn förkortat förstås.

– Självklart, fick Frida fram medan hon försökte kväva en galopperande fnissning. MKU hade verkligen varit klockrent.

Örjan gick igenom uppslag efter uppslag med synpunkter och kritik. Han uppehöll sig en lång stund vid Peters artikel som inleddes på första sidan och sedan fortsatte på hela sidan fyra.

– När jag gjorde tidningen hade vi sån tur att den holländske filmaren Theo van Gogh blev mördad. Det blev vår smala lycka. Sån tur har inte ni haft, men det är bra jobbat att ta fram en egen nyhet fast det bara är en dummy. Grejen är aktuell och högst relevant och den har en lokal vinkel vilket är bra med tanke på att tidningen heter Västfronten. Den som har skrivit den här kan nog sälja den till vilken tidning som helst idag.

Peter log nöjt ut mot klassrummet. Bänkgrannarna bakom honom dunkade honom i ryggen. Frida sökte hans blick och nådde den äntligen. Hon log. Han log tillbaka segervisst och knöt näven i triumf.

– Fast, fortsatte Örjan Berg, det jag tycker mest om i den här dummyn är en liten artikel på sidan nio. Det är ingen stark nyhet precis, men texten om den här poptjejen som startat eget är skriven med en fin ton och en väldig närvaro så fast det inte är nåt häpnadsväckande är det just den som stannar kvar efteråt. Lycka till på praktikterminen nu. Tack för mig.

Frida kände hur värmen spred sig i bröstet. Det var helt oväntat. Hennes text var just ingenting särskilt. Hon hade knappt hunnit hämta andan när Kerstin Regnell tog till orda:

– Trots att ni har valt det här yrket verkar det som om många av er är helt ointresserade av att hitta ett fungerande språk. Det förvånar mig. Man behöver inte följa alla regler slaviskt, men man måste skriva begripligt. Att kommunicera och synliggöra är ju vad det här jobbet delvis går ut på. Jag får hålla med Örjan om den lilla texten på sidan nio. Den är kanske inte helt perfekt språkligt sett, men den har ett eget tilltal och den fångar läsaren. Fortsätt på den vägen.

Cilla knuffade uppmuntrande Frida på armen.

– Där ser du. Du kan ju.

– Fast de sa ju att det inte var nån stark nyhet.

– Men kom igen, njut lite nån gång, väste Cilla.

Kerstin fortsatte med detaljkritik på text efter text. Hon konstaterade att artikeln om den smygfilmande kommunpolitikern fungerade väl.

– Den här skribenten har hittat ett typiskt kvällstidningsspråk. Det är korta, enkla meningar, slående formuleringar och en väldigt tydlig vinkel. Mycket drivet. Men det finns ett avgörande problem med den här texten. Nån som har upptäckt det?

Ett mummel spreds över klassrummet. Peter såg plötsligt orolig ut. Kerstin hyssjade.

– Namnet. Herr kommunpolitiker heter inte Blomqvist med qv. Han heter Blomkvist med kv.

Peter log snett och andades ut.

– Whatever, sa han tyst fast så alla skulle höra det.

Spontana skratt utbröt i bänkraderna.

– Det kan verka som en skitsak, men det är viktigt, fortsatte Kerstin. Det handlar om trovärdighet. Den som inte kan stava ett namn rätt ska allvarligt fundera på om han eller hon har valt rätt yrke. Särskilt som det finns en annan Mats Blomqvist i Halmstad och han har inte smygfilmat nån.

Ett nytt skratt utbröt och trots att Peter just hade fått en tillrättavisning var han kung mer än någonsin eftersom det nu stod klart för alla vem som hade skrivit tidningens toppnyhet. Kerstin Regnell avrundade sin genomgång och Janne Ahlsén bröt lektionen för en femton minuters kaffepaus.

Frida försökte se vart Peter tog vägen när alla skyndade sig ut för att komma först till kaffeautomaten. Han stod och pratade med Örjan Berg i ett hörn utanför klassrummet. Då ville hon inte störa. Det var självklart att han ville ha all feedback han kunde få.

Frida ställde sig bakom Torkel i kön till automaten. Han hade haft samma mundering sedan utbildningens allra första dag: blå jeans och jeansjacka, skrynklig skjorta, bruna skor och runda glasögon. Kroppen var smal och senig, det blonda håret stod på ända och hade man inte sett snuset som rann i ena mungipan kunde han ha sett ganska trevlig ut trots att han närmade sig fyrtio.

Ingen tyckte egentligen att automatkaffet var gott, men det var ändå ett välkommet avbrott och en social samlingspunkt. Hade man inget att säga till klasskamraterna kunde man alltid ondgöra sig över kaffet. Med ett tryck på knappen extra mjölk blev det i det närmaste drickbart. Torkel smakade på sitt svarta kaffe och försatt som vanligt inte chansen att gnälla.

– Vilket jäkla rävpiss, sa han och gjorde en grimas.

– Drick inte då. Vad jag vet är det faktiskt frivilligt, svarade Frida.

– Det vete sjutton. Dåligt kaffe hör liksom till yrket. Hur har du sökt till praktiken då?

Frida hade egentligen ingen lust att bli stående med Torkel, men eftersom varken Cilla eller Peter fanns inom synhåll hittade hon ingen anledning att smita.

– Aftonbladet som etta, Expressen som tvåa, sen Dagens Nyheter och Göteborgs-Posten.

– Det är till att sikta högt. Jag visste inte att du hade såna ambitioner.

– Det vet jag inte om jag har heller, men jag är hellre där det händer än där det inte händer, svarade Frida. Du då?

– Jag måste ju hemåt till familjen så jag har bara sökt Skåne. Dubbelt boende fullständigt ruinerar. Det borde man skriva om. Och min fru är keramiker så där kommer det inte in några pengar precis. Helsingborgs Dagblad eller Sydsvenskan är det jag hoppas på. Kvällsposten i värsta fall. Men jag får väl femte alternativet som informatör på Lunds universitet förmodligen. Min vanliga otur, suckade Torkel.

– Jag kommer knappt ihåg vad jag hade som sista alternativ.

– Du får säkert Aftonbladet och Peter typ Expressen, eller tvärtom, och så får ni konkurrera på dagarna och kivas om vem som fick de största rubrikerna på nätterna, skrockade Torkel med en initierad blinkning.

Frida log generat. Huvudet på spiken. Det var precis det hon hade hoppats på. Fast hon var ingen rubrikfixare. Hon hade inte alls samma nyhetsnäsa som Peter, så vem som skulle vinna kampen om rubrikerna var det ingen tvekan om. Men det gjorde henne inget. Hon hade redan en tredjehandstvåa i Vasastan på gång. Något av sina tre första alternativ borde hon väl få. Och eftersom Peter inte hade fixat någonstans att bo skulle han förmodligen fråga om han fick bo med henne. En närmast löjlig lyckokänsla uppfyllde henne när tankarna bläddrade igenom minnena från de fyra senaste månaderna. Peters leende, Peters idéer och roliga skämt, Peters klokhet och engagemang, Peters händer på hennes kropp… Att han inte hade fallit för Cilla istället var egentligen ett mirakel. Hon som var lång, mörk och slank – allt det Frida inte var. Men han hade sagt att det var ”brains” han ville ha, inte bara en snygg kropp. Det var en komplimang som både var bra och dålig. Är man tjugotre år vill man helst ha både och. Frida var femton centimeter kortare än Cilla och vägde minst lika mycket. Förmodligen mer. Men när hon hade tuperat sitt blonda hår så att det stod på ända, målat ögonen svarta och läpparna knallröda kunde hon ändå se helt okej ut. Inte elegant och snygg som Cilla, men ganska charmig och kanske rentav söt. Hon väcktes ur dagdrömmandet av Cilla.

– Värst vad du ser lycklig ut. Det kan väl ändå inte vara kaffet?

Frida kröp upp i fönstret och visade med handen att Cilla skulle sätta sig intill innan hon svarade.

– Jo, enbart. Det var magiskt gott just idag. Prova!

– Är det sant? frågade Cilla förvånat.

– Nej, förstås inte, svarade Frida. Men det var ju inte jag som kom in på lektionen med rodnande kinder. Vad har du haft för dig den här gången? Berätta!

– Det går inte riktigt att förklara. Men jag är toksåld. Jag är så kär så det finns inte.

– Nu igen?

– Sluta! Det här är annorlunda. Den här gången är det mycket mer på riktigt.

– Vem är det då?

– Can't tell you.

– Varför inte?

– Det går bara inte. Du kommer nog att få veta så småningom, men inte nu.

– Hur gammal är han? Hur ser han ut? Hur träffades ni?

Cilla brast ut i skratt.

– Är du journalist, eller? Han ser bra ut, han är äldre än jag, han är smart, etablerad, har det gott ställt. Han är bara rätt.

– Bor han här i stan?

– Stor villa. Havsutsikt.

– Men hur ska du göra med praktikterminen då? Du hade väl bara sökt veckopress i Stockholm och Malmö?

– Jag har ändrat mitt sista val till mitt första och satt det högst upp på listan. Jag kan lova att jag är den enda som har Stadskansliets informationsavdelning i Göteborg på första plats.

– Är du riktigt klok? Det är ju världens nerköp!

– Tvärtom. Det är en förutsättning för mitt nya liv. En genväg helt enkelt, svarade Cilla leende.

Den brokiga skaran av studenter började röra sig in mot salen igen. Just när Frida passerade dörren kände hon en hand bak på låret. Hon vred huvudet åt sidan och mötte Peters blick och leende.

– Allt okej?

Frida tryckte sig mot hans hand och nickade tillbaka. Nu var allt okej. Han fanns där. Han ville ju bara vara diskret. Det var förstås det enda vettiga.

Det slamrades med stolar och Janne Ahlsén fick be församlingen vara tyst flera gånger innan han kunde dra igång terminens sista riktiga lektion. Efter lunch skulle det bara vara utdelning av praktikplatserna och städning av skåpen. På kvällen skulle det vara fest på Bistro Bar för alla på skolan, sedan var det jullov. Janne skrev upp en rubrik och tre meningar på tavlan.

– Hela nästa termin får ni ju klara er själva. Ni kan förstås alltid vända er hit om ni har några frågor eller får problem, men tanken är att ni ska fungera som självständiga journalister ute på era arbetsplatser. Därför ska vi repetera de viktigaste grundreglerna så att de verkligen sitter i ryggmärgen. Kommer ni ihåg den allra första lektionen ni hade för mig här på skolan? Då gick vi igenom det här.

Janne pekade mot textraderna på tavlan. Rubriken var Intervjuns ABC.

– Vi börjar med A: Hur är läget? Det kan låta löjligt enkelt, men det är där man oftast börjar sin intervju. Alltså, vad är grejen just nu och så får man utveckla det. Sen kommer vi till B: Hur var det innan? Här tar ni historik och bakgrund. Det behövs för fördjupningen. Och så vidare till C: Hur blir det sen då? Där kommer framtiden in, till exempel: från och med när räknar ni med att de nya bidragsreglerna börjar gälla? Har ni några frågor på det?

Ann-Louise Andersson, en tystlåten halländska med svår acne och råttfärgad page, räckte upp handen.

– Menar du att man bara behöver ha med sig de tre frågorna ut på intervjun?

Janne kliade sig på flinten och lät det bli en lång paus.

– Vad tror du själv?

Ann-Louise snörpte lite generat på munnen.

– Det kanske är bra om man har förberett lite mer, eller?

– Helt riktigt, Ann-Louise. Ibland hinner man förstås inte om det är riktigt bråttom i ett nyhetsskeende. Och när ni har varit journalister i tjugo år kanske ni inte behöver lägga lika mycket tid på förberedelser. Men nu i början rekommenderar jag verkligen att ni är väl förberedda. Det handlar ju också om respekt mot den ni ska intervjua. Och hur förbereder man sig?

Janne blickade ut över klassrummet.

– Frida?

Plötsligt vändes all uppmärksamhet mot henne. Hon sökte i minnet efter kunskap som hon visste fanns där.

– Man måste självklart ha en aktuell krok att hänga upp sin text på. Sen läser man på så mycket man kan av det som går att hitta på nätet, kollar igenom andra artiklar, kanske statistik, försöker hitta en ny vinkel och formulerar sen ett gäng bra, vassa frågor på temat ABC. Ungefär så?

– Och hur vet du vad som är en bra fråga?

– Den ska vara intressant och relevant för sammanhanget.

– Precis. Och om du inte är påläst kan du inte ställa de mest relevanta och mest utmanande frågorna.

Janne lät informationen sjunka in och vände sig sedan mot Peter.

– Vad är grundregeln för hur du formulerar en fråga, Peter?

Peter lutade sig nonchalant bakåt på stolen och svarade på en utandning.

– Den ska enligt vår kanadensiske guru Sawatsky vara öppen, alltså helst börja med hur, vad eller varför.

– Japp. Det är viktigt att det är öppna frågor så att man inte styr intervjupersonen, fortsatte Janne. Använde du dig av det när du skrev din artikel om kommunpolitikern i Halmstad?

Peter lät luggen falla ner över ögonen och drog hastigt handen genom håret.

– Inte bara kanske. Men ibland måste man ju ställa slutna frågor också så att man verkligen får ett ja eller ett nej.

– Det kan behövas då och då, men grundregeln är alltså öppna frågor. Lägg inte svaret i munnen på intervjupersonen utan låt honom eller henne berätta.

Resten av lektionen ägnades åt snabb repetition av journalistikens etiska regler, begreppet offentlig handling och när man som journalist kan vägra att göra ett jobb med hänvisning till "förnedrande uppdrag". Det senare var ett av Torkels favoritämnen. Innan Janne ens hann ställa någon fråga räckte han upp handen och började prata.

– Försöker de få mig att skriva om nån jävla butik som ska öppna så kommer jag att vägra direkt. Textreklam är förnedrande uppdrag. Om jag tyckte det var okej kunde jag lika gärna jobba på reklambyrå och tjäna grova pengar istället. Ingen styr mig.

– Tack, Torkel. Jag tror de flesta känner till din inställning vid det här laget. Ann-Louise, vad gör du om din arbetsledare nu på praktiken vill skicka ut dig för att skriva om en nyöppnad ... pizzeria?

– Jag har bara sökt veckotidningar, så det är nog inte aktuellt.

– Okej, men om du blir utskickad av Vecko-Revyn för att skriva om sexiga underkläder för barn, för att ta ett exempel?

– Ja ... Då gör jag väl det?

Det blev tyst i klassrummet. Ann-Louise skruvade på sig när det långsamt gick upp för henne att det kanske berodde på att hennes svar inte riktigt var det förväntade.

– Fast jag kanske ser till att ha med andra sorters underkläder i reportaget också, så att det inte blir för ensidigt, fortsatte hon med ett ursäktande tonfall.

– Jaha, som ni märker är det här med vad man upplever som förnedrande uppdrag väldigt olika från fall till fall och från person till person. När det gäller textreklam är det framför allt ni som hamnar på små tidningar som kommer att ha det problemet. Men det kan dyka upp på kvällstidningarna också. Låt säga att de vill att ni ska skriva om en ny metod att operera mot närsynthet. Om det bara är en enda mottagning i Sverige som gör det blir ju hela texten ett otillbörligt gynnande. Det ska vi inte ägna oss åt.

– Men vad gör man om uppdragsgivaren envisas med att jobbet ändå ska göras? frågade Peter.

– Då får man fråga sig själv och sin egen moral om man kan stå för det. I annat fall får man försöka säga nej på ett så trevligt sätt man kan. Det är ju inte så bra att bli osams med sin chef. Undvik det om det går. Nu bryter vi för lunch!

Kön på Systembolaget var lång. Fredag, lunchtid, och veckan före jul var några av förklaringarna. Peter och Torkel hade åtagit sig uppgiften att köpa vin och öl till kvällens fest. Att man fick lov att köpa in egen alkohol för servering i baren var den viktigaste anledningen till att festen skulle hållas just på Bistro Bar. Italiensk buffé, som motvikt till alla julbord, var beställd. Ett coverband, där två killar från parallellklassen ingick, skulle spela efter maten och just livemusiken var förmodligen en av anledningarna till att uppslutningen till årets fest var så stor. Nästan alla skulle gå. De flesta lärarna också. Det var otroligt uppskattat bland eleverna. Att över ett par glas vin få testa sin slagfärdighet och försöka mäta sig med dem som hade klarat att ta sig in i yrket hade en oemotståndlig dragningskraft på de mest karriärsugna studenterna. Att merparten av lärarna inte hade varit aktiva i journalistyrket på flera år eftersom de jobbade på skolan var visserligen en något förringande faktor. Det var en allmän uppfattning bland eleverna att de allra bästa journalisterna rimligen borde vara ute i det ”riktiga” arbetslivet och göra stora avslöjanden i Uppdrag granskning, Aktuellt, Kaliber och Dagens Nyheter istället för att stå i en föreläsningssal på Journalisthögskolan och referera till sina år på Borås Tidning, men i jämförelse med eleverna själva var ju lärarna ändå gudar i någon mening.

Peter och Torkel hade lassat två vagnar fulla med Sofiero starköl, vita Drostdy-Hof-boxar och massor av röda Killawarra och Periquita. Torkel räknade boxarna och vände sig mot Peter med en bekymrad min.

– Räcker detta nu då? Om vinet tar slut blir det ju katastrof.

– Om allt det här går åt kommer minst tio procent av gästerna att hamna på akuten för alkoholförgiftning. Det räcker, svarade Peter.

Kunden före dem i kön började plocka upp sina spritflaskor på rullbandet.

– Fan Peter, förfesten då? Den har vi glömt! Jag kan passa vagnarna här om du hämtar gin och whisky. Vi kan ladda hemma hos mig.

– Jag vet inte... jag ska nog fördrinka med Örjan Berg och hans polare.

– Örjan Berg?

– Ja, vi ska kolla hans reportage när det sänds. Det vill jag inte missa.

– Kan inte jag hänga på då?

– Han har jäkligt trångt, men... jag kanske kan höra med honom.

– Känner ni varann väl, eller?

– Vi fick väldigt bra kontakt på fikarasten och han gillade ju min artikel, så ... det känns som en bra kille att vara polare med.

Frida och Cilla tillbringade lunchrasten på en överbefolkad liten sushibar ett stenkast från skolan. Så fort de hade klämt ner sina sista makirullar skyndade de in på systemet för att köpa vin och cider inför kvällen. Frida hann precis se Peter och Torkel försvinna ut genom dörren när hon själv kom fram till kassan. Cilla kom småspringande och gled in i kön på Fridas plats med en flaska glögg.

– Har du bestämt nåt med Peter före festen, eller? Annars kan du komma hem till mig och dricka glögg.

– Han har inte sagt nåt, så jag vet inte. Men om han inte kommer hem till mig innan så kommer jag till dig. Okej?

– Så du menar att jag ska vara nån sorts reserv? sa Cilla med ett indignerat uttryck.

Frida kunde inte avläsa om hon menade allvar, men valde efter ett ögonblicks eftertänksamhet att skratta åt Cillas hobbydramatik.

– Det blir nog inget med honom, så jag kommer nästan säkert.

– Bra. Då köper jag ett par kilo pepparkakor och dukar fram de fina små glöggkopparna. Sen kan vi bli skitfulla!

Frida nickade mot kassörskan, räckte över två hundralappar och fick växel tillbaka innan hon fortsatte:

– Man har inte riktigt fattat att det är lov. Tänk att vi ska vara borta en hel termin. Från och med nu blir allting helt annorlunda.

– Folk kommer att dra på ikväll, sa Cilla. Sista natten med gänget.

– Hoppas att vi har nåt att fira bara, svarade Frida medan hon plockade ner sina flaskor i den gröna plastkassen.

– Klart vi har. Det är ju nu det börjar.

Rektor Rendefors, en brunlockig, lätt korpulent man klädd i svart kavaj, vit skjorta och jeans, stod vid dörren och hälsade på alla elever när de gick in i den lilla föreläsningssalen på våningsplan fyra. Han var relativt ny i rollen och hade fortfarande ambitionen att ha en personlig relation med alla studenter och att de skulle uppleva honom både som ett stöd och lite av en kompis.

Janne Ahlsén var redan i full gång med att tejpa upp datautskrifter på whiteboardtavlan. Flera av eleverna försökte smita fram och läsa vad som stod på just deras namn men motades bort av Janne som uppmanade alla att sätta sig. Frida och Cilla gled ner på platserna i mitten näst längst fram. Rendefors tog till orda:

– Välkomna. Jag vet att ni är ivriga. Ni ska strax få veta vad ni gör i vår. Först vill jag bara säga att det har varit extremt svårt att få ihop praktikplatserna den här säsongen. En nedlagd gratistidning och nedskärningar inom framför allt Sveriges Radio har gjort att en mängd platser har försvunnit. Och i takt med att de ute på redaktionerna blir färre blir det också färre som har tid att handleda praktikanter och då tvekar arbetsgivaren att tacka ja till att ta emot folk. Så vi har verkligen fått tråckla.

Cilla böjde sig fram mot Frida och viskade:

– Då måste det ju vara en dröm med nån som väljer Stadskansliet i första hand.

Frida hyssjade tillbaka.

– Det är också skälet till att det inte är särskilt många som har fått sina förstaval, fortsatte Rendefors. Men de allra flesta har ändå fått sitt andra, tredje eller fjärde val. Några har fått sitt femte alternativ och nån enstaka har fått nåt som de inte ens hade valt. Men vi har försökt välja rätt plats till rätt person och jag hoppas att de allra flesta ska bli nöjda. Och kom ihåg att det är på de små arbetsplatserna som ni kanske lär er allra mest för där får ni göra precis allting. Okej Janne, ska du köra igång?

– Jag ska dra listan med platserna för er. Här på tavlan kan ni sen läsa vilken kontaktperson ni har och hur ni får tag i honom eller henne och i vissa fall också vilket datum ni förväntas börja. Det är ert ansvar att ringa upp och bestämma träff och göra upp om detaljerna. Ann-Louise Andersson, du har fått tjejtidningen Solo, ditt andraval.

Ann-Louise undslapp sig ett litet jubel och mottog klasskamraternas gratulationer. Frida undrade hur Ann-Louise som var så uppenbart otrendig och töntig skulle passa in på en hipp tjejtidning, men det skulle hon gudskelov inte behöva bry sig om. Janne fortsatte:

– Torkel Angervall, du ska vara på den lokala nyhetsredaktionen på Radio Malmöhus. Det var ditt fjärde val, men det måste du vara nöjd med. Radioplatserna är ju inte många och svåra att få. Dessutom brukar man ha goda chanser att få sommarvikariat.

Torkel nickade nöjt mot Janne Ahlsén som fortsatte att gå igenom listan och dela ut platser på Sundsvalls Tidning, Hallands Nyheter, TV4 Gävle och finska redaktionen på radion i Stockholm med varierande respons som följd.

– Då har vi kommit till Cilla Davidsson. Var har vi dig? Janne sökte över studenterna med blicken. Ditt förstaval var ju lite ovanligt. Stadskansliets informationsavdelning i Göteborg blir din arbetsplats under våren.

Cilla nickade neutralt och såg varken glad eller ledsen ut. Frida böjde sig fram och frågade:

– Är du inte nöjd? Det var väl det du ville ha?

– Ja, det är klart, väste Cilla tillbaka. Men jag kan ju inte se ut som om jag är nöjd med en plats som informatör. Då verkar jag ju helt pucko.

– Jag begriper mig inte på dig, suckade Frida.

Janne bytte lista och tittade på nytt ut över klassrummet.

– Peter Engström. Du hade valt Expressen i första och Aftonbladet i andra hand ... det blev Aftonbladet. Grattis.

Peter flög upp från stolen med ett "yes" och sprang i någon sorts glädjeyra fram och skakade hand med både Rendefors och Janne Ahlsén, som skrattade åt den oväntade känsloyttringen. Peter fick uppmuntrande tillrop och ryggdunkningar från klasskamraterna intill.

– Det är ju roligt att man kan göra nån glad, sa Janne och påkallade lugn i den uppspelta klassen. Då har vi kommit fram till Frida Fors. När det gäller dig har vi inte riktigt kunnat tillmötesgå dina önskemål på samma sätt. Vi har jobbat länge på att du i alla fall skulle få ditt femte val, Telias personaltidning, men vi har inte lyckats med det, de hoppade av i sista stund. Men det här kommer att bli jättebra. Tro mig.

Frida kände hur hon blev alldeles kall. En overklighetskänsla spred sig i kroppen.

– Du ska vara på Smålandsbladets lokalredaktion i ...

Janne bläddrade i sina papper. Det blev märkbart tyst i klassrummet.

– Det är en liten, liten ort som heter så mycket som ...

Janne letade frenetiskt bland högarna på skrivbordet och vände till sist på pärmen och skakade ut en lapp ur plastfickan längst bak.

– Här har vi det ... Bruseryd. Huvudredaktionen ligger i Eksjö, men du ska alltså producera en lokal sida för Bruseryd och däromkring. Om jag inte missminner mig har du nån koppling till trakterna där?

Frida höll andan. Luften kom varken ut eller in. Det började krypa på baksidan av låren. Långtbortihelvetes jävla skithåla! Hur kunde de sätta henne där? Hon hade inte sökt dit! Alla andra fick ju det de ville? Hon kände hur gråten började stocka sig i halsen. Nej, inte gråta, inte gråta, tänkte hon. Det måste gå att få dem att ändra sig. Man måste väl kunna överklaga? Inget i världen kunde få henne att åka. Hon kunde ta vilken informationsplats som helst men att sitta ett halvår in the middle of nowhere – aldrig!

– Hur är det? viskade Cilla. Du ser helt blek ut.

– Jag ska överklaga. Jag tänker inte acceptera det. Jag ska prata med dem direkt efteråt.

Resten av lektionen passerade som i ett töcken. Frida satt bara och funderade på hur hon skulle lägga fram sitt överklagande till Ahlsén och Rendefors så fort timmen var slut. Att se Peter sitta där och se extremt nöjd ut gjorde extra ont. Fattade han inte hur jobbigt det här var för henne? Kunde han inte visa lite engagemang och medkänsla nu när hon verkligen behövde det?

Ett intensivt surr utbröt i klassrummet när den sista platsen var utdelad. Studenterna skyndade fram till whiteboardtavlan för att se vilken extra information som fanns om just deras praktikplats och vad som behövde antecknas. Janne Ahlsén och Rendefors överöstes med frågor.

Frida var den enda som satt kvar i sin bänk. När alla elever hade gått reste hon sig nästan som bedövad och gick fram till Ahlsén.

– Jag tar inte den platsen. Ni får ordna nåt annat.

– Frida, jag fattar att du är besviken för att du inte har fått det du hade valt, men jag lovar att det är en bra plats.

Janne plockade fram ett ark med kontaktuppgifter, vek ihop det och sköt fram det till Frida. Hon tittade på det som om det vore pestsmittat.

– Det spelar ingen roll om den är bra. Jag gör det inte.

– Det finns tyvärr inget annat att välja på. Vi har försökt, tro mig. Det är ett under att vi fick ihop platser överhuvudtaget.

– Men alla andra fick ju sina val! Varför kan inte jag få åtminstone ett av min fem val när de andra fick sitt första eller andra val? Varför kunde inte nån annan ha tagit den här platsen? Varför just jag?

– Därför att du har förmågan att göra mycket av lite, det var ju precis det Örjan Berg och Kerstin Regnell sa idag, och det är precis vad som behövs här. Du kommer att lära dig mer på den här platsen än vad många av dina klasskamrater kommer att göra på sin praktik. Så ur min synvinkel är det här precis vad du behöver för att utvecklas som journalist.

– Jag gör det inte.

Det blev tyst en stund innan Janne harklade sig och fortsatte:

– Det är så här arbetsmarknaden ser ut. Det ska man veta när man väljer det här yrket. Alla kan inte bli stjärnreportrar på Dagens Nyheter och Aftonbladet.

– Varför fick Peter Aftonbladet då?

– Oss emellan, därför att han hade legat på deras chefer om att välja just honom. Och kontakter funkar i den här branschen. Det är surt, men det är bara att lära sig spelets regler.

Var det så Peter hade gjort? Varför hade han inte sagt något om det? Så mycket som de hade pratat om chanserna att få de platser de drömde om. Varför hade han inte pushat henne att göra likadant? Eller borde hon ha fattat det alldeles av sig själv?

– Om jag hittar nån som vill byta plats då? försökte Frida.

– Visst, hittar du nån som är beredd att ställa sin plats till förfogande och ta din istället så är det väl okej. Men då måste det clearas med arbetsgivaren också. Att Smålandsbladet överhuvudtaget sa ja till att ta emot dig var för att de kände igen ditt efternamn, och visste att din släkt kommer från trakterna där. Så risken är ju att platsen dras in helt och hållet och då sitter vi trångt till.

– Men jag vill inte, suckade Frida ynkligt.

Janne sänkte rösten och la förtroligt handen på hennes arm.

– Se det så här, jag vet att du hänger ihop med Peter. Han kommer att vara i Stockholm. Du jobbar i Bruseryd i veckorna och pendlar till honom på helgerna. Det är ju inte ens ett halvår. Se det som att du får det bästa av två världar. Du överlever.

När Frida kom ut från föreläsningssalen var alla redan borta. Hon hade två sms i inkorgen. Det första var från Peter: ”Hey baby. Kunde inte vänta. Du lyckades byta va? Ska till Örjan på förfest. See you tonight. Puss.”

Han hörde i alla fall av sig. Fast hon hade ju önskat att han stod utanför med öppna armar och tröstade. Eller så tyckte han att det inte var så farligt. På ett sätt kanske det var tur att hon inte hade hunnit visa hur besviken och ledsen hon blev över platsen. Nu verkade hon fortfarande stark. Fast hon inte var det.

Sms nummer två var från Cilla. Tack gode gud för Cilla. ”Jag lider med dig! En riktig glöggfylla är vad du behöver. Kom till mig vid femtiden. Kram C.” Klockan var redan halv tre, så om hon skulle hinna hem till lägenheten på andra sidan stan, göra sig i ordning, och sedan till Cilla, var det bara att plocka ihop böcker, pärmar och arbetsprover ur skåpet och skynda sig till spårvagnen.

Vagnen ringlade långsamt genom stan. Det hade börjat mörkna. Innerstan var full med folk trots att det var vardag. Brunnsparken lyste av juldekorationer i rött och blått. Göteborg hade blivit en ”julstad” utan att någon riktigt begrep hur det hade gått till. Trötta julklappsjägare klev på och sökte desperat efter sittplatser. De flesta fick stå. Frida hittade en plats längst bak.

Det gick outsägligt långsamt. Hastigheten för en genomsnittlig spårvagn, genom Göteborgs centrum, sägs ligga på elva kilometer i timmen. Har man bråttom kan den låga farten vara mycket provocerande. Frida ville bara hem. Hem och få lipa åt sitt eget lilla i-landsproblem utan att någon såg. På väg österut passerades Centralstationen, Stampen, Olskroken och Redbergsplatsen. Först i backen upp mot Härlanda fängelse blev det lite mer fart på ekipaget. Frida tryckte på stoppknappen och gick av. Hon korsade den trafikerade Härlandavägen och började streta uppför Sofiagatan i mörkret.

Strömmensberg var ett typiskt fyrtiotalsområde. En kal, vindpinad kulle bebyggd med ljusgula, putsade hus i fyra, fem och sex våningar. Mellan husen fanns öppna gräsytor, några enstaka buskar, bänkar och mattställningar som ingen använde. Förr hade här funnits både livsmedelsbutik med charkavdelning, handarbetsaffär, skomakeri och café. Nu fanns här bara en begravningsbyrå. Det blåste. Det gjorde det nästan alltid. Här fanns inga träddungar eller naturliga vindskydd, bara öppna ytor, höga, bleka hus och vindpinade pensionärer. Och så hon.

Fridas lilla etta låg på Storhöjdsgatan, allra längst in på återvändsgatan och högst upp. Hon tänkte ta trapporna upp till fjärde våningen, men den tunga väskan med böckerna fick henne att kapitulera inför hissen. Visserligen norra Europas långsammaste hiss, men då slapp hon i alla fall bära.

Lägenheten var kolsvart och en svag lukt av soppåse slog emot henne. Hon tände taklampan i hallen, plockade åt sig posten som låg i en hög innanför dörren och kastade sig på sängen. Hon tyckte oändligt synd om sig själv. När spänningen släppte kom tårarna. Samtidigt skämdes hon lite över att hon gjorde en så stor sak av något som ju faktiskt inte var en ”riktig” katastrof. Men det var orättvist. Det var det som sved. Peter fick det han ville. Cilla fick som hon ville. Till och med Torkel och Ann-Louise fick i stort sett det de hade önskat. Varför just hon? Varför skulle Frida Fors hamna i den dödaste av alla hålor i hela södra Sverige? Och hur i helvete skulle hon kunna göra ”ett bra jobb”, som Janne sa, på en ort där det aldrig hände någonting? Det enda hon skulle lära sig var att rulla tummarna och ha tråkigt. Eller slita halvt ihjäl sig på symöten och vägföreningsträffar utan att få något för det, medan Peter skulle glassa runt i Stockholm, gå på premiärfester, skriva om det som verkligen hände och göra sig ett namn i branschen.

Det plingade till i mobilen. Sms från mamma. Det enda som

stod var: ”Ring nån gång.” Frida ville inte. Hon ville verkligen inte.

Mona Fors var syokonsulent på en gymnasieskola i Partille. Ända sedan skilsmässan för sju år sedan hade hon befunnit sig i en mer eller mindre konstant depression. Hon hade alla förutsättningar att vara en mycket attraktiv kvinna i femtiofemårsåldern. Hon var högutbildad, socialt begåvad, hade ett bra jobb, bodde bra, såg fräsch ut för sin ålder och hade två fina barn, men istället för att se till allt som var positivt hade hon valt att ta fasta på det hon inte hade: Fridas pappa. Ett liv utan Carsten var i hennes ögon ett meningslöst liv, ett liv som bara kunde framlevas i bitterhet och saknad. Att vid fyrtioåtta års ålder bli lämnad och se sig ersatt av en femton år yngre kvinna var mer än Monas psyke klarade av. Efter att ha tillbringat de första två åren efter separationen med rullgardinerna nerdragna, återkommande sjukskrivningsperioder och upprepade, om än inte seriösa men ändå otäcka, självmordsförsök, hade omgivningen hoppats att hon skulle börja repa sig. Men när nyheten om Carstens och Ninnes bröllop i Masthuggskyrkan kom till Monas kännedom gick hon raka vägen ut till bilen, tog landsvägen mot Gråbo där hon valde ut ett ensamt träd som stod tillräckligt nära körbanan, stannade vid vägkanten, klev ur och tog fram den medhavda motoroljan ur bakluckan, gick hundra meter framåt, hällde ut en lagom stor pöl i hjulspåren, och gick sedan tillbaka till bilen. Med en fart av trettio kilometer i timmen körde hon rakt igenom oljepölen och styrde sedan målmedvetet in i stammen. När hon hämtat sig efter smällen ringde hon 112, förklarade att hon kört av vägen efter att ha fått sladd i oljespill, och beställde ambulans. Två veckor på Sahlgrenska sjukhuset gjorde varken till eller från för Monas olycka. Inte kom Carsten på besök. Och bröllopet stod fast. Det enda som hände var att doktor Antonsson, som fick Mona på sin lott, valde att öka dosen antidepressiva medel och dessutom höjde mängden smärtstillande för whiplashskadan och Sobril för nerverna. När Mona ett år senare fick veta att Carsten och Ninne väntade barn tog hon sin reparerade röda Honda till Carstens kontor på Övre Husargatan, väntade utanför när han slutade jobbet, och gick fram och spottade honom rakt i ansiktet. Gudskelov iddes hon inte göra om tilltaget när barn nummer två var på väg tre år senare. Men när Carsten i samband med sin senaste bokrelease förklarade att han skulle uppfylla sina drömmar och flytta med familjen till en gammal gård på Mallorca förvandlades, i Monas ögon, hela södra Europa till en pestsmittad zon dit bara förrädare åkte.

Monas och Fridas relation var allt annat än okomplicerad. Fast Frida inte ville ringa gjorde hon det ändå. Efter åtta signaler hade fortfarande ingen svarat. Frida skulle precis lägga på när hon hörde sin mamma svara med en suck i andra änden.

– Det är Frida. Du hade ringt?

– Ja, du ringer ju aldrig.

– Nu gör jag det. Var det nåt särskilt? Jag har lite bråttom.

– Jaha, men om du har så mycket viktigt för dig ska jag väl inte störa.

Frida tog ett djupt andetag och räknade till tio.

– Det är terminsavslutning ikväll och jag måste duscha och göra mig klar på mindre än en timme.

– Jag ville bara säga att du verkligen måste ta dig tid och hjälpa till att planera inför julen. Jag klarar inte att ordna allting som förr i världen. Inga julklappar har jag köpt, ingen julmat. Som om nu det spelade nån roll för det är väl ändå ingen som kommer hit.

– Gör ingen grej av det nu. Det är ju bara du och jag och Richard.

Richard var Fridas tre år yngre lillebror, som nu pluggade juridik i Boston. Han skulle komma hem över jul men brukade ha för vana att smita undan alla familjeplikter med hänvisning till att han måste hålla igång sina kamratkontakter när han väl var hemma. På något sätt hade han lättare att låta Monas bittra eländeslitania bara rinna av. Det var som om han inte riktigt hörde vad hon sa. Kanske det enda sättet att hantera en förälder som inte ville förändras och få ett bättre liv.

– Det är lätt att säga att man inte ska göra nån grej av det, du som står mitt i karriären och har allt roligt framför dig.

Frida svalde hårt. Hon hade lust att säga att det inte var särskilt roligt att ha en morsa som bara ältade sitt eget liv och sin egen olycka.

– Jag har inte så mycket att fira, sa Frida. Vi fick våra praktikplatser idag.

– Jaså? Aftonbladet och Expressen måste väl slåss om dig?

– Tyvärr inte.

– Det var märkligt. Du måste ju vara bäst i klassen med din begåvning? Varför ville de inte ha dig?

– Säg det. Det var väl nåt jag hade gjort, eller inte gjort.

– Men TV då, eller radio? Fick du inte det i alla fall?

– Jag fick den i särklass sämsta platsen och ska sitta och ruttna på Smålandsbladet hela våren.

– Smålandsbladet? I Eksjö?

– Inte ens i Eksjö. Utanför.

– Jaha. Men du är ju så ung. Ett halvår går fort.

– Jättefort, sa Frida trött.

– Men det kanske inte är så dumt ändå. Då kan du ju rusta upp torpet på helgerna. Där finns massor att göra. Det måste vara sju, åtta år sen nån var där.

– Tack, det var precis vad jag ville höra. Jag måste duscha nu. Vi hörs.

– Ring imorgon då. Du ringer ju aldrig! hördes Mona ropa när Frida klickade bort samtalet.

Hon reste sig hastigt och högen av post som hon haft i knät föll ut på golvet. Det var reklamblad, en hyresavi och ett vykort från Mallorca föreställande en åsna med en rolig hatt.

”Kära Frida! Tänk vad tiden går fort. Nu har vi redan bott härnere ett halvår. Renoveringen går bra, men långsamt. Vi har bara två rum som går att bo i, så jag kan tyvärr inte bjuda ner dig över jul. Det är helt enkelt för trångt. Men det kommer att bli så fint när det blir klart. Ina och Mimmi växer så det knakar. Jag har äntligen kommit igång med nästa kokbok. Tror den ska heta 'Solmat'. Vad säger släktens journalist om det? Ringer på julafton. Kram pappa. PS. Ninne hälsar.” Frida fick en klump i magen och kände gråten stiga upp ur bröstet. Tryck ner igen, tänkte hon, tryck bara ner.

Frida tuperade det nytvättade halvlånga blonda håret så att det blev högt på hjässan. Hon plattade luggen med plattång och putsade topparna med silikondroppar. Hon la en ljust beige skugga över hela ögonlocket och fyllde sedan på med rikligt med mörkbrun färg i globlinjen innan hon la en tydlig svart eyeliner längs med den övre ögonfransen och en tunn, mjukare linje i ögats undre kant. Sedan dubbla lager mascara, mycket puder och rikligt med rouge. Hon tog på sig en kort svartvitrutig kjol, svarta, blanka leggings, en enkel urringad topp och en silverfärgad insvängd jeansjacka. Ringarna hon alltid brukade ha i öronen fick hänga kvar. Hon målade omsorgsfullt läpparna mörkröda och provade att le stort mot spegeln. Det såg inte äkta ut. Fördelningen av platser malde i huvudet. Det måste finnas någon som skulle kunna tänka sig att byta praktikplats. Hon hade ju faktiskt chansen att fråga runt under kvällen. Frida provade att hitta ett säljande resonemang: ”Du kommer att lära dig jättemycket. Du blir bra på att ta egna initiativ. Du kommer ifrån storstan och kan verkligen fokusera på den grundläggande journalistiken…” Hon hörde själv hur ihåligt och falskt det lät. Vem skulle gå på det? Ingen. Hon tänkte på Cillas ordspråk ”ät skit med god aptit”. Var det det här som var att bli vuxen? Att tvingas göra saker man inte ville? Men varför fick de andra slippa i så fall? Hon svor högt mot spegeln just när mobilen plingade till. Det var från Cilla: ”Glöggen står på värmning. Sluta deppa och kom!” Frida slängde ner sminknecessären i väskan, tog på sig de höga stövlarna, den insvängda yllekappan, den röda sjalen och de leopardkantade handskarna. Hon öppnade underskåpet med sophinken, knöt ihop den stinkande påsen, släckte lampan i hallen, gick ut och låste dörren. När hon hörde soppåsen nå botten i sopnedkastet dök uttrycket upp igen: ät skit med god aptit. Hon skyndade mot spårvagnen.

Cilla bodde högst upp på Viktoriagatan 33. Det var ett vackert gammalt jugendhus, utan hiss, mitt i Vasastan. Lägenheten var visserligen minimal, bara 28 kvadratmeter, men hade en fantastisk balkong med utsikt över Grönsakstorget, fungerande kakelugn, högt till tak och vacker stuckatur. Cilla hade fått lägenheten av sina föräldrar. Hennes pappa, Klas, var pensionerad direktör och ägare till ett stort speditionsföretag, mamma Anita hade arbetat som mannekäng i sin ungdom, men de senaste trettio åren ägnat sin tid åt hemmet och olika typer av välgörenhetsevenemang. Cillas storsyster arbetade sedan flera år tillbaka som affärsjurist i Stockholm och tycktes ha valt bort familjeliv för en framgångsrik karriär. Storebror var auktoriserad revisor och enligt Cilla världens i särklass tråkigaste trettiofemåring. Det tyckte dock inte Klas och Anita som var stolta till bristningsgränsen över den välartade sonen, som redan var gift med revisionsbyråns biträdande ekonomichef och hade första barnet på väg. Cilla var bara tjugofem men hade redan hunnit göra sina föräldrar besvikna genom att plugga filmvetenskap och psykologi utan framgång, jobba som skidlärare i Chamonix och komma hem med benet i gips, knäcka extra som servitris och gogodansös på Ibiza, sälja smycken på bryggan i Smögen och fuska lite som modell för Ellos. Ingenting som imponerade på Klas och Anitas vänner i fashionabla Askim. Journalist var visserligen inget yrke att skryta med, men ändå bättre än inget. Föräldrarna hoppades att Cilla skulle lyckas ta sig igenom utbildningen så att hon åtminstone hade någonting att stå på.

Doften av glögg slog emot Frida när Cilla öppnade dörren och bjöd henne att stiga in. Hon hade det långa mörka håret uppsatt i en enkel knut. Med sina rena drag, bruna ögon och närmast dockartat markerade läppar behövde Cilla nästan inget smink. Hon var vacker hur hon än gjorde. En tunn leopardmönstrad blus och ett par smala svarta jeans fick henne att se oemotståndligt elegant ut. Hur det nu gick till. Cilla gav henne en kram och en temugg full med glögg.

– Drick! Det är det enda som hjälper, sa Cilla och satte sig vid det lilla slagbordet vid fönstret där nötter och pepparkakor stod uppdukade.

Frida tog ett djupt andetag och drog i sig halva muggen i ett enda svep.

Det var stimmigt och varmt i den dunkla restauranglokalen. Ur högtalarna strömmade jullåtar på rad: "Feliz Navidad", "Do they know it's Christmas?" och Triads gamla "Tänd ett ljus". Festen var i full gång och de flesta var inne på andra varvet på den italienska buffén. Snart skulle personalen duka fram kaffet, cognacen och de små portionsskålarna med chokladmousse, sedan skulle bandet köra igång. Ingen hade tagit någon som helst notis om affischen med bordsplacering som satt upptejpad på väggen intill krogens garderob. Sista kvällen på terminen ville alla uppenbarligen bestämma själva hur de skulle sitta. Peter, Torkel och Örjan Berg var intensivt upptagna av en diskussion om nyhetsvärdering. Frida och Cilla hade hamnat vid Janne Ahlsén och några av eleverna från parallellklassen, bland andra en tjej som hette Enya som gärna ville framföra Timbuktus "Alla vill till himlen", a capella, efter maten. Frida och Cilla hade utbytt menande leenden och blickar. Enya var verkligen inte riktigt klok. På förra festen körde hon Povel Ramels "Jag diggar dig" inte bara en gång, utan två. Klasskamraterna visste inte om de skulle skratta eller gråta, men Enya tog alla känsloyttringar som en intäkt för att initiativet var uppskattat. Förmodligen en ytterst användbar egenskap i ett tufft yrke.

Janne fortsatte att prata om alla fördelar med att praktisera på landsortstidning. Han hade själv jobbat på Hallands Nyheter som ung och ju mer berusad han blev, desto fler stories kunde han plötsligt påminna sig. Cilla lyssnade och log, och tog djupa klunkar av vinet. När hon bad Janne berätta sin paradhistoria om Tjernobylolyckan 1986, gav Frida upp och gick till baren. Hon hade redan hört allt om hur han tvingades stoppa pressarna sedan det blivit känt att rekordhöga halter av radioaktivt nedfall hade spårats i grödor från åkerarealer norr om Halmstad.

Hon beställde ännu ett glas rödvin trots att hon tydligt kände att hon inte borde dricka mer. Medan hon väntade på att bartendern hämtade rena glas såg hon hur Torkel reste sig från platsen mittemot Peter. Så fort hon hade fått sitt glas skulle hon gå dit och sätta sig. De hade suttit isär hela kvällen så nu kunde väl inte Peter tycka att hon var påflugen. Hon hatade att känna den här oron över att visa för mycket, vilja för mycket. Eller tänkte han kanske likadant? Men varför satt han där borta i så fall? Hon tyckte inte om de här tankarna. Det enda som hon säkert visste funkade var att spela cool. Cool och likgiltig.

Torkel gled upp bredvid henne i baren med rödvinsröda tänder. Alkoholens avslappnande effekt gav hans ansikte ett nytt uttryck. Plötsligt syntes påsarna under ögonen och alla fåror och rynkor. Han såg gammal, trött och grälsjuk ut och han svajade betänkligt.

– Var ditt vin gratis, eller? Det är klart att det var! Du har ju alltid fått allt serverat!

Frida kände igen tonen från festen innan, och festen innan dess, och bestämde sig för att ta den positiva vägen ur.

– Hur är det Torkel? Jag trodde du skulle ha kul ikväll?

– Fattar du vad som väntar mig imorgon? Tre barn med öroninflammation och kolik och en fru som alltid är arg, arg, arg för att "jag förverkligar mig själv", sa Torkel. Frida, gift dig aldrig, skaffa aldrig barn och bli inte äldre. När jag var tjugotre var livet som en lek. Då var allt på topp. Det är då man tar vad man vill ha, alla vill ha en, man är odödlig och hela världen ligger öppen.

– Jag vet inte riktigt om jag känner igen mig i det där, svarade Frida.

– Nähä. För du är ju bara en liten nippertippa som har glidit på en räkmacka genom livet. Har man en känd författarpappa som kan öppna alla dörrar behöver man inte följa reglerna som alla andra.

Trots att hon visste att det tillhörde Torkels vanliga fyllejargong kunde hon inte låta bli att bli provocerad. Det var ingen idé att ge sig in i en diskussion, men samtidigt retade det henne att han skulle få stå där och vräka ur sig elakheter till folk på varenda fest.

– Vad vet lilla, lilla Frida Fors om livet egentligen? Nada! Hur ska en sån som du kunna bli journalist? Du som inte vet nånting om hur det är för oss vanliga människor? Du kan aldrig förstå. Aldrig!

Frida andades ytligt och tankarna for fram och tillbaka i hopp om att hitta någonting slagfärdigt att kontra med.

– Har du nånsin funderat på varför din fru är konstant förbannad på dig? Om jag var du, skulle jag göra det. Och vara jäkligt tacksam så länge hon vill ha dig.

Frida vände sig från bardisken med ilskan pumpande och började gå mot platsen i hörnet. Stolen var inte ledig längre. Ann-Louise Andersson hade tryckt sig ner intill Peter och Örjan Berg. Hon skulle ha struntat i vinet och Torkel och gått och satt sig där direkt. Hon ställde sig vid väggen och smakade på rödvinet. Det smakade bara surt och äckligt. Det Torkel hade sagt gjorde ont fast hon visste att det bara var skitsnack. Hur skulle hon kunna bli journalist? Varför gjorde hon detta egentligen? Vem var det hon skulle imponera på? Och nu skulle hon ut i tomma intet istället för att leva det där roliga livet man tydligen ska leva när man är tjugotre.

Coverbandet gick upp och pluggade in gitarrerna i förstärkarna på den låga svartmålade scenen. Trummisen, från parallellklassen, testade baskaggen några gånger, spände fjädern på virveltrumman och slog några slag med trumstocken. Frida tog några klunkar till och ställde sig längre fram för att få en bra plats. Hon tog stöd mot väggen eftersom lokalen hade börjat gunga betänkligt. Hon borde inte dricka mer. Belysningen i lokalen dämpades, färgade spotlights slogs på och en vit ljuskägla fångade in sångaren när han drog igång första låten. Som kackerlackor drogs festdeltagarna mot dansgolvet och det blev trångt och varmt. Frida knuffades framåt och åt sidan. När hon kände en omfamning bakifrån trodde hon intuitivt att det var Torkel och hon gjorde sig beredd att slå sig fri, men så anade hon plötsligt doften av Peter och kände hur hans välbekanta kropp tryckte sig hårt intill. Hans diskantrika röst viskropade in i hennes öra:

– Hur mår min lilla stjärnreporter då?

Frida suckade och log i mörkret. Äntligen.

– Sådär… det var väl inte riktigt vad jag hade hoppats på. Du då?

– Det kunde inte vara bättre. Jag sålde Västfrontenjobbet till Aftonbladet nu på eftermiddagen. Visserligen för en skitsumma, men i alla fall tillräckligt för att kunna åka taxi hem.

– Taxi? Vad lyxigt. Till mig? viskade Frida.

– Kanske. Om du vill.

– Det vet du.

Hon tänkte just föreslå att de skulle gå ganska snart när Peter svängde henne runt:

– Men nu är det party hela natten!

Plötsligt var det som om någon hällde tändvätska på brasan, hela festen fick liv och dansgolvet fylldes av udda parkombinationer och dansstilar. Bandet spelade en märklig blandning av gamla klassiker som "Proud Mary" och "Stand by me" och gladschlagers som "Dolce Vita" och "Crazy in love". Det var mer gruppdans än pardans och det var skönt att få studsa frustrationen ur kroppen och skrika högt även om det bara var i meningslösa schlagertexter. Frida noterade att Rendefors buggade riktigt bra ihop med Enya, som verkade kunna alla turer perfekt, och att Ann-Louise lyckades få upp en ytterst motsträvig Örjan Berg på dansgolvet. När det blev "Lambada" gick Peter för att köpa öl. Frida fortsatte dansa med alla omkring. Hon såg att Cilla var rejält berusad, håret hade ramlat ner, munnen var öppen och hon dansade med underlivet tätt, tätt emot Janne Ahlsén. Kände hon inte själv var gränsen gick? Tydligen inte. När Cilla började knäppa upp knapparna i blusen tog Frida tag i henne och drog henne med sig in på damrummet.

– Vad fan håller du på med?

– Vadå? mumlade Cilla.

– Du sa ju imorse att du var kär? Hur kan du hålla på sådär då?

– Jag bara dansade lite.

– Gör inte nåt du kommer att få ångra. Ahlsén är ju gift. Hans fru har jobbat på skolan, alla vet vem hon är. Och vad hände med den stora kärleken?

– Det är ju han.

– Vem?

– Janne Ahlsén.

Frida blev alldeles stum. Damrummet snurrade.

– Du är inte klok. Han är för fan femtio! Dubbelt så gammal som du, och din lärare.

– Ja? Och?

– Det blir ju bara du som förlorar på det. Lägg ner.

– Du fattar inte, Frida. Han ska lämna henne. Det är han och jag nu. Han älskar mig. Det säger han hela tiden.

Frida försökte tänka klart.

– Jag hjälper dig hem. Vi åker direkt.

– Nej, jag ska med Janne sen. Hans fru är bortrest.

– Hem till honom? Är du klok nånstans? Då får du klara dig själv!

– Ja, gå bara. Jag stannar.

Frida tittade trött på Cilla som tappert kämpade med att försöka få ner läppglanspenseln i hylsan.

– Okej, lycka till. Tack för glöggen.

Just när Frida skulle öppna dörren ut från damtoan rasade Cilla ihop i en hög på golvet. Frida hann precis få fram papperskorgen lagom till den första spyan.

När Frida kom tillbaka till Bistro Bar efter att ha bäddat ner Cilla i lägenheten på Viktoriagatan, med en spyhink bredvid sängen, var det bara några stycken kvar. Ann-Louise och Örjan stod och vaggade till en tryckare på dansgolvet. Ann-Louise såg salig ut. Först när paret vridit sig ett halvt varv runt såg Frida att Örjan i själva verket sov. Personalen hade börjat städa. Peter syntes inte till. De skulle ju åka taxi hem ihop? Hon provade att ringa honom på mobilen flera gånger, men fick inget svar. Om hon skyndade sig skulle hon hinna med sista vagnen.

För andra gången det här dygnet tyckte hon synd om sig själv när hon satt på spårvagnen genom stan. Det var decembermörkt och kallt och Frida Fors kände sig väldigt ensam i natten.

Just när hon höll på att glida in i drömmen mellan de ljusblå lakanen hemma på Storhöjdsgatan hörde hon en nyckel i dörren. Hon kände en omisskännlig doft av rök, vin och rakvatten dra genom rummet. Hon hörde skor som klevs ur och kläder som togs av. Hon kisade mot den mörka skuggan bredvid sängen, höll upp täcket och kände direkt vid första beröringen vad Peter ville ha. Hans vinterkalla läppar mot hennes hals, hans hand längs hennes lår, hans hårda kropp mot hennes mjuka. Hon hann inte bli beredd, ändå ville hon inget hellre bara för att få ha honom nära.

– Bara slappna av, viskade han.

Ett kort ögonblick undrade hon om han "hade sex" medan hon verkligen "älskade". Hon förstod inte hur man kunde känna så starkt utan att vara helt och fullt säker på om det var ömsesidigt. Samtidigt kanske det var just känslan av att inte riktigt veta var hon hade honom som skapade denna monumentala dragningskraft.

Hon vaknade av att en skata flög emot balkongdörren och hasade ner bakom den inplastade bensinmacksgrillen. De vitmålade vävtapeterna såg grådaskiga ut i det flacka decemberljuset. Hon var kissnödig. Peter sov fortfarande. Hon vände sig mot honom och lät blicken vandra längs det mörka håret som låg utspritt på kudden, den raka näsan, de ömtåliga nyckelbenen, de tunna men muskulösa armarna och de vackra händerna med små svarta hår på. Frida kysste honom försiktigt på axeln, armen, kinden, sedan smög hon upp och kissade och satte på kaffebryggaren. När hon kom tillbaka var Peter vaken. Hon log, kröp ner och tryckte sig mot honom. Han gav henne en mjuk kyss. Frida funderade på om hon skulle våga säga att hon älskade honom. Det hade hon aldrig gjort. Han tittade henne djupt i ögonen, kysste henne igen och la sig sedan på rygg, nu med blicken i taket.

– Frida, jag har tänkt på en sak.

Frida tryckte sig närmare intill och väntade på fortsättningen, som dröjde.

– Ja? sa hon. Vad har du tänkt på?

– Att ... nu när vi ska ha praktik ...

Det blev tyst igen. Frida hörde skatan prassla intrasslad i plasten utanför.

– Vad är det med praktiken? sa hon.

– Jag bara tänkte att det kanske är dumt att ... Det är ändå ett halvår och då vill man ju inte begränsa varandra. Jag vill inte hindra dig från att knyta nya kontakter.

– Vadå för nya kontakter? Vad pratar du om?

Frida satte sig upp i sängen. Plötsligt kom den där isande känslan tillbaka. Hon försökte fånga Peters blick, men han tittade bara stint upp i taket och fortsatte:

– Du kanske träffar nån i Eksjö som du vill lära känna bättre. Det vore väl inte så konstigt?

Hon frös plötsligt, och drog täcket närmare intill sig.

– Men, jag vill inte träffa nån i Eksjö fattar du väl, sa Frida.

– Det kan du väl inte veta nu? försökte Peter.

– Jo, faktiskt. Jag är helt ointresserad av att träffa nån annan än dig, sa Frida och kände hur rösten ville spricka när hon till sist fortsatte med låg röst: Jag älskar ju dig.

– Gör inte det.

– Varför säger du så?

– Gör inte det bara.

– Vad är det? Har det hänt nåt?

– Verkligen inte. Jag vill bara inte hindra din utveckling. Du är en smart tjej som behöver ... fritt spelrum.

– Men jag vill inte ha nåt spelrum. Du har ju sagt att jag bara skulle luta mig mot dig?

– Det kanske jag har sagt, men det var inte så jag menade.

– Vad menade du då?

– Jag tycker jättemycket om dig, Frida. Du är söt, charmig, kul ... du har till och med talang, men nu börjar en ny fas. Jag tror att det är bra för både dig och mig att vara fria. Sen får vi se. En annan tid, ett annat liv.

2

Att ett liv plötsligt kunde stanna så. Hon grät och sörjde och skämdes om vartannat. Hon kände sig dum. Dum, dum, dum. Hur hade hon kunnat tro att han på allvar skulle vilja ha just henne? Så övermodigt och fullständigt intelligensbefriat.

Julen förflöt i ett töcken av tårar. Mona fick äntligen vatten på sin kvarn om att karlar är hopplösa kräk som inte går att lita på.

– De lämnar en förr eller senare i alla fall, så det är lika bra att det är gjort, sa hon med ett tonfall som om hon just hade löst världsproblemen.

Några röda ljusstakar och en bytta granris fick stå för julstämningen i Monas lilla villa i Kålltorp eftersom ingen orkade engagera sig i att köpa gran. Frida gav sin mamma en beauty box. Den var både snygg och dyr, men på något oförklarligt sätt ändå inte som Mona hade tänkt sig. Alltså skulle den bytas, såsom det alltid brukade bli. Richard fick en eltandborste. Han blev i alla fall glad. Själv kunde Frida packa upp en exklusiv blomsterpress från pappa, vad hon nu skulle ha den till, en DKNY-parfym från Richard och en gråsvart rullväska från Ica Maxi med julklappsrim från mamma: "Snygg och bra att packa i på färden, nu när du ska ut i stora världen." Frida visste inte om hon skulle skratta eller gråta.

Pappa ringde från Mallorca mitt i Kalle Anka vilket resulterade i att mamma började storgråta och sedan var ältandet om det stora sveket igång. Så fortsatte det hela helgen. Frida alternerade mellan att äta nötter, marsipan, dricka glögg, kolla på TV och titta på mobilen, minst femtio gånger varje dag. Men inget från Peter. Det var verkligen slut. Den enda som hörde av sig var Cilla som gång på gång bedyrade sin tacksamhet över att Frida räddat henne från att göra bort sig på avslutningsfesten men samtidigt bubblade över av förtjusning på temat Janne Ahlsén.

När mobilen ringde den första mellandagen blev Frida glad att någonting äntligen bröt dödläget. Rösten i andra änden presenterade sig som Harriet Thuresson, Smålandsbladet.

– Jag hoppas att jag har hamnat hos rätt Frida Fors. Jag hittade dig hos nummerupplysningen och tänkte att jag chansar. Det är väl du som ska börja hos oss? sa en medelålders kvinnoröst på hes småländska.

– Det är jag. Jag hade tänkt ringa efter nyår, svarade Frida skuldmedvetet.

– Det är absolut ingen fara, men jag tror att vi kanske skulle behöva din hjälp lite tidigare. Kontaktpersonen på skolan sa visserligen runt den tionde januari, men jag tänkte att man kan ju alltid fråga, sa kvinnan.

Frida tänkte en sekund. Hon ville ju vara ledig, men samtidigt var allt omkring henne just nu mördande tråkigt. Innan hon hade hunnit tänka klart fortsatte den småländska rösten:

– Du får praktiklön även om du kommer tidigare förstås. Jag tänkte att det brukar vara intressant för studenter. Jag minns ju hur det var när jag själv gick på skolan.

– Jo, det är klart, pengar behöver man alltid. Men jag vet inte riktigt hur det ska lösa sig med boende och såna saker. Det kanske du vet? frågade Frida.

– Det ordnar jag. Du behöver inte tänka på nånting. Kan du komma den tredje? På måndag alltså?

– Måndag? Ja … i och för sig. Det borde jag väl kunna.

– Det går ett tåg som är framme i Eksjö tjugo i tre. Ta det, så möter jag på stationen. Och spara kvittot på biljetten. Vi ses.

Innan Frida hade hunnit ställa alla de frågor som plötsligt började poppa upp i huvudet hade personen i andra änden lagt på. Hon hade inte ens kommit ihåg att skriva upp vad hon hette. Varför skulle hon börja tidigare? Och hur skulle hon bo? Hur fan ska jag kunna vara journalist? svor Frida tyst för sig själv. Det är klart att hon borde kunna hitta numret till redaktionen på nätet och ringa upp och fråga sig fram till rätt person, men... det kändes inte heller bra. Det var väl lika bra att bara åka dit. Alla frågor skulle ju få ett svar när hon kom fram. Herregud, måndag? Det var ju snart.

Under natten hade det fallit fyra centimeter snö. Vid sextiden på morgonen hade snöfallet övergått i regn som gjort gator och trottoarer moddiga och blöta. Ett hopplöst före för en fullastad rullväska från Ica Maxi. Frida hade hoppats på att få skjuts av mamma, men Mona hade vattengympa klockan ett och ville inte köra till stan två gånger samma dag. Det hade tagit nästan tjugo minuter bara att ta sig till spårvagnshållplatsen. Det hade varit svårt att veta hur mycket hon skulle packa och vad hon skulle ta med sig. Vad hade man för kläder på landet? Frida hade packat det hon brukade ha på sig, plus några varma tröjor, halsduk, mössa, tumvantar och ett par gamla kängor från gymnasiet. Necessär, sminkväska, block, pennor och böcker hade hon också tryckt ner i ryggsäcken. Ytterst motvilligt hade hon tagit emot nyckeln till torpet som mamma hade prackat på henne eftersom det ju faktiskt skulle tillfalla henne och Richard den dag Mona gick bort och då vore det ju en skam om allt var misskött. När Frida försökte opponera sig hade Mona tryckt ner i halsen på henne att döden nog kunde komma fortare än någon kunde ana eftersom hon inte hade något att leva för efter Carstens svek som i stort sett var i paritet med folkmordet i Rwanda. Minst. Frida hade inte orkat protestera, utan bara tagit emot den jävla nyckeln och försökt gömma den långt ner i fickan. Till sist hade hon vikt in nyckeln i en snusnäsduk och lagt den längst ner i ryggsäcken, och där skulle den få ligga.

I en märkligt irrationell handling hade hon också packat ner sin endaste enda krukväxt – en blålila saintpaulia – och lagt i en plastpåse högst upp på toppen. Det hade känts så fel att bara överge eller kasta det enda som just nu levde i den lilla lägenheten på toppen av det blåsiga berget. Hon hade knutit ryggsäckssnöret försiktigt för att inte knäcka de få ludna små knoppar som syntes under snart utblommade kronblad.

Temperaturen föll och den halkiga sörjan på perrongen förvandlades till glashala fläckar. Regnet övergick återigen till snö när tåg nummer 172 sakta började röra sig ut från Göteborgs Central.

Frida tittade ut genom fönstret och såg hur byggjobbare kastade ut gamla uttjänta sängbottnar från Frälsningsarméns hotell invid bangården. Det skulle tydligen rustas upp. En andfådd tonårsgrabb med långrock, svartfärgat hår och ett gitarrfodral i rostfritt stål balanserade sig fram genom mittgången och sökte efter sin plats. Han knuffade upp gitarren på hatthyllan precis ovanför Frida och satte sig med en ljudlig utandning på raden bakom. Frida såg Göteborgs-Postens blå neonskylt och tyckte sig skymta ljusen från släkten Hjörnes representationsvåning högt upp i huset. Det såg varmt och inbjudande ut. Men det lockande livet var inte hennes. Hon fylldes av en tydlig känsla av att åka åt fel håll. Bort från händelsernas centrum, mot… ett slags parentes. Däckfirmor, slarvig graffiti och containerupplag avlöstes av ljusen från Sävenäs sopstation. Det droppade från kappan. Den luktade surt ylle.

Hon slöt ögonen. Bilder från nyårsaftonen spelades upp på näthinnan. Kvällen hade i vanlig ordning blivit ett slags antiklimax. Cilla hade orerat om alla fester de kunde välja mellan, men när det väl kom till kritan fanns det inte så många inbjudningar, mer än till Ann-Louise och till henne ville de inte gå. Det hade slutat med att de satt hos Cilla och drack mousserande vin och sedan gick ut på stan och blev alldeles för fulla. Cillas tema för kvällen var de negativa effekterna av att ha ihop det med en gift man eftersom man inte kunde fira helgdagar tillsammans, olika scenarier om hur länge det skulle dröja innan Ahlsén lämnade sin fru och hur han skulle lägga fram det. Fridas återkommande samtalsämne stavades Peter Engström. Hans förtjänster, hans nackdelar, hur brutalt han hade gjort slut och vad han kunde tänkas göra en afton som denna. Ett ältande som inte ledde till någonting mer än en känsla av total övergivenhet. För att pigga upp sig hade de låtit sig bjudas på drinkar av två killar från Trollhättan som egentligen bara tycktes vilja berätta hur många tjejer som brukade tycka att de var trevligast i baren. Frida och Cilla höll inte med, och det förstörde stämningen. Kontentan blev en helt meningslös kväll som avslutades med ett obehagligt illamående och en känsla av att de flesta där ute i svängen tyvärr var idioter. Taxin hem till Storhöjdsgatan hade kostat en förmögenhet.

Frida skakade av sig minnet och packade upp frukt, mineralvatten och kvällstidningarna ur den lilla påsen från Pressbyrån. Hon började med Aftonbladet som toppade med att det fanns cancerogena ämnen i nötter. Typisk mellandagstorka, konstaterade Frida. Den nyheten brukade man kunna läsa varje år. Dessutom gällde det inte nötter i allmänhet utan huvudsakligen paranötter, och det var ju inte precis vad Svensson åt varje dag. Hon bläddrade förbi ledarsidan och insändarna och skummade bara den krystade nötnyheten på uppslaget därefter. Hon vände blad igen och möttes av en krigsrubrik på ett välbekant tema: ”Kommunpolitiker smygfilmade på personalens sexfest, friades i rätten”. Dragarbilden visade en man och en kvinna som dansade tätt ihop. Han hade handen under hennes kjol och i bakgrunden kunde man urskilja konturerna av en man med en videokamera. I liten stil under bilden kunde man läsa att bilden var arrangerad. Texten var uppbruten med citat i större stil av typen: ”Halmstad, syndens näste” och ”Var går gränsen till ren porrfilm?” Först i slutet av brödtexten kom det som i själva verket var artikelns kärna – hur ska man hantera de brister i lagen som gör det tillåtet att filma i slutna rum och sällskap utan att personerna som råkar hamna på filmen får godkänna sin medverkan? Ingenting i texten bekräftade egentligen att det fanns några uppenbara sexuella inslag på filmen. Men det uppfattades så. Enligt förundersökningsmaterialet kunde man se att mannen hade handen under kvinnans kjol, och eftersom det hade filmats på en personalfest där folk var berusade och de som syntes på bilderna inte ville att filmen skulle komma till allmänhetens kännedom måste tafsandet rimligen ha lett till mer spektakulära sexuella aktiviteter. Helt enkelt ”guilt by association”. Det hade Peter skickligt spelat på, och tidningen hade förstås inte haft något intresse av att tona ner den hårdragna vinkeln.

Han hade till och med lyckats få in en bildbyline. Det var extremt ovanligt att en helt ny reporter, och framför allt en praktikant, fick ha både namn och foto intill sin artikel. Det brukade vara förbehållet tidningens välkända namn och var en tydlig prestigesignal. Kanske kom den helt enkelt in för att han såg så bra ut. Peter måste ha skickat upp ett foto när han sålde artikeln och sedan ringt och tjatat. Vilken start han fick på karriären.

Jonsereds fabriker for förbi utanför fönstret. Tåget krängde till, passerade en järnvägsbro och började sedan snika sig tätt intill sjön Aspen. Längs med strandkanten låg fortfarande is och blötsnö men mitten av sjön låg öppen, mörk och kall. Det plingade till i mobilen. Det var från pappa: ”God fortsättning. Hoppas du tyckte om blomsterpressen. Tyckte den passade dig. Du hade så gröna fingrar som barn. Har du det fortfarande? Du får prova när våren kommer. Ta hand om dig. Kram pappa.”

Tåget passerade Alingsås och Vårgårda. Öde fält och landsvägar. Eternithus alldeles för nära järnvägen, tegelvillor på rad, kompakt granskog, blöta ängar och kala lövträd. Sverige kunde verkligen se bedövande övergivet ut. Genom fönstret syntes ciderfabriken i Herrljunga och tåget saktade in för att sedan bli stående vid perrongen. Ett sällskap av utländsk härkomst reste sig från bänkarna i väntkuren och skyndade mot vagnarna. De passerade alldeles utanför Fridas fönster. Hon kunde inte låta bli att undra vad de hade för inbördes släktförhållanden. Två lite kraftiga män i femtioårsåldern, den ena med stor mustasch och blå täckjacka och den andra med svart parkas, ordnade med de många väskorna. Två yngre män i tjugoårsåldern hjälpte en tung något äldre kvinna i mörkgrön kappa och yllesjal att komma ombord på tåget. En mager tonårstjej körde en tom barnvagn. En liten flicka, kanske nio år, bar ett spädbarn i famnen. Innerdörren till vagnen öppnades och de äldre männen staplade upp väskorna i bagagehyllan. Tåget var fullt av jullovsresenärer, men två platser på andra sidan bordet, mittemot Frida, var lediga. Pojkarna placerade den äldre kvinnan på sätet närmast gången. Hon sjönk ner med en tung suck och utan tillstymmelse till leende. Den nioåriga flickan la spädbarnet i vagnen borta vid toaletten och kröp sedan vigt förbi kvinnan och hoppade upp på platsen mittemot Frida. En av de äldre männen lyckades hitta en ledig plats vid bordet tvärs över gången. De övriga fick stå. Frida tittade stint ut genom fönstret för att undvika ögonkontakt. Hon såg landskapet börja röra sig utanför. I ögonvrån såg hon den lilla flickan mittemot ta av sig sin röda mössa, släta till det halvlånga mörka håret, kränga sig ur den gula jackan och lägga den som ett täcke över kroppen. Flickan ställde en lång fråga på ett främmande språk till den gamla kvinnan. Det enda Frida lyckades uttyda var ordet: mami. Så det var tydligen mamman. Så gammal hon såg ut. Kvinnan hyssjade på barnet, som uppenbarligen var hennes dotter, blundade och tycktes falla i djup sömn.

Frida började bläddra i Expressen och plockade upp sin chokladkaka från Pressbyrån. Hon kunde inte undgå att märka att den lilla flickan mittemot följde henne med blicken när hon vek upp pappersförpackningen, bröt loss en ruta mjölkchoklad och stoppade biten i munnen. Flickan tittade som förhäxad på Fridas läppar, på chokladkakan och tillbaka till läpparna igen. Frida kunde inte låta bli att le åt flickans oerhörda intresse. Hon höll fram chokladkakan mot flickan och erbjöd henne att ta för sig. Flickan log med hela ansiktet. Plötsligt böjde sig mannen som slagit sig ner vid bordet på andra sidan gången fram mot flickan och levererade en lång, bestämd förmaning på det främmande språket. Flickans leende försvann och hon gav Frida en ursäktande blick. Hon fick tydligen inte. Frida log tillbaka i något slags samförstånd.

Tåget passerade ett spårarbete, farten sänktes, vagnarna ryckte och dunkade. Hastigheten ökade igen, tåget krängde kraftigt åt höger och gjorde en snabb inbromsning. Frida registrerade i ögonvrån hur flickan mittemot höjde blicken, fokuserade och sedan plötsligt for upp på sätet och vidare upp på bordet. Med vänster hand på hatthyllan lyckades hon med högerhanden precis fånga den tunga elgitarren som höll på att falla rakt ner i huvudet på Frida.

– Jag hann, sa flickan där hon hängde halvvägs upp i taket.

Frida reste sig och fick tag i metallådan som inte gick att knuffa upp igen.

– Herregud. Det var nära! Det är nog bäst att vi lägger den nån annanstans.

Hon fick tag i handtaget och baxade ner det hårda gitarrfodralet i knät på mannen bakom som vaknat till av rörelsen. Han hasplade ur sig en ursäkt och trängde sig yrvaket bort mot bagageutrymmet.

Frida sjönk ner i sätet igen och flickan satte sig och la jackan över benen.

– Hoppas att det inte gjorde nåt att jag stod på bordet, sa

flickan. Jag tänkte att det inte hade varit så skönt att få en låda i huvudet. Jag hade inte velat ha det i alla fall.

– Verkligen inte, sa Frida omtumlat. Du räddade förmodligen livet på mig. Vilken tur att du såg att den var på väg ner. Tack så hemskt mycket.

– Varsågod. Fast du hade säkert gjort samma.

– Det hade jag, fast jag hade nog inte varit lika snabb som du. Du var ju som en vessla.

– Är det bra?

– Vessla, menar du? Ja... det är ett väldigt snabbt litet djur. Det är bra att vara kvick som en vessla.

– Skönt. Vessla? Roligt ord. Nästan som vissla. Det kan jag.

– Vad bra, sa Frida. Fast det kanske du inte ska göra här för då vaknar nog folk runtomkring. Men, tack igen.

Frida lutade sig tillbaka och återgick till tidningen. Flickan tittade ut. En stund senare hade även mannen med förmaningen somnat. Frida pekade försynt på den sovande mannen så att flickan skulle förstå att det nu var fritt fram. Flickan sken upp och tog en stor bit av chokladen.

– Tack, jag älskar choklad.

– Jag kunde nästan ana det, svarade Frida. Får du inte äta godis?

– Jo, ofta. Men jag får inte prata med främmande människor.

– På så sätt. Tur att de sover då. Vilka är det du reser med?

– Mamma och pappa, pappas bror och de andra är min storasyster och mina äldre bröder.

– Den lilla bebisen då?

– Det är min lillasyster Trina. Det låter som grina, tycker jag.

Frida förstod med ens varför den gamla kvinnan såg så tung och trött ut.

– Vad heter du då?

– Aliana. Det betyder morgon. Vad heter du?

– Frida.

– Frida? Vad betyder det?

– Jag vet faktiskt inte. Jag har aldrig tänkt på det.

– Vad konstigt att du aldrig har tänkt på det, sa Aliana och tog en chokladbit till. Frida kanske betyder att du är fri idag?

– Kanske, skrattade Frida, fast jag tror inte det. Vart är ni på väg?

– Jag vet faktiskt inte. Vi flyttar runt för det mesta. Vi har uppehållstillstånd och allt sånt, men vi måste resa.

– Hur går det med skolan då?

– Sådär. Jag flyttar runt.

– Kompisar då?

– Jag har ju min familj. Zana, min storasyster, sminkar mig ibland. Då säger hon att jag ser ut som en drottning. Snart är Trina stor så att vi kan leka. Har du många vänner?

Plötsligt stod det still i huvudet på Frida. Hur många riktiga vänner hade hon egentligen?

– Jag har Cilla, min bästa kompis, och några till. Varför undrar du?

– För jag har fått en mobiltelefon, sa Aliana och grävde i jackfickan. Men jag har ingen att ringa till.

– Har du inga namn i telefonboken?

– Inget, sa Aliana och såg plötsligt oändligt ledsen och ensam ut när hon betraktade sin enkla mörkblå Nokiatelefon.

– Vad synd, sa Frida. Du måste ju ha kompisar. Det ska man ha i din ålder.

Flickan stoppade den sista chokladbiten i munnen och bläddrade planlöst bland mobiltelefonens funktioner. Plötsligt fixerade hon Frida med blicken.

– Men jag kan vara din vän! Du får en vän till, som du behöver, och jag får ditt telefonnummer i min mobil? Så kan vi ringa ibland och höra; hej, hej, hur är det? Eller hur?

– Okej då, svarade Frida. Klart att vi ska byta nummer. Du har ju räddat livet på mig.

Så blev det. Aliana och Frida skrev in varandras nummer i sina telefonböcker.

– Kan du skicka sms? För det kan jag! sa flickan.

– Det kan faktiskt jag med.

– Då kan vi skriva till varandra också, sa Aliana och log med hela ansiktet. För jag kan skriva.

– Det tror jag säkert att du kan.

Utanför susade jordbrukslandskapet förbi. Hon tittade på den märkliga lilla flickan med det mörka håret som varit så enastående på att knyta kontakt.

– Vad vill du bli när du blir stor då? frågade Frida.

– Då ska jag bli bonde! Jag ska ha en ko och två getter och så ska jag odla frön så att man kan baka bröd. Och potatis och vinbär.

– Det var lite ovanligt för en tjej i din ålder, sa Frida och hörde själv hur fördomsfullt det lät.

– Min mamma har berättat hur hon drömde om att ha det hemma i Dakovica. Hon säger att om man har en ko och två getter så klarar man sig. Och jag tycker om djur och mat. Man får ju mjölk av kon. Tror du man kan odla choklad och göra egna chokladkakor?

– Jag vet inte om kakao kan växa här, men om man gödslar ordentligt kanske det går. Och gödsel får du ju från djuren, och mjölk också.

– Det var det jag tänkte, sa Aliana och såg väldigt nöjd ut. Då kan jag sälja chokladkakor vid vägen till alla som går förbi.

– Det låter som en bra plan, sa Frida och log.

Ur högtalarna hördes en röst som utropade Falköping nästa. En av Alianas äldre bröder försökte försiktigt ruska liv i familjens tungt sovande medlemmar och sa något till Aliana som började ta på sig jacka och mössa. Frida skulle också av. Här var det byte till Nässjö, där det skulle vara byte igen. Den stora familjen kom på fötter och gick mot dörren. Frida packade ihop sina saker, lyfte ner väskan och tog på sig kappan. När hon klev ner på perrongen var familjen redan på väg bort mot utgången, men Aliana lösgjorde sig, sprang fram till Frida och gav henne en snabb, hård kram runt magen.

– Nu är vi vänner, sa hon och tittade upp på Frida. Lova att du svarar om jag ringer?

– Det lovar jag, sa Frida. Var rädd om dig.

Frida skyndade över spåren mot den andra perrongen där tåget mot Nässjö väntade. Hon såg hur Aliana fick en skarp reprimand av storebrodern och den äldre mannen. Mamman vaggade tungt bortåt. Hon som hade drömt om att bli bonde.

Tågresan mellan Falköping och Nässjö tog en timme och tjugoen minuter. Sedan var det byte igen. Nästa tåg skulle gå först om fyrtio minuter. Frida släpade sin rullväska genom snöslasket bort till korvkiosken utanför Nässjö station. Hon köpte korv och mos och frös så hon skakade medan hon åt. Hon gick tillbaka till vänthallen och tog upp sin mobiltelefon. Hon klickade upp inkorgen och läste gamla sms hon fått från Peter. I det sista stod det: ”Det är väldigt tomt i min säng utan dig. Blöt puss. P.” Det var bara två veckor sedan. Vart tog all den där lusten vägen? Kunde han bara stänga av? Cilla hade tjatat på henne att inte skriva några sms till honom. Hittills hade hon klarat det. Men nu blev det svårt att stå emot. Hon hade fortfarande tjugo minuter att slå ihjäl och inget annat som fångade hennes uppmärksamhet. Hon kunde ju i och för sig skriva ett sms som hon aldrig skickade? Det kunde väl inte skada? Hon skrev: ”Borde verkligen inte tänka på dig, men det går ärligt talat ganska dåligt.” Hon läste det och tänkte att det var osant, hon hade ju faktiskt inte tänkt på honom på en lång stund. Det kändes onödigt generöst. Hon raderade texten och började om.

Det kanske var bättre att skriva något mer neutralt, som om hon inte brydde sig särskilt. Om hon avslutade med en fråga borde han väl känna sig tvungen att svara? Hon skrev: "Grattis till bildbyline. Hur gör man för att få in en sån?" Väldigt smörigt, fast samtidigt lite anklagande. Det skulle han nog inte gilla. Sms var ingen bra idé. Hon smällde igen mobilen och la den i fickan.

Peter kanske hade rätt, att det fanns massor med spännande människor som väntade på henne i Eksjö och Bruseryd. Att tänka positivt är grunden till all lycka hade hon läst någonstans och hon tyckte ju själv så illa om när människor, som mamma och Torkel, bara såg det negativa i tillvaron. Hon mindes plötsligt en föreläsning hon varit på med en kvinnlig studentpräst. Prästen berättade att många studenter sökte upp henne för att prata om att de hade svårt att känna lycka och framtidstro, men det som plågade dem allra mest var att de hade dåligt samvete över att de inte mådde bra. De tyckte inte att de hade rätt att klaga. Att må dåligt borde vara förbehållet dem som verkligen led; människor i andra delar av världen som kanske saknade mat, vatten, bostad och utbildning. Prästen sa att hennes viktigaste uppgift brukade vara att säga att det var okej att känna tomhet och rädsla även om man hade en fin utbildning och mat på bordet.

Frida väcktes ur sina tankar av att högtalarna knäppte till och en röst sa: Tåg mot Eksjö kommer nu in på spår ett. Nu både börjar och slutar det, tänkte hon. Livet, alltså.

Redan efter en kvart korsade tågbanan riksväg 33 där en långtradare envetet strävade för att köra om en annan. Det såg oerhört tungt och trögt ut. Villaområden med pastellfärgade trähus omgärdade av bullerplank syntes från fönstret. Att det skulle behövas bullerplank här? Var inte just lugnet meningen med småstaden? tänkte Frida. Tåget liksom andades ut när det passerade bussterminalen på vänster sida för att sedan stanna helt framför det pampiga stationshuset i rött tegel med vita infällningar runt knutar och fönster. Frida klev ner på perrongen och konstaterade att hon var alldeles ensam. Hon tittade på klockan. Tåget var perfekt i tid. Var var människan? Och vad hette hon? Harriet någonting … Frida förbannade sig själv för att hon inte hade tagit telefonnumret. I värsta fall fick hon väl ta en taxi till redaktionen. Men de hade ju faktiskt bestämt. Hon gick långsamt mot stationshuset. Vänthallen var upplåst men tom. Ingen där heller. Hon gick igenom salen och kom ut på parkeringen på andra sidan byggnaden. Lutad mot en guldfärgad Volvo kombi stod en fetlagd man och pratade i mobiltelefon.

Frida såg sig vilset omkring och försökte lista ut var taxistationen kunde finnas. Mannen med mobilen fortsatte prata men gick mot henne, och det gjorde henne lite osäker. Hon tittade bort som om hon inte såg att han närmade sig. Hon hörde att han avslutade sitt samtal och kände plötsligt en hand på sin axel.

– Frida Fors? Är det du?

Frida vände sig hastigt om.

– Åke Johansson, Smålandsbladet. Välkommen, sa han och sträckte fram handen.

Frida tog den och kände en torr, varm, stadig hand.

– Det är jag, svarade Frida. Jag trodde att jag skulle träffa en kvinna?

– Det var meningen. Men Harriet som skulle handleda dig under den här perioden blev sjukskriven för utbrändhet i fredags så vem som ska ta hand om dig är väl lite oklart.

Frida kände den isande känslan i magen igen. Vad gjorde hon här? Varför hade hon inte stretat emot mer och vägrat ta platsen?

– Jaha? Hur blir det då?

– Jag får väl försöka lotsa dig så gott det går. Hoppas att det duger.

Åke lastade in hennes bagage bak i bilen och markerade att hon skulle hoppa in. Det luktade snus, fukt och Wunderbaum inne i Volvon. Han körde ut från parkeringen, rundade rondellen och svängde in på Regementsgatan. Frida sneglade på honom. Den bruna mockajackan spände över den bastanta buken. En brunrutig halsduk framhävde det runda ansiktets lätt rödmosiga färgton. Vänliga bruna ögon och en markerad näsa gjorde att han såg trevlig ut trots sin stora kroppshydda.

– Vad vet du om den här stan då? frågade Åke.

– Inte mycket om jag ska vara ärlig. Den fyllde väl sexhundra år för några år sen?

– Precis. Då körde vi bildextra med kungen och drottningen som var här och viftade. En livvakt vrickade foten, då blev det rubriker.

– Det kan jag tänka mig, svarade Frida och ångrade att hon inte hade läst på mer om orten, men hon hade ju faktiskt blivit ombedd att komma med väldigt kort varsel. Eller borde hon ha hunnit? Var det egentligen en självklarhet? Hade hon redan gjort bort sig?

– Du hade nån anknytning till bygden hörde jag?

– Mormor var härifrån, sa Frida.

– Från Eksjö?

– Nej, en bit norr om Bruseryd. Det är inte ens en by, jag vet inte vad det heter. Fast hon är borta nu. Dog för femton år sen. Hon bodde med sin gamla ogifta bror i ett litet hus där ute i ingenstans. Han blev kvar.

– Lever han då?

– Han dog för sju, åtta år sen. Vi var här på begravning på hösten det året.

– Kåken då? Vad hände med den?

– Ingenting, tyvärr. Den bara står där.

Det blev tyst en stund. Åke svängde vänster, sedan höger och vänster igen och kom fram till ett litet torg i utkanten av samhället. Han parkerade bilen utanför en låg byggnad i vitt mexitegel.

– Då var vi framme.

De steg ur och Frida funderade på om hon skulle ta med sig väskan. Hon förstod inte riktigt hur han hade tänkt och tyckte att det kändes dumt att fråga. Åke ställde sig ett par meter från bilen och såg sig nogsamt omkring, sedan pekade han med hela högerarmen.

– Åt det hållet har du Ränneslätt. Där började militärerna öva redan på 1400-talet. Fortfarande är militären stans tredje största arbetsgivare med nästan femhundra anställda. Nu har vi ingenjörsregemente och minröjningscentrum, de ligger i den riktningen, fortsatte Åke och pekade åt ett annat håll. Kommunhuset har du tvärsöver torget, sen har du systemet, pizzerian och tidningen och sen är det i stort sett slut.

– Varför hamnade de just här? frågade Frida.

– Vilka då?

– Soldaterna, då på 1400-talet. Varför övade de just här av alla ställen i Småland?

Åke log för första gången sedan de träffades så att den rejäla snusen syntes, och lyfte armen igen.

– För att kostigen mellan biskopssätet i Linköping, norröver, och i Växjö, söderöver, passerade just här. Det gjorde också kostigen mellan Västergötland och östersjökusten. Och just där stigarna möttes fanns det en stor och bra hed. Det är min teori.

– Det låter vettigt. Är du gammal militär själv?

– Varför tror du det?

– Armen, sa Frida. Du pekade med hela armen.

Åke brast ut i skratt.

– Den gamla vanan går visst aldrig ur. Fast jag var aldrig nån stjärna. Ålning medelst hasning var inte min grej. Jag är glad att jag inte satsade på den banan nu när man lägger ner alla regementen.

Åke började gå mot den låga tegelbyggnaden. Frida följde efter. När de närmade sig de moderna glasdörrarna såg hon den transparenta texten: Smålandsbladet.

– Det var en diskret skylt ni har.

– Inredningsarkitekten sa att det skulle vara så. Ingen begrep vad det skulle vara bra för. Fast å andra sidan vet ju alla var tidningen ligger, och vi har en stor skylt på baksidan av huset, mot genomfartsleden till.

När de kommit in i den obemannade receptionen tog Frida mod till sig och frågade:

– Jag vet inte riktigt hur det är tänkt med placering och boende och så?

Åke stannade till och vände sig om.

– Det glömde jag att säga. Nu när Harriet är sjuk får du ju ta Bruseryd själv. Vi installerar dig på lokalredaktionen imorgon. Men nu tänkte jag att du ska få se redaktionen och träffa dina kollegor. Ikväll är det happy hour på pizzerian, så då går vi dit.

– Och var bor jag?

– Inatt på Stadshotellet, det är tyvärr inte så tjusigt som det låter, men det är helt okej, och så visar jag dig Bruseryd imorgon bitti. Det finns en pytteliten lägenhet i anslutning till redaktionen som du kan få bo i utan kostnad, om du inte har nåt eget förslag.

Frida nickade, omtumlad av alla nya uppgifter. Skulle hon sitta på en lokalredaktion helt själv?

– Eller du kanske hade tänkt bo i den där släktstugan? fortsatte Åke.

– Nej, aldrig i livet. Det är ju helt off, och den är obebodd sen flera år. Där skulle jag aldrig våga bo.

– Då säger vi så. Bruseryd får vänta till imorgon. Här har vi då Smålandsbladets pampiga redaktion, sa Åke och gjorde en rörelse med handen över ett öppet kontorslandskap av typiskt åttiotalssnitt.

Boklaminerade datorförsedda skrivbord stod formerade i grupper om två och fyra med ljuddämpande skärmar emellan. De gråvita fiberplattorna i innertaket låg på sniskan där nätverkssladdarna till datorerna kom ner. En gröngrå linoleummatta lyste kall i lysrörsljuset. Gardinvepor med urblekta pastellmönster hängde i kanterna av de stora perspektivfönstren ut mot den moddiga parkeringen. I mitten av lokalen stod en soffgrupp i mörkgrönt. På det lilla bordet i mitten trängdes en ljusstake och en tom fruktskål. Mot väggen bakom fanns hyllor med postfack, printer och kopieringsmaskin och en gigantisk anslagstavla med mängder av löpsedlar och tidningsklipp. Luftkonditioneringen brusade. Åke gick fram till en av skrivbordsformationerna, där det satt en blond man i trettiofemårsåldern och skrev intensivt på sin dator. På hans ljuddämpande skärm satt två nummerlappar av tyg uppnålade.

– Det här är Mats. Han är allmänreporter och redigerare. På en sån här tidning får man ju göra allting, sa Åke.

– Och fotografera när ingen annan hinner. Glöm inte det, sa Mats med en blick mot Åke. Tjena. Så det är du som ska praktisera?

– Just det. Frida Fors.

– Hur kan nån frivilligt byta storstan mot en sån här håla då?

Frida tvekade en sekund och bestämde sig sedan för en kompromisslösning:

– Jag hoppas att jag lär mig mycket.

– Du kan ju pendla hem på helgerna. Vad gör du imorgon kväll förresten?

– Imorgon kväll? Ingen aning. Ingenting antar jag, svarade Frida med en viss förhoppning om någon typ av social inbjudan.

– Bra. Det är ett LRF-möte i Ubbhult ett par mil härifrån som jag har svårt att ta. Det hör väl egentligen till ditt område. Det kanske du kan åka på?

– Ja, kanske det.

Frida kände nervositeten vakna. Hon ville inte åka någonstans just nu. Hon var redan trött av alla intryck och ville absolut inte ge sig ut i obygden helt ensam.

– Får man fotograf med sig då? frågade hon och hoppades att hon lyckades dölja oron i rösten.

– Inte på såna jobb. Det blir ju tråkiga bilder hur man än gör. Det fixar du lätt. Det är så bra, lättskötta kameror nuförtiden. Kommer du ikväll eller?

– Klart att hon gör, svarade Åke i hennes ställe. Vi ses vid sextiden.

Åke gick längre in i landskapet och markerade mot Frida att följa efter.

– Mats är gift med Annika, som också jobbar här. Fast hon är inte här idag, hon jobbar bara halvtid sen några år tillbaka. Det blir henne du delar skrivbord med om du sitter här och jobbar nån gång.

– Kärlek på jobbet, sa Frida. Så det är okej här?

– De har varit ihop sen de gick i nian. Han friade när hon blev Eksjös lucia tre år senare. Han gick upp på scenen och överlämnade femtio röda rosor och körde hela frieriet i mikrofonen. När de fick sitt fjärde barn för fem år sen började han springa maraton. Du lär se honom längs vägarna. Han bara springer och springer.

Åke stannade till vid en kvinna i sextioårsåldern. Hon satt med headset på sig och pratade i telefon. Samtalet hördes tydligt trots att kvinnan satt vänd mot väggen: ”Ville du ha lite större text denna gången? Priset blir ju samma, men du får in mindre text. Då syns det bättre förstås. Vi hittar på nåt riktigt trevligt att skriva, du och jag, så vill ju alla komma och handla hos dig.”

Åke viskade halvhögt:

– Inger säljer annonser. Utan henne kunde tidningen lägga ner. Hon är fantastisk på att få folk att annonsera om det så bara är efter en bortsprungen kviga. Vi har fler säljare förstås, men de jobbar inte idag.

Inger vände sig om medan hon fortsatte att prata och vinkade leende mot Frida. Åke gick fram till anslagstavlan med alla löpsedlar och klipp. Han pekade på en helsida ur Pressens Tidning där en bild visade hur en äldre man i kostym delade ut ett pris till en annan äldre man i kostym.

– Vår ägare, Henry Lagerwall, när han fick pris av Tidningsutgivarna för några år sen. Det var väl nån kombination av resultatutveckling och lång och trogen tjänst. Familjen har ju drivit den här tidningen sen början av 1900-talet.

– Hur går tidningen då? frågade Frida.

– Som tåget. Vi säljer mycket annonser. Det är det vi lever på.

– Hur är det med de journalistiska ambitionerna?

– Hyfsade, när vi mäktar med, vilket vi oftast inte gör. Dessutom har vi en stark ägare som gärna lägger sig i, och det händer inte alltid så mycket och då kanske man får kohandla lite med sina storslagna visioner.

Fridas blick fastnade på ett löp där det stod: ”17-årig flicka dödsstörtade från balkong. Polisen misstänker mord.”

– Det där kommer jag ihåg. Vad var det som låg bakom?

– Det avskrevs som en olycka. Polisen hittade ingen annan förklaring.

– Vad tror du?

– Det var en olycka. Verkligheten är tyvärr inte alltid så spännande som man skulle önska. Hon ramlade helt enkelt. Det är lika bra att du vänjer dig vid att här inte händer så mycket. Särskilt inte i Bruseryd.

Frida kände den hastigt uppflammande journalistiska glöden slockna igen. Åke gick fram till bokhyllan och plockade fram de fem senaste numren av tidningen, och en liten tunn skrift med texten ”Välkommen till Lagerwallkoncernen”.

– Här har du telefonnummer till företagshälsovård och sånt och några exemplar av tidningen så får du se hur det ser ut med egna ögon. Du hittar Harriets sida ganska långt bak, så kan du se själv hur hon jobbar. Du får väl hitta ditt eget sätt.

Eksjö Stadshotell var en stor och ståtlig 1800-talsbyggnad med entré mot Stora Torget. Det var där man checkade in och hämtade nyckeln. Själva rummet låg i annexet, ett lågt rosafärgat putshus på en bakgata intill stationen. Frida kunde inte låta bli att känna en viss besvikelse när hon såg rummet. Det var visserligen rymligt, men trist och kyligt med en svag doft av sur gammal tobaksrök. Det hade mörknat ute, genom sitt rumsfönster kunde hon ana baksidan av en stökig bakgård med sopcontainrar och bråte. Hon öppnade ryggsäcken och plockade upp plastpåsen med den lilla krukväxten. Ett blad hade brutits av, annars såg den ut att ha klarat sig. Hon tog ett tandborstglas i badrummet, hällde i lite vatten och tryckte ner saintpaulian.

Hon la sig på sängen och bläddrade i tidningarna hon fått av Åke. Dagens förstasida toppades med: ”Virke stulet i Ängatorp”. Inne i tidningen hittade hon rubriker som: ”Hon vann handarbetstävling” och ”Vite mot Hansson om han inte röjer gården från skrotbilar”. I dagens tidning fanns inget från Bruseryd. Det kanske föll bort när redaktören blev sjuk. Frida bytte till en annan tidning med förstasidestexten: ”Vad finns i tunnorna bakom macken i Oxbacken?” och ”Välbesökt föreningskväll i Markhult”. Här fanns Bruserydssidan med. ”Busshållplats kan dras in” var den stora rubriken. Enligt Harriets text var det för få som klev av och på vid stoppet i början av samhället för att det skulle vara motiverat att ha kvar hållplatsen. Fast det fanns egentligen inga konkreta fakta som låg bakom hotet om indragning, det verkade mest vara fria spekulationer av Harriet själv. Det var ju märkligt. Var det så ont om nyheter att hon fick skapa dem själv? I så fall var det riktigt illa.

Frida la ifrån sig tidningen och tittade i taket. Det tryckte över bröstet. Hon borde vara full av entusiasm, men... det var ungefär det sista hon kände. Hon ville verkligen inte vara alldeles ensam ute i en totalt händelselös landsortstillvaro. Skulle hon ut i världen kunde det väl vara på riktigt – London, Paris, New York eller åtminstone Stockholm eller Göteborg. Och detta var ändå inte slutstationen. Imorgon skulle hon ännu längre bort från världens mitt. Just nu ville hon bara hem. Fast hem till vad? Till morsan som bara grät? Eller till en tom lägenhet där Peters nyckel fortfarande låg som en påminnelse på hallbyrån och där ingen bara dök upp för att ta en fika? Hur många kände hon egentligen i sin egen trappuppgång? Så många gånger hon hade läst namnen på brevinkasten, och visst nickade de till varandra, hon och pensionärerna när de möttes, men kände hon dem? Nej. Hon kände inte någon i hela Strömmensberg. Hon hörde Torkels ord från avslutningsfesten: ”När man är tjugotre är allt som en lek. Det är då man tar vad man vill ha, alla vill ha en, man är odödlig och hela världen ligger öppen.” Var hade han varit när han var tjugotre? Inte här i alla fall.

Det plingade till i mobilen. Sms från Cilla: ”Bjuden på bankett i Börshuset nästa vecka. Trehundra personer i Stora Guldsalen. Ska vara bordsdam åt informationschefen! Vad ska jag ha på mig? Det måste vara långklänning. Hjälp! Cilla.” Frida svarade: ”Köp nåt dyrt, eller billigt. Du passar ju i allt. Kram.” Tankarna på Cilla och Janne Ahlsén i en intim situation smög sig på trots att hon försökte mota bort dem. Hur kunde Cilla vilja att han tog på hennes unga hud, hur kunde hon öppna sig för honom?

Frida öppnade rullväskan. Långklänning? Vad skulle hon själv ta på sig när de gick på happy hour på pizzerian – den svarta eller den grå koftan?

Åke öppnade kylskåpet och tog ut smör, kaviar och en starköl. Han öppnade ölen och hällde upp den skummande drycken i ett stort glas med avskavd guldkant. Han tog en djup klunk och andades ut. En dag till. Han hade överlevt fram till den första ölen den här dagen också. Från skåpet ovanför kylen tog han ut grovt knäckebröd och en liten flaska Explorer. Han hällde en skvätt i ölglaset, ställde tillbaka flaskan och tog en klunk till. Han bredde två mackor med Bregott och ringlade kaviar ovanpå. Bänken var full med smulor, han såg det nu, och spisen ingrodd av fett. Han borde verkligen städa, gnugga, torka bort, röja ut, slänga och göra rent, men det fick bli en annan dag. Hur länge hade han tänkt så? Det var snart tre år. Han satte sig vid köksbordet och åt och drack under tystnad. Han knäppte upp byxorna och lät magen hänga ut. Han släppte ner axlarna, kände hur hållningen försvann och tillät sig att bli så krum som han kände sig inuti. Det var tomt. På bordet låg samma julduk kvar som Marianne hade lagt dit för tre år sedan. Hade han tagit bort den under sommaren? Han mindes inte, tyckte bara att den glada tomtefamiljen som log mot honom från duktrycket plötsligt såg hånfull ut. Han svepte resten av ölen i ett slag och gick och tog fram en ny burk. En kvart senare började orosknuten i magen äntligen lösas upp. Och snart var det pizza, mera öl och dags att sträcka på sig igen.

Två utbrunna marschaller och en blinkande ren stod på den lilla trappavsatsen utanför Pizzeria da Vinci. Frida torkade av stövlarna och hängde upp sin kappa på en galge medan hon sökte efter något ansikte hon kände igen. Åke syntes inte till. Inger vinkade mot henne från en plats i baren. Nu kunde hon också se att det var Mats som stod med ryggen emot i en liten klunga intill. Frida sökte Inger med blicken och gick dit.

– Hej, sa Inger och log stort. Vi hälsade aldrig riktigt förut. Inger Niklasson heter jag. Det måste vara du som är Frida. Vilken otur att Harriet blev sjuk just nu, men det var kanske inte helt oväntat. Hon har inte varit i slag sista tiden. Sista åren faktiskt.

Vi andra förstod inte riktigt vad det var. Hon slöt sig, liksom. Det var lite otäckt att se en människa förändras så mycket. Men vi får hoppas att hon mår bättre nu när hon kan vara hemma och ta vara på sig. Kom Åke ihåg att säga välkommen ordentligt?

– Jodå, det gick bra, sa Frida, glad åt att känna sig inbjuden i den ovana miljön.

– Vi är inte vana att ta emot praktikanter från Journalisthögskolan. Praoelever har vi ganska ofta men det är ju liksom en annan sak. Hur känns det att komma ut i arbetslivet så här på riktigt då?

– Det vet jag inte riktigt än, men det ska förstås bli spännande. Jag kommer ju som sagt direkt från skolan och det är mycket som är nytt. Om ett par månader kan jag nog svara bättre på den frågan. Hoppas att jag klarar det.

– Det blir säkert inga svårigheter för dig att göra det Harriet gjorde, men kanske mer besvärligt att komma in i bygden. Folk är trevliga, visst är de det, men det finns också en tradition av att inte släppa vem som helst in på livet.

– Jag visste ju inte att jag skulle hamna här, så det har jag inte ens tänkt på. Hur ska man göra för att bli accepterad här i krokarna då?

– Var dig själv bara. Det är nog det enda råd jag kan ge. Bara var som du är, sa Inger, vinkade till sig bartendern och satte de två i kontakt med varandra. Öl eller vin?

Frida beställde ett glas rött och betalade. Men om man inte visste vem man var, hur skulle man vara då? tänkte Frida. Det lät så enkelt att vara sig själv. Var det bara hon som inte visste?

– Hörni, nu får ni hälsa på vår nya medarbetare! sa Inger med hög röst till de andra i gruppen. Presentera dig nu.

– Frida heter jag. Från Göteborg. Jag ska praktisera hos er hela våren. Kul att vara här.

Inger knuffade fram en ung, blond kvinna, som klippt ur en Elloskatalog för mulliga modeller.

– Det här är Jeanette. Hon jobbar med mig på annonsavdelningen. Visst var det förra året du började? sa Inger.

Jeanette log så att diamanten på höger framtand glimmade.

– Det var faktiskt tre år sen, Inger. Tiden går fort när man har roligt.

– Herregud, jag tyckte det var nyss, fortsatte Inger och vred sig ett halvt varv. Mats känner du redan, och det här är hans fru, Annika.

En cendréfärgad kvinna i fyrtioårsåldern vände sig om. Hon var vacker, men blek och lite färglös. Frida hann tänka att den rostbruna tunikan absolut inte klädde henne. Hon borde ha helt andra färger för att få liv i sin trötta ansiktsfärg.

– Annika Ågren, sa hon och sträckte fram sin hand. Välkommen till träsket. Det är här man sakta sjunker ner så att man till slut inte kan ta sig upp igen.

Frida tog den och hade för ögonblicket ingen aning om hur hon skulle bemöta den märkliga öppningsmeningen.

– Trevligt att träffas. Vi ska visst dela skrivbord ibland.

– Jaså? Det är det ingen som har sagt nåt om. Ska de ta det ifrån mig också …

Inger la lugnande handen på Annikas arm:

– Sluta nu. Ingen ska ta nånting ifrån dig. Det är ju bara det att om Frida behöver sitta på redaktionen nån gång är det bättre att hon sitter vid en dator med hyfsad prestanda.

– Alltid är det jag som ska flytta på mig, fortsatte Annika.

– Jag kan säkert sitta nån annanstans, bröt Frida in. Det spelar mig ingen roll.

– Nu släpper vi det, sa Inger. Det här är Kalle, vår jätteduktiga fotograf, nominerad till Årets bild för två år sen.

En kort, koppärrig man i trettioårsåldern sträckte fram handen mot Frida.

– Karl Walther. Jag gick Fotohögskolan i Göteborg.

– Okej, svarade Frida. Hur hamnade du här då?

– Jag fick sommarvikariat här efter skolan och sen fast jobb direkt på hösten. Med tanke på hur arbetsmarknaden ser ut gick det ju inte riktigt att tacka nej. Så jag jobbar för brödfödan här, men satsar på det konstnärliga långsiktigt. Jag hade faktiskt utställning i Jönköping i somras.

Inger presenterade henne för resten av sällskapet, men Kalle såg snabbt till att fånga Fridas uppmärksamhet igen och fortsatte att prata om sina konstnärliga ambitioner. Samtalet antog allt mer formerna av en självupptagen monolog där ett förakt för de dagliga sysslorna, och en känsla av att uppleva sig som förmer än kollegorna, lyste igenom. Frida kände plötsligt hur trött hon var och sökte en anledning att byta samtalsämne.

– Var är Åke förresten? sa hon rakt ut i luften.

– Ja du, var är Åke? svarade Kalle. Det är standardfrågan hos oss varje måndag förmiddag.

– Han sitter väl hemma och fyller på förrådet, sa Mats och blinkade mot Frida, som kände sig korkad för att hon inte riktigt fattade.

– Åke är bra, klippte Inger av med tydlig skärpa i rösten. Han gör så gott han kan. Och när han plockar fram plastkortet är ni minsann nöjda, fortsatte hon med en tydlig adress till Kalle och Mats.

Det blev tyst och Frida försökte intensivt tyda de inbördes förhållandena i gruppen. Den här sortens lojalitetsspel hade de inte pratat en sekund om på skolan.

– Jaha ... vad lär ni er på skolan nuförtiden då? frågade Mats. Är det fortfarande Sawatskyteorierna som gäller, eller? Hur, vad och varför?

– I stort sett, svarade Frida.

– Det kan du glömma här, fyllde Annika i. Här är vi megafoner åt de få näringsidkare som finns kvar.

– Men hallå? Det är vi väl inte, kontrade Mats. Bara för att du har tappat tron på det du gör behöver du väl inte sprida det till alla.

– Mats, gödsel luktar gödsel oavsett vad man kallar det, sa Annika och tömde sitt vinglas.

Mats tittade på Annika med en trött blick.

– Vad jag tror att Annika försöker säga är att här får vi jobba mer med Cajsa Warg-metoden; man tager vad man haver, och så försöker man göra nåt av det. Gräv där du står, och var glad om du hittar nåt att skriva om.

– Think global, act local, fyllde Kalle i.

Frida kände sig ännu mer förvirrad och blev lättad när hon såg att Åke klev in. Han hade bytt skjorta och hon kände när han kom närmare att han doftade starkt av rakvatten. Han beställde en runda öl och vin som bars fram till ett stort bord intill fönstret. Folk slog sig ner och Åke såg till att hamna intill Frida. Mats satte sig på andra sidan.

– Vad tycker du om dina arbetskamrater då? Visst är det ett gott gäng? sa Åke.

– Absolut, svarade Frida. De verkar trevliga allihop.

Det bläddrades i menyerna och man konstaterade att kebabpizzan nog var restaurangens starkaste kort. Inger försökte få koll på vem som skulle ha vad.

– Jag pratade precis med Harriet, fortsatte Åke. Hon är helt under isen, tyvärr. Men hon hälsade så mycket till dig. Hon hoppades att du skulle jobba hårt för att hålla Bruseryds fana högt.

– Jag ska försöka, log Frida.

– Om nån sätter upp en ny brevlåda får du puff på förstasidan också, sa Mats från andra sidan bordet och hela gänget brast ut i skratt.

Tre timmar senare skildes de åt, och Åke lovade att plocka upp Frida utanför annexet klockan halv nio nästa morgon.

Väl tillbaka på hotellrummet ångrade Frida att hon hade tackat ja varje gång det bjöds på vin. Hon borde ha druckit varannan vatten. Men å andra sidan var det kanske viktigt att smälta in. Hon kastade sig på sängen och kände sig tung och trött och snurrig. Det plingade till i mobilen. Två olästa meddelanden i inkorgen. Ett från Peter. Peter! Frida kände hjärtat rusa och kroppen fyllas av spänning. ”Hallå där. Såg du tidningen idag? Vad tyckte du om min bildbyline?”

Han ville ha kontakt! Hon hade inte skrivit något och han skrev till henne. Det måste betyda någonting. Han måste ju sakna henne, annars skulle han väl inte skriva. Hon skrev: ”Jag såg dig. Snygg som vanligt.” Hon klickade på sänd, och hoppades på ett snabbt svar.

Frida öppnade det andra meddelandet och läste: ”Vi är i Lidköping hos några pappa känner. Men det finns inte plats för åss. Vi får nog åka vidare imårgon. Aliana.”

Frida log för sig själv och såg den lilla tjejen som ville odla mjölkchoklad framför sig. Vad slitsamt att komma fram och inte vara välkomna, tänkte hon. Hon funderade en stund och skrev sedan: ”Hoppas att det löser sig. Skriv och berätta vart ni åker sen. Sov gott. Frida.”

Frida gick in i det lilla badrummet, tvättade bort sminket, smorde in ansiktet och gjorde i ordning tandborsten. Det plingade till i mobilen. Hjärtat slog ett hårt slag igen. Meddelandet innehöll bara en symbol. En glad gubbe. Från Aliana. Men inget från Peter. Inte ett ljud på hela natten.

3.

Åke växlade ner från fyran till trean, kollade i backspegeln, slog på blinkersen och drog på för fullt förbi timmerbilen på den långa raksträckan.

– Har du sett virkesupplagen efter stormen Gudrun? Helt otroligt. På ett dygn förändrades ett helt landskap, sa Åke medan han manövrerade in den guldfärgade Volvon framför lastbilen.

– Jag såg det ju på TV, sa Frida.

– Titta till höger här, fortsatte Åke och pekade vid sidan av vägen.

Berg av timmer låg staplade i enorma högar. Ovanpå högarna låg nya högar. Det var verkligen som ett landskap i sig.

– Förut var här en kal och tom yta. Nu är den full med virke, men där träden stod är det öde. Nu får man börja om från början och röja och plantera nytt.

– När är allt som det var innan då?

– Om sjuttio, åttio år kanske, sa Åke. Det är märkliga tidsperspektiv för skogsbönderna. Det de sår får de inte ens skörda i sin egen livstid.

Tät granskog och jordbrukslandskap avlöste varandra i det tidiga förmiddagsljuset. Byarna var små och såg döda ut, som om en neutronbomb hade briserat och släckt ut allt liv, men inte förstört byggnader och vägar.

– Varför finns redaktionen i Bruseryd kvar om det nu händer så lite där? frågade Frida.

– Ja du, det undrar vi alla. Det är helt och hållet av nostalgiska skäl. Ägarfamiljen, Lagerwalls, kommer från orten. Men styrelsen är på Henry hela tiden och vill lägga ner för det är ju bara kostnader, inga intäkter.

– Det måste ha varit jobbigt för Harriet att ha ett nedläggningshot över sig.

– Ja, det tror sjutton det. Det kanske är det som har knäckt henne. Så det är ett tufft jobb som väntar dig. Kan du inte fylla sidan ligger lokalredaktionen risigt till. Minst sagt.

– Så jag måste leverera?

– Måste och måste. Det är upp till dina egna ambitioner. Men du ska ha klart för dig att det är en by som håller på att gå en stillsam död till mötes.

Frida kände hur ett nytt allvar smög sig in i atmosfären. Det här var ingen lek där hon bara kunde åka hem när hon tröttnade.

– Hur många bor det i byn? frågade Frida.

– Med gårdarna runtomkring kanske... hundra personer.

– Vad lever de på?

– Många är pensionärer, andra pendlar till Eksjö eller Hultsfred och jobbar inom vård och omsorg. En del är sjukskrivna.

– Finns det nån större arbetsgivare på orten?

– Det finns ett litet sågverk och en veterinärpraktik utanför byn. Annars ingenting.

– Ingenting? Vad finns det att skriva om då?

– En förkastningsspricka, ett nedlagt bruk från 1600-talet... och bulan. De fick en vägbula för några år sen.

– Har inte Harriet redan skrivit om det då?

– Det är klart. Men här på landet går allt i cykler. Vi berättar samma historier om och om igen. Det är så folk vill ha det.

– Finns det några människor man känner till som kommer härifrån?

Åke tänkte en stund.

– Svenne och Lotta hyrde ett hus i utkanten av byn några år

på sjuttiotalet. Och så har vi ju Lempa Lennartsson, bandystjärnan. Man han blev värvad till Bollnäs och flyttade för många år sen.

Frida blev tyst. Åke fortsatte:

– Du får tänka dig att du täcker ett ganska stort område runtomkring. Skriv om varenda föreningsträff som finns. Och byn tillhör ju Eksjö, så på kommunkontoret kan du kanske hitta material som kan beröra er. Du får helt enkelt ge dig ut och prata med folk.

– Ja, sa Frida. Men om vadå?

– Det är det du ska ta reda på. Du har fria händer.

De kom till en lång feldoserad högerkurva som aldrig tycktes ta slut. Vägbanan var på något märkligt sätt välvd som en ås i mitten och trots att Åke bara körde i åttio kilometer i timmen kändes det som om bilen skulle glida av vägbanan ner i den trasiga vägrenen.

– Den jävla kurvan. Att man aldrig lär sig, muttrade Åke medan han parerade Volvon upp på vägbanan.

En bit från vägkanten, på en stor sten i kanten av den snöpudrade åkern, syntes konturen av en människa. Hon, för det såg ut att vara en hon, satt med nedböjt huvud och stirrade i marken. Det första som for genom Fridas huvud var att hon måste frysa. Det måste vara absolut svinkallt att sitta där i blåsten och snömodden. Sedan såg hon att kvinnan bar dunkappa, sjalett och snöjoggingstövlar. Hon var i alla fall rejält klädd, tänkte Frida som inte kunde släppa kvinnan med blicken.

– Vem är hon?

– Jag tror att hon heter Gunnel nånting. Det är en jävla tragisk historia. Det sägs att hon sitter där varje dag, sa Åke.

– Vad gör hon?

– Hon bara sitter, timme efter timme.

– Men varför?

– Det är väl fyra år sen nu. Hennes son och hans familj skulle flytta hem och ta över gården. Och så när de kom med flyttlasset på väg hit så tappade han på nåt sätt kontrollen över bilen. Det är ju lätt gjort här. Bilen körde i alla fall av vägen och rakt in i den där stenen. Det blev bara skrot av alltihop.

– Varför körde han av? Var det en krock?

– Det vet man inte riktigt.

– Hur gick det?

– Mannen, kvinnan och den äldsta grabben dog förmodligen direkt. Lillpojken levde ett par timmar på sjukhuset, men sen dog han också. Så hon förlorade dem allihop.

– Så fruktansvärt.

Himlen mörknade, och sänkte sig allt mer för att slutligen brista. Det började regna, först försiktigt, sedan allt mer häftigt.

– Nu är vi snart framme, sa Åke med en blick åt Fridas håll.

Den bortvända blicken gjorde att Frida såg rådjuret före Åke. Det enda hon hann få ur sig var ett: ”Akta!” Åke ställde sig på bromsen. Rådjurets högra bog touchade bilens motorhuv på vänster sida och en dov smäll hördes när hjulen körde över djurkroppen. Åke körde in bilen till vägkanten och öppnade dörren.

– Fy fan. Det här är aldrig kul. Vänta här, sa han, tog ett djupt andetag och steg ur.

Han öppnade bakluckan, tog ut en sopsäck och gick sedan tillbaka till det döda djuret som låg kvar mitt i vägen. Han svepte in djurkroppen och lyfte ut den på vägrenen. Frida såg i backspegeln hur Åke tog upp sin mobiltelefon och ringde ett samtal medan han betraktade kroppen förvirrat och vankelmodigt. Slutligen gick han tillbaka till bilen, backade femtio meter och lyfte in rådjuret i bakluckan. Frida funderade på vad hon skulle säga när Åke kom in i bilen igen. Själv var hon helt skakig. Skulle hon beklaga sorgen?

– Det är tyvärr sånt som händer, sa Åke när han krånglade sig ner i förarsätet igen. Nu har vi i alla fall en rubrik till imorgon: Tidningsman i svår trafikolycka med dödlig utgång.

Frida förstod inte riktigt om han drev med henne eller menade allvar, och hon ville inte riskera att göra bort sig genom att fråga.

Ett par minuter senare passerade de skylten: Bruseryd. Frida var så omskakad att hon inte riktigt mäktade med att registrera allt så noga som hon hade tänkt. Det skulle väl bli tid till det, tänkte hon. Men hon noterade den nedlagda posten, en tom livsmedelsbutik där bara konturerna av texten Ica syntes på tegelväggen och en nedlagd industrilokal. Den gamla sextiotalskiosken såg sliten och öde ut, men det lyste faktiskt ur ett sidofönster och hon hann läsa texten på den lilla skylten på dörren: Danis Kiosk och Kebab.

– Vad är det där för ett ställe?

– Det har väl funnits några månader, svarade Åke.

– Har Harriet skrivit om det, eller?

– Inte vad jag vet. Hon tyckte väl inte att det var nån idé. Den lägger ju ner snart. Det ser vem som helst att det där inte kan bära sig. Vem skulle handla där?

Ett par hundra meter längre fram blinkade Åke vänster och svängde in på gårdsplanen framför en eternitvilla med brutet tak och vindskupa. Trädgården var helt plan med prydliga rabatter mot vägen. Bakom huset stod en liten klunga träd, sedan var det åkermark så långt det gick att se. Frida hann tänka att det måste vara blåsigt jämt. Det rörde sig i gardinen på bottenvåningen.

– Det är Agnes, din hyresvärdinna. Släkt med Henry Lagerwall på långt håll, som alla andra här höll jag på att säga, sa Åke. Det är en väldigt trevlig gammal dam, textillärarinna förr i världen. Hon kommer att ta hand om dig på bästa sätt.

Redaktionslokalen låg en trappa upp och bestod av två rum. Ett ut mot vägen, med två fönster, och ett rum mot åkern, med ett mindre fönster. I det lilla rummet fanns en gammal kopieringsapparat och ett litet pentry med mikro och kaffebryggare. I det större rummet fanns två skrivbord, en vägg med bokhyllor, en anslagstavla och en liten soffa med soffbord. Det ena skrivbordet var hyfsat välstädat, det andra var överbelamrat med post och papper. Överst i högen låg en digitalkamera.

– Harriet var väl inte nån ordningsmänniska direkt. Det där är hennes inkorg, så att säga, sa Åke och sköt in några kuvert som låg på kanten av skrivbordet. Du får väl börja med att gå igenom det som finns i posten.

Frida nickade. Hon lyfte försiktigt i brevhögarna och såg att en del av kuverten var daterade flera månader tillbaka i tiden. Hur kunde Harriet bara låta bli att öppna posten? Hade hon varit på väg in i väggen under så lång tid att hon bara hade struntat i allt som var grundläggande? Om det inte fanns några rutiner, hur skulle då Frida själv veta hur hon skulle lägga upp sitt jobb? Och med handledningen på distans?

Åke startade datorn och tog fram en handskriven lapp ur fickan medan han väntade på att maskinen skulle komma igång. Han knappade in Harriets lösenord och började navigera sig fram bland ikonerna.

– Tyvärr kommer du inte åt tidningens eget nätverk härifrån. Harriet har helt enkelt mailat iväg sina texter och bilder för redigering hos oss. Ibland har hon gjort hela sidan själv, ritat in texten och satt rubrik, men oss emellan brukade resultatet inte bli så bra så vi försökte undvika det. Men du kanske är jättebra på redigering och då ska vi förstås utnyttja det. Det finns ju enkla formatmallar att följa. Jag antar att du kan sånt från skolan, sa Åke.

– Någotsånär. Och bilder då? frågade Frida.

– Vi jobbar med vanliga digitalkameror, inga konstigheter antar jag, så de bilderna laddar du bara över som vanligt. Är det större jobb eller bildjobb så ringer du bara så kan vi boka in Kalle.

– Vem ringer jag om det är nåt med tekniken jag inte fattar?

– Mats är den som är bäst på datorer hos oss. Honom kan du alltid ringa. Eller mig, men jag kan förmodligen inte ge dig nåt bra svar, sa Åke och log så att snusen syntes.

– Vad har jag för lämningstider? Vad ska jag åstadkomma till imorgon, till exempel?

– Till imorgon har du en halvsida. Det varierar annars från dag till dag beroende på annonsmängden, men mellan en halv och en sida, fem dagar i veckan, det är uppdraget. Vill du kan du förstås få skriva reportage till andra avdelningar också. Om du skulle få tid över.

– Gärna, även om det kanske inte låter så realistiskt, svarade Frida.

Åke reste sig från skrivbordsstolen och slog ihop händerna i en avslutande gest.

– Jaha, då var det lägenheten. Den är en trappa upp.

Frida följde honom uppför linoleumtrappan. Ett brant snedtak mötte en pärlspontklädd vägg utanför en liten blåmålad dörr.

– Vem har bott här? frågade Frida.

– Ingen. Inte på flera år. Harriet bor ju i villa ett par mil härifrån så det fanns inget behov för henne att ha lägenheten. Förr hyrde Agnes ut till folk på bruket eller nån som skulle jobba här av nån annan anledning, men det var nog länge sen nu. Hon har väl lite turister på sommaren i och för sig, men det kan inte vara många. Det är ju ingen turistmetropol direkt.

Lägenheten bestod av en liten tambur, ett enkelt litet kök och ett småmönstrat rum med snedtak och sovalkov. Ett ljusblått draperi hängde framför den smala sängen. Ett slagbord med två stolar, en sextiotalssoffa i grönt, en ryamatta och en hyllmöbel med en liten TV var hela möbleringen.

– Det är inte så märkvärdigt, som du ser, men det är i alla fall gratis. Du får säga till om du hellre vill skaffa nåt annat, men då får du ju betala själv.

– Det här blir nog bra, sa Frida och försökte ignorera det obehagliga trycket över bröstet.

Hon la rullväskan på slagbordet och tittade ut genom fönstret mot åkern. Hon sökte horisonten med blicken men hittade den inte. Det hon fann var en vägg av granskog långt i fjärran. Något mer till höger såg hon en gammal röd träkåk, sedan bara åker och äng. Regnet föll. Inte en rörelse någonstans. Frida öppnade fönstret och lutade sig försiktigt ut. Hon tyckte sig höra en ton långt bortifrån.

– Nu vill ni väl ändå ha kaffe? ropade Agnes nedifrån bottenvåningen.

– Det är en dödssynd att tacka nej till fika här i trakten, sa Åke och gjorde en rörelse mot trappan. Det är bra att du får lära känna Agnes lite också.

Bottenvåningen doftade kaffe och rengöringsmedel. Åke tog en extra omgång blåbär och grädde. Frida kände tydligt hur Agnes läste av hennes yttre med blicken – det spretiga blonderade håret, de röda läpparna, den korta trasiga jeanskjolen över leggings och raggsockor. Frida bara väntade på den slutgiltigt dömande blicken, den som brukade komma, men det ögonblicket kom aldrig riktigt. Agnes tycktes acceptera, och det gjorde kaffestunden betydligt lättare att uthärda. De konverserade om en bonad Agnes hade på väggen, och en gammal möbel, sedan blev det tyst.

– Hur är det med mamma? Jag minns ju henne från när hon var liten, sa Agnes.

– Det är väl bra med mamma, svarade Frida och försökte le.

– Vad skönt att höra. Och pappa då? Skriver han fortfarande kokböcker?

– Jodå, fast de är skilda.

– Jaha, det är det ju så många som är, sa Agnes. Jag kände din mormor ganska väl. Visst var ni i torpet och hälsade på ibland när du var liten?

– Nån vecka varje sommar brukade det bli.

– Det är synd att det bara står tomt nuförtiden, sa Agnes. Det ligger ju fint. Huset är det väl inte mycket med, vindskivorna hänger på trekvart och ett av uthusen håller på att falla ihop, men det är bördig och bra mark. Fast ödsligt förstås.

– Jag hör att ni har mycket att prata om, sa Åke och sköt kaffekoppen ifrån sig, men jag måste åka tillbaka och göra lite nytta. Har vi nåt mer vi borde prata om, Frida?

– Mats frågade om jag kunde ta nåt LRF-möte ikväll. Ska jag det? Det är väl du som bestämmer sånt?

– Om du vill och orkar får du gärna ta det. Då blir både Mats och jag glada. Det ska inte in förrän nästa vecka så det är inte bråttom med själva texten.

– Jag vet inte hur jag ska ta mig dit bara, sa Frida.

Åke gjorde en grimas och slog sig för pannan.

– Snacka om att ha huvudet under armen! Du måste förstås ha en bil. Hur fan löser vi det? Du har väl körkort?

– Körkort har jag, fast jag har aldrig haft nån bil, svarade Frida.

– Ursäkta om jag bryter in, sa Agnes försiktigt, men Björkman här borta brukar ha lite gamla bilar som han reparerar på sikt, som han säger. Där kanske det finns nån man kan låna så att ni slipper åka tillbaka ända till Eksjö för att hyra bil. Om ni vill kan jag ringa upp honom?

– Tack gärna, Agnes, sa Åke. Det vore faktiskt väldigt bra. Då kanske vi kan lösa det direkt.

Agnes gick ut i köket och ringde. Efter en stund kom hon in i vardagsrummet med den bärbara luren i handen, teaterviskade till Åke att det fanns en gammal vit Volvo som kanske kunde vara aktuell och lämnade över luren. Frida förstod av samtalet att det var en hel del fel på bilen men att det nog skulle ordna sig ändå. Åke tackade för samtalet, la på och vände sig mot Frida.

– Du kan hämta bilen själv vid femtiden idag. Han behövde

se över bromsarna och några andra grejer, men den är tydligen helt okej. Fixar du det? Då kanske du kan ta LRF-mötet?

Det var så mycket nytt och nya krav men Frida kände att hon inte kunde börja med att säga nej. Det var bara att le och se ut som det här var saker hon gjorde var och varannan dag.

– Jag löser det.

– Mycket bra. Mats mailar över alla uppgifter om tid och plats och bakgrund. Och så får du väl se om du får ihop nåt till morgondagens tidning. Du har ju dagen på dig, fortsatte Åke.

– Bara jag vet vad jag ska skriva om. Jag har ju inte riktigt hunnit sätta mig in i saker och ting.

– Hinner du inte så hinner du inte, då får du säga ifrån i tid så kör vi inköpt material på din sida istället.

– Men då blir det inget från Bruseryd i morgondagens tidning?

– Nej, det blir det ju inte då.

Åke reste sig och tackade för kaffet och Frida gjorde likadant. När de skildes åt i farstun frågade Agnes om hon ville äta middag nere hos henne framåt kvällen. Frida tvekade, men insåg för det första att det var tomt i hennes kylskåp och för det andra att det förmodligen skulle vara ofint att tacka nej.

– Det känns bra att Agnes tar hand om dig så att du slipper svälta. För min del blir det väl rådjur till middag, sa Åke och blinkade till Frida.

Frida såg sig omkring i rummet som skulle vara hennes arbetsplats de närmaste månaderna. Ljuset var grått och dystert. Hon tände alla lampor som fanns och satte sig sedan på Harriets plats. Nej, hennes egen plats. Hon drog igång datorn och gick in på Google. Hon gjorde en sökning på Bruseryd och fick upp en kort text på Wikipedia: Anrik bruksort. 64 hektar. Nedåtgående befolkningsstatistik. Cirka 100 invånare. Fors, kvarn och källa. Det var inte mycket att utgå från.

Telefonen ringde. Frida tittade på den som om den var ett främmande föremål. Vem ringde hit? Det var Mats, som ville ha snabba besked.

– Får du ihop nåt tills imorgon, eller? Inger har sålt en stor annons i botten, så det räcker med en halvsida.

– Jag vet inte riktigt. Jag har ju knappt hunnit logga in.

– Gör en betraktelse över en nyanländ persons upplevelse av byn då? Gå en sväng längs gatan och skriv om vad du ser.

– Jamen, alla som bor här vet ju redan hur det är här. Det känns inte som nån bra start, sa Frida och förvånades själv över att hon vågade säga emot.

– Följ upp Harriets grej om att busshållplatsen kanske ska dras in då? Fråga folk på byn vad de tycker.

– Det var ju ingen riktig nyhet, svarade Frida.

– Jaså? Nähä ... kom på nåt själv då. Och hör av dig i god tid om du fyller. Åke ringde och sa att du tar LRF. Det räcker med tvåtusen tecken.

– Jo, förresten, det här Danis Kiosk och Kebab. Vet du om Harriet har skrivit om det?

Det blev tyst i luren en stund.

– Det känner jag inte igen. Ligger det i Bruseryd?

– Ja, det verkar så. Du som vet, hur skriver jag om en sån sak utan att det blir textreklam?

Mats skrattade.

– Härligt att du fortfarande oroar dig. Det behöver vi. Skriv om människan bakom. Vi behöver människoöden i tidningen.

– Ritar ni sidan om jag får ihop text och bild?

– Japp, bara du lämnar före fyra så löser vi det. Och ring om du inte får ihop nåt.

Frida la på och samlade tankarna en stund. Hon skrev in Danis Kiosk och Kebab i sökrutan på vinst och förlust och klickade på enter. Datorn arbetade länge och så småningom tonade en avancerad hemsida upp på skärmen. Frida betraktade den konfunderat. Varför en så välarbetad sida för en enkel kebabkiosk? Hon klickade på symbolen: kontakt. Där stod bara en adress. Inga öppettider. Men klockan var ju mitt på dagen. Var det någon gång det skulle vara öppet var det väl nu, i lunchtid.

Frida packade ner block, penna, kamera och plånbok i axelremsväskan. Hon kollade mobilen innan hon la ner den också. Fortfarande inget från Peter. Jävla Peter. Hon skulle inte ha skickat något svar igår. Hon tog på sig kappan och halsduken och stoppade ner vantarna i väskan. Innan hon gick öppnade hon ryggsäcken och plockade försiktigt upp saintpaulian. Den låg lite snett i plastkrukan, men inget var brutet. Hon ställde den på ett kaffefat på soffbordet och hoppades att den skulle trivas i det utkylda redaktionsrummet.

Det kändes märkligt att bara börja gå. Hon hade just kommit och nu skulle hon ut och konfrontera den riktiga verkligheten. Hon hade behövt en buffertzon, en stillsam intoning, en lära-kännaprocess, men sådant fanns det uppenbarligen inte tid till. Hur kunde hon överhuvudtaget komma på tanken att välja det här yrket? Ut i det kalla, okända och prata med människor hon aldrig hade träffat och skriva om saker som kanske inte ens angick henne. Slasket trängde sig in genom de högklackade stövlarna och vätan spred sig om tårna. Hon frös. Hon passerade dammen på vänster sida, infarten till bruket och skylten där det stod Idrottsplats. På höger sida gick hon förbi ett igenbommat Folkets Hus och en nedlagd butik. Hon följde det forsande vattendraget som strömmade parallellt med huvudvägen och kom efter ytterligare ett par hundra meter fram till den nedlagda stationsbyggnaden och kiosken med skylten Danis Kiosk och Kebab.

Hon blev stående en stund utanför den lilla blekblå byggnaden. Hon hade ju inte riktigt förberett sig, bara skyndat sig iväg. Hur skulle Peter ha gjort, for det genom huvudet på henne? Kunde hon kliva in i hans sätt att tänka? Vad hade han haft för vinkel och attityd? Nej, det var tyst. Han skulle helt enkelt aldrig befunnit sig här. Hon försökte repetera det hon lärt sig på skolan, intervjuns ABC och alla regler om hur, vad och varför, samtidigt som hon tänkte på det Mats hade sagt om människoöden. Vem är Dani som har en kiosk och kebab i Bruseryd? tänkte hon. Kan det vara min utgångspunkt?

Hon tyckte sig höra ett svagt ljud av technomusik inifrån kiosken. Hon knackade på. Inget hände. Hon knackade igen. Plötsligt hörde hon en röst från gaveln på huset. Hon gick runt och såg en ung man, inte mer än arton, nitton år, titta ut genom den gamla kioskluckan. Han såg förvånad ut.

– En kund? Är det en kund? Välkommen, välkommen! Vad kan jag stå till tjänst med?

– Har du kaffe? frågade Frida.

– Jag har egentligen lunchstängt, men för dig har jag vad som helst. Kebab, glass, choklad.

– Kaffe blir bra, sa Frida.

– Snabbkaffe eller espresso? Jag har inget bryggkaffe tyvärr, svarade mannen.

– Espresso blir perfekt. Hur kan det vara lunchstängt mitt i lunchen?

– Äh, det var bara ett skämt. Jag har lite konstig humor. Fast det var sant också. Jag gör som jag vill.

Frida kom av sig lite av de motsägelsefulla signalerna, men påminde sig själv om varför hon faktiskt var där.

– Om det är du som är Dani vill jag gärna sitta ner och prata en stund med dig om det går bra. Jag kommer från Smålandsbladet och ska skriva en artikel för Bruserydssidan, om du kan tänka dig att ställa upp.

– När då?

– Nu, helst.

– Jag ska bara logga ut så har jag all tid i världen. Kom in bara, sa Dani och gick runt och öppnade dörren.

Det var varmt i den lilla kiosken. Det berodde på datorerna. Invändigt såg det inte alls ut som Frida hade föreställt sig. Skärmar och maskiner överallt i det lilla personalutrymmet bakom butiken. Det fanns bara en stol att sitta på. Dani försvann en stund och kom sedan tillbaka med en gammal pinnstol och två kuddar. Han hade bytt den urtvättade T-shirten mot en skrynklig gårandig skjorta och stoppat ner den lite halvhjärtat i de säckiga jeansen. Han la kuddarna i ordning på stolen och bjöd Frida att sitta ner och ägnade sig sedan åt espressobryggaren.

Till en början var han kortfattad och lite kryptisk, nästan som om han inte hade pratat med någon på väldigt länge, men efter en stund ville orden forsa ur honom och den mörkfjuniga mustaschen på överläppen fick liv.

Han hade hittat kiosken på internet, på Blocket, för tre månader sedan, och tyckt att den verkade bra. Lugnt läge. Det var det han sökte.

– Hur kommer det sig att du ville ha en kiosk? Är det nån gammal dröm? frågade Frida.

– Nej, nej, jag skulle bli kemiingenjör. Jag gick andra året på KTH.

– Så du är från Stockholm?

– Södertälje.

– Vad har du för koppling till Bruseryd?

– Ingen alls. Det var det som var bra, sa Dani och såg ut som om han hade försagt sig.

Frida förstod inte riktigt hur det kunde vara bra. Plötsligt greps hon av en obehaglig känsla av att han kanske hade anledning att hålla sig undan. Nu satt hon här, ensam i hans lilla kiosk, och ingen, utom möjligen Mats, visste var hon var. Kanske var Dani en galning, ett totalt ufo, och hon hade självmant klivit in och lagt upp sig som ett slaktvilligt lamm. Hon måste ha tystnat, för Dani tittade på henne med en lång frågande blick om det skulle komma några fler frågor. Hon tog ett djupt andetag och tvingade sig att le.

– Varför var det bra att du inte känner nån här?

– Är det konstigt att man längtar bort nån gång?

Frida skrattade till.

– Vad är roligt? sa Dani.

– Ingenting. Det är bara det att det är titeln på en svensk schlager.

– Lena Andersson 1971. Jag vet! En polare till mig har gjort en helt grym hiphopversion. Jag älskar den. Originalet också. Gör du?

– Jo, den är ... bra, sa Frida förvånad och förvirrad. Förlåt att jag avbröt. Det var inte meningen att du skulle tappa tråden. Fortsätt.

– Varför jag flyttade hit beror på att jag helt enkelt ville bort. Det var bara det.

– Vad konstigt, sa Frida. Jag vill inte bort. Jag vill hem. Jag vet bara inte var det är nånstans.

De blev sittande tysta en stund. Dani tittade ut genom fönstret.

– Mina kompisar var inblandade i ett övergrepp.

Samtalet hade tagit en oväntad vändning och Frida hade ingen aning om hur hon skulle gå vidare. Tusen frågor for genom huvudet, men ingen kändes bra. Hon teg och väntade.

– De gjorde sånt man inte får göra, sa Dani. Med en tjej ...

Frida höll andan och funderade intensivt på hur hon skulle gå vidare. Till slut ställde hon den fråga som kändes mest väsentlig.

– Åkte de fast, killarna som gjorde det?

– De skyllde på varann, och sa att hon var med på det.

Dani reste sig och slog ihop händerna som för att skaka samtalsämnet av sig.

– Vi hade växt upp ihop. De fanns där runt om mig hela tiden. Det kunde varit jag. Det var det som fick mig att bestämma mig. Det kunde ha varit jag.

– Så då flyttade du hit ut i ödemarken istället för att gå klart din utbildning och vara bland familj och vänner. Hur tänkte du? frågade Frida.

– Det sket sig på tentorna efter det som hände. Jag kunde inte koncentrera mig. Farsan har alltid varit arg, men nu blev han ännu argare. Han läste om det i tidningen och förstod nog vad som hade hänt, men han tyckte att en sån kvinna ändå fick skylla sig själv. Jag förstod att han ville att jag skulle ställa upp för mina kompisar. Männen ska hålla ihop.

Danis blick fastnade i kaffekoppen. Han vevade runt, runt med skeden trots att kaffet var urdrucket.

– Jag är född i Sverige, jag är svensk. Mina föräldrar kommer från Irak, de tror att de är svenska, men de lever på samma sätt som man gjorde där borta. Min morsa går hemma och passar upp på min pappa och mina syskon hela dagarna. Vad får hon för det? Bara skit. Jag vill inte bli som min pappa, jag vill inte bli som min mamma och jag vill inte bli som mina kompisar. Hur ska jag kunna hitta ett sätt att vara om jag har det där gamla sättet framför ögonen hela tiden? Så jag måste bort. En annons och sen hamnade jag här.

– Köpte du det här stället utan att ha sett det? frågade Frida fascinerat.

– Jag såg det ju på bild.

– Jamen, ändå. Att du vågade?

– Jag vågade inte stanna kvar.

– Hur försörjer du dig då? Det verkar inte vara nån rusning till kiosken precis?

– Det är mest en social grej. Jag hoppas få lite snurr på det framåt våren. Jag kan ju inte bara vara tyst hela dagarna, måste prata med nån ibland.

– Men vad lever du på?

Dani skrattade lite generat.

– Inte är det några smarta kemiupptäckter i alla fall. Nätpoker. När man väl har fattat sannolikhetstänket är det ganska lätt att tjäna bra pengar. Och jag har ju nästan inga kostnader.

Dani gav sig in i en lång förklaring om hur man kunde ana vilka kort motspelaren ur ett sannolikhetsperspektiv borde ha och hur man kunde räkna ut vilka kort som rimligen borde komma upp. Frida förstod inte mycket, men han verkade ha koll.

– Hur mycket vinner man?

– Olika. Ibland trettiotusen. Ibland hundratusen. Ibland ingenting på flera veckor. Men jag klarar mig.

– Vad fick du ge för det här stället?

– Nästan ingenting. Jag sålde min etta i Södertälje strax efter att den gjordes om till bostadsrätt, och det räckte till en kiosk, en villa och en stor trädgård där jag kan ha trädgårdsland och grill. Visst är det otroligt? På ett sätt är det drömmen. Lite off, men ändå.

– Bor du i villan alldeles själv?!

– Vem skulle annars bo där? Fast jag ska nog skaffa katt, för sällskapet och mössen.

– Blir det inte ensamt?

– Jag hade en kund igår, och nu är du här, och via datorn har jag kontakt med folk över hela världen. Jag klarar mig. Men jag längtar efter våren och att få öppna luckan.

De pratade en stund till och Frida stämde av vilka delar av historien Dani tyckte var okej kom med i artikeln. Hon hade redan vinkeln klar för sig: Dani bytte studier i storstan mot kiosken i Bruseryd. Hon arrangerade en bild där han stod och lutade sig ut genom luckan med en espressokopp i handen. Frida tackade för sig och började gå. Dani ropade efter henne:

– När kommer det i tidningen?

– Imorgon. Då får du läsa!

– Kom och ät kebab med mig då. Jag har fullt i frysen.

– Kanske, ropade Frida och gick bortåt vägen i snöslasket.

Det hade mörknat ute. Frida hade ringt redaktionen för att kolla att materialet hade kommit fram och Annika hade svarat något syrligt om att det var väldigt vad hon var snabb. Frida kände sig dum. Hon försökte ju bara göra rätt. När Mats tog över luren verkade han nöjd i alla fall. Frida hade förberett sig på en hel del kritik och justeringar och blev i efterhand förvånad över att texten bara hade trillat rakt igenom hela tidningsmaskineriet.

På skolan valsade det ständigt runt skräckhistorier om praktikanter som hade fått sina texter omskrivna till oigenkännlighet och andra som hade skrivit artikel efter artikel som aldrig kom in. Det var med en våg av lättnad hon insåg att hon hade klarat den allra första svårigheten, att bli publicerad.

Hon gick ner till Agnes som hade väntat med maten en bra stund för att Frida skulle hinna klart. Maten hade hunnit bli kall. Frida fylldes av dåligt samvete och hann tänka ut flera sätt att försöka gottgöra förseningen, men Agnes verkade inte det minsta irriterad eller besviken.

De åt pannbiff med lök, potatis och brunsås och samtalet flöt lätt. De pratade om kiosken, hur länge den hade funnits, vilka som hade haft den. Frida insåg att det fanns en poäng i att få igång Agnes att berätta. Då kunde hon vila själv, samtidigt som hon fick en massa värdefull information och, sist men inte minst, Agnes verkade trivas med att ha någon som lyssnade.

På Agnes berättelse lät det som om Bruseryd hade varit världens metropol en gång i tiden. Där fanns klädbutik, skomakare, två mataffärer, en charkuteributik, leksaksaffär, tobakshandel, post, bank, järnvägsstation, idrottsplats, dansbana, missionshus och flera livaktiga föreningar och idrottsklubbar. Det hon målade upp var en helt annan värld. En värld där bandyklubben var bland de bästa i landet och bruket känt i hela Europa. Då fanns framtidstro och visioner. Nu var det som om allt det där bara hade dött. Sedan Gudrun var landskapet runtomkring inte ens särskilt vackert längre. Förr kunde de alltid säga att de hade skogen. Nu var det bara hyggen och öppna, kala ytor. Vilka tyskar vill köpa stugor då?

Medan de drack kaffet kom Björkman inkörande på gården med den vita Volvon. Det var en magerlagd äldre man med Lantmännenkeps. Han tackade nej till att sitta ner utan ville bara överlämna bilnycklarna till Frida så att hon skulle slippa gå bort längs landsvägen i mörkret. Han förklarade bilens alla egenheter för henne och backade sedan ut i hallen och försvann. Först i efterhand insåg Frida att det nu var han som fick gå längs landsvägen istället. Det kanske var en sorts välkomsthälsning.

Frida tackade för maten och funderade på om hon skulle erbjuda sig att betala en ersättning. Var det något som förväntades av henne? Hon fick fråga Åke. Medan hon gick upp på redaktionen för att förbereda LRF-mötet ringde mobilen. Det var mamma som undrade om hon hade hunnit titta till huset än, om det var mycket förfallet och att hon måste göra en plan för hur upprustningen skulle gå till.

– Mamma, jag jobbar, svarade Frida.

– De kör väl inte med dig? Låt dem inte utnyttja dig! sa Mona med bestämd röst. Jag vet allt hur arbetsgivare kan vara efter alla mina år som syokonsulent. Säg ifrån ordentligt, och stå på dig.

– Det är lugnt. Jag har sagt ja till att göra detta.

– Men stugan då? Du kanske kan hinna dit nu ikväll?

– Det är LRF-möte, och jag ska skriva.

– LRF? De har väl aldrig gjort nåt vettigt i historien.

– Jag är ledsen mamma, men jag måste förbereda mig nu.

– Ring nån gång då. Du ringer ju aldrig, sa Mona och la på luren.

Frida låg i sin säng och tittade upp mot snedtaket. Ett penselstrå hade fastnat i den gulvita färgen. Hon försökte skrapa bort det, men det ville inte släppa. Draperiet, som var solblekt utifrån, såg mörkare ut här på insidan. Hon provade att dra det fram och tillbaka. Det blev som en koja där inne. Sängen var smal och hård, men hellre det än för mjuk. Hon hade bäddat med sina medhavda påslakan och kände tyngden av ett gammaldags vaddtäcke mot kroppen. Hon hade lagt på sig en virkad yllefilt också. Det var rått i rummet. Det kändes som om hon hade frusit hela dagen.

Hon stirrade på sin mobiltelefon. Inte ett enda sms på hela dagen. Hade livet utanför fullständigt stannat av? Hon bläddrade vidare bland funktionerna och hittade fotoalbumen. Hon tittade länge på en bild på Peter där han låg på kudden intill henne hemma i lägenheten på Storhöjdsgatan. Hade den blicken inte betytt någonting?

Hjärnan målade upp en bild av en kvällstidningsredaktion fylld av trendiga, storstadssmarta tjejer sittandes vid skrivborden runt Peter. Hon såg framför sig hur de lyssnade på hans intelligenta iakttagelser om dagens stora nyheter, hur de gick på after work varje dag och hur han bjöd de vackraste på vin och drinkar. Säkert tog han med någon hem. Säkert. Och här låg hon under ett vaddtäcke i ingenmansland och frös. Hon kände hur fruktansvärt trött hon var av alla intryck – nya människor och miljöer.

Mats vägbeskrivning hade fungerat bra. Hon hade kört fel en gång, men kommit fram till bygdegården i god tid. Det var mycket närmare än hon hade trott. Hon visste inte om hon skulle sitta kvar i bilen utanför tills det började eller gå in och visa sig. Hon hade normalt sett inga svårigheter med att vara social, men här kände hon sig verkligen som en utböling. Just där och då ångrade hon det röda läppstiftet och den trasiga jeanskjolen.

Det hade varit rätt glest i lokalen. Två damer som ordnade

med kaffe och kakor hade förväntansfullt frågat henne om det skulle bli förstasidan nu och hon hade spelat med och sagt ”kanske det”.

Själva ämnena var sövande tråkiga, möjligen bortsett från punkten om den ökande vildsvinsstammen där diskussionen hettade till ett tag, men i huvudsak var alla i fråga efter fråga rörande överens om att politikerna i Stockholm inte begrep någonting om glesbygdspolitik och att allt ändå var försent. Grundkänslan av att vara motarbetade, förfördelade och bortglömda genomsyrade allt som sades. Men hon fick i alla fall en tydlig bild av vilka som var tongivande på orten. Veterinären, Anders Skogby, var den som hade pratat mest. Var det inte om nya EU-bidrag så var det om företagsstöd och strukturomvandlingar. Frida hade känt sig dum för att hon inte orkade förstå allt han tog upp, men hon uppfattade i alla fall att han hade lyckats bygga upp en omfattande verksamhet trots att han under lång tid uppfattat sig som motarbetad av hopplösa regelverk och tröga kommunpolitiker. En av kaffedamerna hade krupit intill Frida och viskat:

– Honom får du intervjua. Han har ju sin veterinärpraktik strax utanför samhället. Väldigt politiskt aktiv. Han har varit med i alla politiska partier, väljer det som passar honom bäst. Just nu är han moderat.

En fetlagd kvinna i femtiofemårsåldern gjorde också sin stämma hörd i de flesta frågor. Kaffedamen viskade igen:

– Det är Eiwor Svantesson. Hon är med överallt. Hon bor i den gula tegelvillan precis i början av huvudgatan. Hon ledde kören innan den la ner. Henne flyttar man inte på hur som helst. Hon och Skogby är inte riktigt kontanta.

– Varför då? viskade Frida tillbaka.

– Åh, hur det började är det nog ingen som minns, svarade kaffedamen. De är oense om allt.

Frida drog vaddtäcket tätare omkring sig och skrapade intensivt med nageln på det fastmålade penselstrået. Det ville fortfarande inte lossna. Hon bestämde sig för att vinkla texten på vildsvinsdiskussionen. Den var i alla fall begriplig och lite spännande. Det fanns rådjur och det fanns vildsvin, då kanske det till och med kunde finnas varg där ute? Det kunde hon skriva om, en annan dag.

Hon vaknade av att det surrade i örat. Mobilen vibrerade på ljudlös. Det var tidigt och det var Cilla i andra änden. Hon lät upprörd. Någonting hade hänt, oklart vad, som gjorde att någon behövde en lägenhet. Varför ringer hon till mig i min vaddkokong? tänkte Frida i sitt halvvakna tillstånd.

Så småningom fick hon klart för sig att Cillas storasyster, Jeanette, hade fått ett nervöst sammanbrott på kontoret i Stockholm igår och nu behövde någonstans att bo i Göteborg.

– Kan hon inte bo hemma hos era föräldrar då? frågade Frida.

– Du är inte klok. Det är ju deras fel att hon mår som hon gör, svarade Cilla. Det går inte. Jag tänkte på din lägenhet. Den står väl tom?

– Den måste jag ha på helgerna, när jag åker hem.

– Men det är bara för en kort tid. Pappa betalar dubbla hyran till dig. Det är väl kanon för dig.

– Jamen, var ska jag bo?

– Hos din mamma. Hon har väl stort?

– Ska du ta död på mig eller? svarade Frida.

– Du får bo här i så fall. Snälla?

Frida försökte tänka en vecka framåt. Vad skulle hon göra i helgen? Skulle hon åka hem? Hon hade ingen aning.

– Till nästa helg kanske går bra.

– Underbart! Tack darling. Hoppas att jag inte väckte dig.

De gjorde upp om nyckelhämtning hos Mona och Cilla drog en lång omständlig förklaring av hur klänningen hon hade köpt såg ut. Frida förstod ingenting, men orkade inte fråga om. När hon lagt på drog hon på sig joggingbyxor, raggsockor och kofta och gick huttrande ut i den iskalla tamburen. Hon kissade evighetslänge och smög sedan nerför trappan och tog tidningen ur brevinkastet. Hon skyndade sig upp och bredde ut tidningen på det lilla köksbordet. Det gick en stöt igenom henne när hon såg att det låg en puff för hennes artikel längst ner till höger på förstasidan. Rubriktexten lydde ”Fika och pokerfejs i Bruseryd”. Frida log. Det var ändå hyfsat fyndigt. Hon bläddrade fram och kollade sidan. ”Av Frida Fors” stod det överst i texten. Det var säkert inte särskilt många som skulle läsa det, men det stod faktiskt där. Av Frida Fors. Ha! Texten var lite styltig, men okej, bilden tagen på lite för långt håll, men okej. Hon bläddrade sakta igenom resten av tidningen och visste inte om hon skulle skratta eller uppröras när hon såg den lilla artikeln om viltolycka med dödlig utgång på riksväg 33.

4.

Sätet i den gamla Volvon var snedsuttet, trean kärvade, handbromsen låg emot innan man fick upp farten och hon hade fortfarande inte riktigt lärt sig var hon skulle möta kopplingen med gasen. Men värmen fungerade och bilen låg stadigt på vägen. Det var det viktigaste. Hon hade gett sig iväg direkt för att leta upp en mataffär och upptäckt att hon var tvungen att köra ända till Eksjö. Hon kunde förstås ha kört åt Mariannelundshållet också, men det hade förmodligen varit minst lika långt. Hade hon vetat hur långt hon skulle behöva åka kunde hon kanske ha samordnat det med något besök på redaktionen, vad hon nu skulle där att göra.

Hon hittade en stor Icabutik precis vid infarten. Hon plockade ner frukost och middagsmat och annat som kunde hålla sig länge. Hon ångrade att hon inte hade sett efter om det fanns frys. Det borde finnas, tänkte hon, om inte annat kanske hon kunde få lägga lite saker nere hos Agnes. Nu visste hon ju att hon skulle bli kvar här över helgen. Vad hon nu skulle ta sig för då? Torpet, tänkte hon. Där rök alla ursäkter. Hon stannade länge vid tidskriftshyllan och plockade på sig flera veckotidningar och magasin. Det borde egentligen tidningen betala, men det kanske man inte kunde begära så snart. Nu skulle det komma pengar från Cillas pappa. Hon hade råd. Och hon bodde ju faktiskt gratis. Framme vid kassan plockade hon åt sig en turistkarta för 55 kronor, det var helt nödvändigt, och så kvällstidningarna förstås. Skulle hon behöva åka ända hit för att få tag i dem varje dag? Hon borde prata med Harriet om sådana enkla rutinsaker. Det kanske fanns någon mack på närmare håll?

Hon lastade in i bilen och sjönk ner i sätet med den ena av kvällstidningarna. Hon både hoppades och inte hoppades på att få se Peters foto bredvid någon av texterna. På sidan fjorton tittade han plötsligt mot henne med den där blicken som hon inte kunde värja sig mot. Artikeln handlade om hur mycket pengar svenska företag spenderar på julgransplundringar för personalen. Var fick han allt ifrån? Hur kunde han bara komma på sådana enkla, självklara vinklar och direkt sätta sig och göra en omfattande genomgång? Tillfredsställelsen över hennes egen första publicering rann sakta ur henne. I hans ögon skulle hennes lilla text om Dani bara varit... ointressant.

Hon bläddrade vidare och fastnade för ett TT-telegram: "En milstolpe har passerats i världshistorien. FN har kommit fram till att det nu är fler människor i världen som bor i städer än på landsbygd. Människor är som magneter, kommer en kommer fler. Inte ens djuren vill bo på landet längre. Varg och björn har etablerat populationer i storstäderna..."

Frida tittade upp från tidningen och ut på den ödsliga parkeringen. Vad var det som gjorde att just de som var kvar var de som var kvar?

Hon nöp en stor bit av en nybakad källarfranska, stoppade den i munnen och startade bilen. Hon tänkte på Dani, som hade gjort tvärtom, flyttat ifrån. Det var modigt, suspekt men modigt. Hon undrade vad han tyckte om artikeln. Skulle han vara nöjd? Kände han igen sig? Att kunna se den man hade intervjuat i ögonen även efteråt var något de aldrig hade pratat om på skolan. På Peter lät det lite som man skulle nita alla. Alla var mer eller mindre onda makthavare eller politiker, med en hemlig agenda, som på ett eller annat sätt borde sättas dit. Var det så på riktigt? Hon hade bara förutsatt att han hade rätt.

Frida kom på att hon hade fler frågor om vad som egentligen

hände i Södertälje den där kvällen Dani hade snuddat vid i deras samtal. En annan gång. Nu hade hon ju tid att slå ihjäl och en förfrågan om att käka fryst kebab med en fjunig nittonårig irakier.

Hon stannade och tankade innan hon lämnade Eksjö. När hon såg hur bensinmätaren gick i taket slogs hon av tanken att det egentligen inte fanns något som hindrade henne från att bara fortsätta att köra och köra åt vilket håll som helst. Hon kunde när som helst vända bilen och börja köra mot typ … Stockholm. Tänk om hon gjorde det? Hon såg sig själv parkera den gamla Volvon utanför Globen och kvällstidningens redaktion. Men istället för att rusas av möjligheterna kunde hon riktigt känna hur osäker och fel hon förmodligen skulle känna sig. Hon skulle sitta där och se ut som något katten hade släpat in och oroa sig för att Peter kanske inte ens var där, eller om han var det, att han inte skulle bli glad att se henne och behandla henne som någon avlägsen kusin som man helst hade hoppats inte skulle ta kontakt. Att känna sig ovälkommen och pinsam och tvingas åka tillbaka långt, långt med svansen mellan benen skulle vara värre än att stanna här i den januarigrå vintertomheten. Plötsligt kändes det tryggt att bara styra ut på 33:an mot Bruseryd igen. Där hade hon i alla fall något slags roll att spela.

Hon kom på sig själv med att undra om tanten skulle sitta på stenen vid kurvan idag också. Hon hamnade bakom en långtradare och vågade inte köra om, så hon kunde inte se stenen förrän hon var alldeles intill. Den var tom. Var var hon idag? tänkte Frida. Precis innan skogen tog vid såg hon i backspegeln hur kvinnan strävade framåt i kanten av åkern, i riktning mot stenen. Hon har skaffat sig en egen uppgift, tänkte hon. Henne måste jag försöka prata med.

I datorn väntade ett uppmuntrande mail från Åke om att Danitexten var trevligt skriven. Han tyckte att hon skulle börja dagen med att öppna Harriets förträngda post och se om det fanns något enkelt att gå vidare på.

Hon öppnade brev efter brev, men nästan allt var redan över. Som att vägverket skulle förstärka bulan under en vecka i oktober. Kändes inte så hett i januari. Hon fick väl i så fall skriva en notis om att den var förstärkt. Om den nu var det. De kanske hade slarvat? Frida skrattade åt sin egen fullständigt ointressanta undersökande journalistik. Posthögen gav ingenting. I ett gammalt reklamutskick från sjukvården hittade hon en notis om sorkfeber. Det kanske gick att följa upp.

Frida ringde vårdcentralen och frågade klinikchefen om man hade haft några fall i trakten. Tack och lov inte, blev svaret. Hur skulle Peter ha gjort i det här läget? Skulle han ha gett sig? Nej, förmodligen inte. Frida bestämde sig för att pressa på och frågade om det skulle kunna dyka upp. Personen i andra änden ville egentligen inte hålla med, men fick till slut medge att rent teoretiskt fanns förstås en möjlighet om man hanterade smittat hö utan munskydd. Men något smittat hö fanns inte i området och det var ju väldigt långt till slåttern just nu.

Det hade hon inte riktigt tänkt på. Hon googlade i alla fall fram allt hon kunde hitta om sorkfeber och fick ihop en text om den fruktade sjukdomen och att den kanske, eventuellt kunde komma att dyka upp till sommaren. Plötslig förstod hon hur märkliga artiklar kunde hamna i tidningen. Här var det Cajsa Warg som gällde, man tager vad man haver och kokar soppa på en spik.

Hon mailade över texten till redaktionen och telefonen ringde nästan direkt. Det var Åke.

– Sorkfebern funkar inte, tyvärr. Den kan bli bra till sommaren, men inte så här års. Då underskattar vi våra läsare. Är det något de har koll på är det när skörden infaller.

Frida kände sig bortgjord och missmodig. Varför fanns det ingen som bara talade om för henne vilka jobb hon skulle ge sig ut på? Det var väl Åkes sak att förse henne med bra uppslag?

Hon var inte kvalificerad att vara sin egen chef. Hon var ju bara praktikant. Förlåt då, för att hon hade försökt. Det fanns faktiskt inga andra alternativ. Men av den uppflammande ilskan blev bara ett ynkligt:

– Men vad ska jag göra då?

– Jag vill att du går ut och gör en personlig betraktelse över hur det är att komma ny till ett samhälle som Bruseryd. Vad ser du? Vad känner du? Vad tänker du? Jag vill att du behåller ditt utifrånperspektiv. Du ska inte försöka skriva som om du har bott här i alla tider. Gör det personligt.

– Jaha? Men, hur då?

– Hur vet bara du. Du får lyssna på dig själv.

Frida kände en våg av oro gå genom kroppen. Det var ju just det hon inte visste hur man gjorde. Peter hade hela tiden talat om för henne att hon hade fel synsätt på i stort sett allt, att hennes sätt att se på saker och ting i grunden var fullständigt ointressant.

– De här personligt färgade texterna har vi inte riktigt kommit till på skolan, hörde Frida sig själv säga.

– Jag har alldeles för mig att Janne Ahlsén sa att du hade skrivit ett väldigt fint litet porträtt på nån popsångerska i er övningstidning. Han sa faktiskt att just det personliga berättandet var din styrka.

Frida blev alldeles paff över referensen bakåt i tiden. Visste Åke sådana fjuttiga saker? Det gjorde henne glad, sedd, lite modigare.

– Jag kan förstås försöka, så får du väl stryka och skriva om sen. Men hur ska jag hinna tills imorgon?

– Nej, nej. Morgondagen kan du släppa. Inger har sålt en helsidesannons som vi kan lägga där. Vi kör detta stort på lördag. Då har folk tid att läsa. Jag skickar ut Kalle till dig på fredag för att ta riktigt bra bilder. Blir det väldigt spännande kanske vi kan köra ett helt uppslag.

– Jaha … oj då.

– Det beror ju förstås på bilderna också. Men Kalle är duktig. Lite för konstnärlig för sitt eget bästa kanske, men kom gärna med förslag på bildidéer så kan det bli kanon.

Uppdraget kändes stort, svårt och … spännande. En känsla av förväntan och otålighet spred sig inombords.

– En sak till, fortsatte Åke. Imorgon kan du väl vara med på vårt tiomöte här på redaktionen, och så kan du gå på kommunen och kolla diariet efter det. Du har ju rätt att läsa all inkommande post. Där kan det finnas nåt att gå vidare på. Okej?

– Okej, svarade Frida.

Hon la på luren och kände sig som en människa med ett viktigt uppdrag.

Det hade regnat ute. Snön var nästan borta. Det borde gå att springa. Frida packade upp löparskorna ur rullväskan. Hon hade väl lunch som alla andra människor och om hon ville jogga en sväng då måste det väl vara okej? Hon studerade kartan från butiken och kom fram till att det borde gå att få till en liten runda om hon först sprang mot Mariannelund, sedan norrut mot Äskeby, tog av västerut efter någon kilometer, sprang genom skogen en bit och sedan vek av söderut igen. Då borde hon komma tillbaka på 33:an strax före samhället, ungefär där Gunnel brukade sitta. Frida kände i ögonvrån hur Agnes stod i fönstret och tittade efter henne när hon sprang iväg.

Hela samhället låg utsträckt längs landsvägen. Det fanns inget centrum, ingen kärna, inget torg, ingen naturlig mötesplats. Allt här var på väg någon annanstans. De flesta villorna låg svarta och nedsläckta. I några fönster lyste det. Hon såg människor röra sig där inne.

Hon svängde in på grusvägen mot Äskeby. Gamla halmbalar och smutsvita hösilagebollar låg utkastade på slaskiga åkrar. Det var motvind. Kastbyarna fick fritt spelrum över de öppna ytorna. Där skogen en gång stått hög och mäktig var nu slarvigt röjda kalhyggen. Charmfaktorn lyste med sin frånvaro. Hur kunde någon enda människa vilja bo kvar här? Plötsligt tyckte hon att hon kände igen sig. Var det inte här man svängde av mot mormors gamla hus? "Hultet 2 km" stod det på en gul liten skylt. Där måste det vara. Men det var för långt att springa dit. Hon fick köra dit med bilen till helgen istället. Mitt på dagen, i ljuset. Kanske kunde hon få Agnes att följa med?

Frida stretade på genom skogen och kom ut på åkrarna igen. Där låg det röda trähuset hon såg från sitt pentry. Två fönster stod på vid gavel trots att det var nollgradigt ute. Ett blåvitt sken flimrade inifrån. En jeep av äldre modell stod slarvigt parkerad utanför med bakluckan öppen. Frida såg ryggen på en man med svart skinnjacka som bar in matkassar. Precis när hon skulle passera hans parkering kom han ut igen. Frida visste inte om hon borde heja. Gjorde man det på landet? Han såg ut att vara kanske trettiofem, fyrtio. Ljust rufsigt hår. Sliten, men fortfarande snygg. Riktigt snygg. Med trasiga jeans, urtvättad design-T-shirt, nitbälte och svarta mc-boots stämde han inte alls in i den lantliga miljön. Frida nickade lite, för att hon antog att man borde göra det. Han såg henne, men nickade inte tillbaka utan gick snabbt och hämtade två systempåsar i bilen och sedan uppför trappan och in och stängde dörren. Hur hade han hamnat här? Han såg inte ut att vara en av inventarierna.

Hon fick medvind ner mot 33:an igen. Då gjorde det inte så mycket att det började regna igen. På långt håll såg hon att Gunnel satt på sin sten och följde bilarnas rörelser. Frida var för trött för att känna efter om hon skulle våga stanna och prata. Att få sluta springa och äntligen hämta andan lockade mer än rädslan för att tränga sig på. Kvinnan såg misstänksam och smått förvirrad ut när Frida flåsande lämnade vägrenen, hoppade över det lilla diket och satte kurs mot stenen. Frida förvånades över hur privat det kändes att närma sig en annan människa på en fullt offentlig plats. Den här zonen var så inmutad ett område kan bli. Stenen, åkern och vägutsnittet ”ägdes” av den här kvinnan. Hon hade moraliskt förvärvat den här marken efter all tid hon suttit här.

– Får jag komma in? frågade Frida.

Kvinnan såg så förvånad ut över frågan att hon inte tycktes komma sig för att säga nej. Frida presenterade sig och sträckte fram handen. Kvinnan tog hennes hand, men svarade inte. Frida böjde sig fram och pustade.

– Är det inte kallt att sitta här?

Kvinnan visade galondynan hon satt på och pekade sedan på några gamla filtar som låg i en torr ficka under stenen. Frida nickade och såg sig omkring. Här fanns verkligen ingenting annat än stenen och åkern.

– Vad gör du hela dagarna?

Kvinnan visade upp ett block med anteckningar och siffror. Frida försökte förstå vad de handskrivna tabellerna kunde betyda. När två bilar passerade såg Frida hur Gunnel skrev nya streck i kolumnerna.

– Varför räknar du bilar? undrade Frida och kom i samma stund hon sa det ihåg historien Åke hade berättat om trafikolyckan. Det hade förstås med den att göra. Så klantigt att hon bara hade frågat rakt ut. Nu hade hon förstört allt med sin rättframhet. Hon saknade verkligen all form av fingertoppskänslighet.

– Det var inte meningen att störa, sa hon och vände sig bort. Jag bara tänkte att du kanske ville prata med nån. Jag är ju ny här och vet ingenting om det som har varit och tänkte att du kanske ville berätta i tidningen. Men det var nog en dålig idé.

Hon kände hur en tyngd la sig över axlarna. Hon hörde en oanvänd röst harkla sig och försöka hitta tonen och upptäckte att tyngden var en filt.

– Du får inte bli kall, sa kvinnan.

Frida satt och skrev när Agnes knackade på och frågade om hon ville ha middag. Frida tackade nej så artigt hon kunde och förklarade att hon hade handlat och skulle prova att laga mat i det lilla pentryt. Agnes verkade besviken.

– Har du fått igång TV:n? frågade hon.

– Jodå, ettan, tvåan och fyran funkar.

– Jaha, sa Agnes och blev stående i dörröppningen. Annars är det nog bättre bild nere hos mig.

– Det går bra här, sa Frida och fortsatte skriva.

– Du får gärna komma ner och dricka kaffe sen. Rapport vill du väl se?

Frida tittade upp och tänkte högt.

– Känner du Gunnel?

– Ingen känner Gunnel. Hon har inte pratat med nån på flera år, vad jag vet.

– Varför pratar ingen med henne?

– Hon vill inte efter olyckan. Hon sitter där på stenen och sörjer. Det är ju tydligt att hon inte vill ha nån kontakt.

– Hon pratade med mig idag, sa Frida. Inte mycket, men litegrann.

– Då ska du känna dig hedrad. Vi var mycket nära vänner en gång i tiden, men sen förlorade hon sin man, och när hon äntligen hade sörjt klart hände detta med sonen och hans familj. Sen blev hon tyst.

– Den andra sonen då? Hon hade väl två?

– Honom vill hon inte veta av. Man nämner liksom aldrig honom.

– Varför?

– Det ska du nog inte fråga. Kom ner och drick kaffe sen och gör en gammal människa glad.

Hon lagade sin första middag och åt i soffan framför TV:n. Det var en gammal repris av Nya rum, sommarspecial. Inte ens årstiden var rätt. Hon konstaterade att Ernst Kirchsteiger hade behövts i den lilla vindslyan där ingenting var placerat för att verkligen passa utan bara tycktes ha hamnat där för att det blivit över. Fast frågan var om det hade varit någon idé att försöka förändra ett sådant litet kyffe? Vad hade det tjänat till? Vem skulle någonsin vilja bo där på riktigt? Var det alltid lönt att blåsa ut och göra om? Skulle vissa saker få vara som de alltid hade varit och sakta gro igen och växas över med mossa? Fanns det rentav ett värde i att låta saker bero? Som hela orten. Skulle den må bäst av att bara somna in? Sedan hon kom hade hon tänkt mer än hon gjorde på flera veckor hemma. Lägenheten på Storhöjdsgatan kändes långt bort trots att det var så nyss hon hade åkt därifrån.

Hon gick ner till Agnes som hade dukat fram kaffekoppar framför TV:n. Katarina Sandströms välbekanta röst hade en rogivande inverkan.

– Såg du reportaget jag hade i tidningen idag? frågade Frida efter vädret som skulle bli fortsatt mulet och runt noll.

– Absolut. Jag läste det noga. Det var intressant. Jag har aldrig sett honom. Men det kanske kan vara gott med kebab till våren. Jag har aldrig provat.

– Jag trodde att folk hade örnkoll på varann här på landet.

– Så var det väl förr, men nu finns ju inga mötesplatser. Vi har ingen affär, ingen post, inget café … kanske skulle det vara annorlunda om alla hade hund, sa Agnes.

– Så alla kunde gå längs landsvägen på bestämda klockslag och säga hej till varann, menar du?

– Ja? Det vore väl trevligt?

Det blev Uppdrag granskning på TV. Programmet granskade telenätet och varför vissa delar av landet skulle acceptera så dålig täckning. Alla som blev intervjuade var upprörda och förbannade.

– Känner du till han som bor i röda trähuset på andra sidan åkrarna då?

– Bor det nån där? Det visste jag inte. Det har ju stått tomt länge. Nej, vem är det?

– Hallå, Agnes! Det är faktiskt jag som är ny här, sa Frida och skrattade.

När det var dags att gå upp till vinden frågade Frida om Agnes kunde tänka sig att följa med och titta till torpet i helgen.

– Tänk, jag trodde aldrig du skulle fråga, log Agnes.

Frida kände sig äntligen som om allting var på riktigt när hon styrde den vita Volvon mot Eksjö i god tid för morgonmötet. Hon vinkade när hon passerade Gunnel på stenen, och Gunnel höjde i alla fall handen en aning i något slags gest.

Vid kvart i tio ringde mobilen. Frida kände inte igen numret på displayen.

– Hej Frida. Harriet här. Allt väl?

– Jodå. Jag är på väg till morgonmötet i Eksjö. Hur är det själv?

– Det är ingen rolig historia. Men jag såg det du gjorde till igår. Det var ju trevligt. Roligt med en irakier i byn. Det jobbet borde väl jag ha gjort för länge sen, men det var bra att du gjorde det nu... Jag är så ledsen att jag inte finns där och kan handleda dig. Det är så pinsamt alltihop, men vissa saker rår man inte över.

– Det är lugnt, sa Frida. Jag klarar mig.

– Men, sa Harriet, det var inget i tidningen från Bruseryd idag. Hur kommer det sig?

– Åke sa att Inger hade sålt en annons och att det inte behövdes nåt till idag.

Plötsligt förändrades Harriets röst och blev metallisk och skarp.

– Förstår du vad som händer om man accepterar att redaktionsledningen gör så? Bara sätter Bruseryd ur spel? Om du går med på det ett par gånger kommer den här lilla redaktionen att dö ut, och då har jag inget jobb att komma tillbaka till. Hur tror du det känns? Tror du att det får mig att må bättre? Tror du att jag kan bli frisk om jag oroar mig för att bli av med min enda fasta punkt i tillvaron?

– Det förstår jag, men Åke är ju ändå min chef, sa Frida och kände obehaget sprida sig i kroppen. Jag måste göra som han säger. Eller hur?

– Bara det inte blir ditt fel att jag blir av med jobbet!

– Jag ska förstås göra mitt bästa. Absolut...

– Självklart gör du det. Förlåt att jag går på så här, sa Harriet med den mjuka tonen igen. Jag är inte riktigt mig själv. Jag är bara så orolig. Det blir bra det här. Hälsa alla på redaktionen. Ha en bra dag.

Frida var helt skakig efter samtalet. Harriet verkade verkligen labil. En kort stund hade hon tyckt att samtalet kändes väldigt olustigt, men det var kanske inbillning. Hon försökte skaka det av sig och fokusera på att hon nu var på väg mot den riktiga tidningen. Äntligen en redaktion, ett sammanhang och riktiga arbetskamrater. Det förvånade henne att hon kände sådan förväntan och nästan nervositet över något som egentligen bara var alldeles vanlig vardag.

Mats hälsade på henne som om hon var en gammal bekant. Inger visade henne kaffeautomaten. Åke markerade på alla sätt att hon var en i gruppen. De små, små detaljerna gjorde henne alldeles varm. Det var bara Annika som såg på henne med tydlig distans. Frida satte sig långt ifrån henne.

Under mötet fick Frida äntligen några mer långsiktiga uppdrag att jobba vidare på. Hon stämde av sina idéer med Åke om att skildra en dag på djurkliniken och att försöka få en intervju med Gunnel. Det var ett långskott, men det var samtidigt högst troligt att läsekretsen skulle uppskatta det eftersom alla visste att hon satt där. Åke tyckte att det var bra tänkt. Det blev också bestämt att Kalle skulle ut och plåta i Bruseryd på eftermiddagen. Han pratade om en vattenspegel i forsen som han ville fånga på ett särskilt sätt. Hon såg hur Mats himlade med ögonen när Kalle la ut texten och hon förstod att det kunde bli en svår uppgift att få honom att bildmässigt skildra det Bruseryd hennes text handlade om. Men innan hon kom så långt skulle hon in på kommunen och läsa inkommande post.

Kommunhuset låg i ett nybyggt centrumkvarter strax bakom Stora Torget och kyrkan. Det var ett rött tegelhus i tre våningar med ett stort entréparti i glas. Sekretariatet låg en trappa upp. Trots att Frida var den enda besökaren tog kvinnan bakom disken ingen som helst notis om henne när hon klev in i rummet. Sakta och omsorgsfullt fortsatte den medelålders damen att sprätta kuvert och sortera papper. Efter en stund gick hon iväg och började ordna med kaffebryggaren. Frida väntade tills kvinnan var på väg tillbaka mot disken.

– Ursäkta, sa Frida och knackade med en penna mot disken. Jag kommer från tidningen och tänkte be att få läsa posten för veckan som har gått.

– Dagens post är inte inskriven ännu, svarade kvinnan.

– Jag kanske kan läsa det som är klart då, så kan jag fortsätta med dagens post när det är färdigt?

– Det är nog bättre om ni kommer tillbaka efter lunch.

– Men då är det ju stängt? sa Frida.

– Visserligen, men vi öppnar igen på måndag.

– Ni har faktiskt öppet. Det är er skyldighet att ordna så att jag kan läsa era handlingar. Nu.

Kvinnan suckade högt.

– Jaha, om nu det ska vara nödvändigt. Sitt ner där borta så ska jag se om jag möjligen kan lösa det. Men var inte alldeles säker.

Frida slog sig ner i väntrummet och lät blicken fara över de broschyrer som fanns i ställ längs väggarna. Hon fastnade för ”Bo och leva i härliga Småland” och slog upp första sidan. Hon möttes av en leende tvåbarnsfamilj som satt vid ett sommardukat kaffebord i en grönskande trädgård. Citat som: ”en levande kulturbygd”, ”spännande företagsklimat”, ”nära mellan människor” och ”i samklang med naturen” var insprängda i textmassan. Hon hade hunnit skriva det mesta av sin text dagen innan, men skulle bygga vidare lite sedan när Kalle kom för att plåta. Att använda de här citaten i texten kunde kanske ge en effektiv kontrast.

Luckan öppnades och damen lutade sig ut.

– Vill ni läsa i datorn, eller går det bra med pärmen?

– Det går bra med pärmen, svarade Frida.

– Varsågod då, men den får inte lämna rummet.

– Är det redan klart?

– Här jobbar vi snabbt, sa damen. Det går bra att låna skrivbordet där borta i hörnet. Kopieringsapparaten står till ert förfogande, men varje kopia kostar två kronor. Och vi stänger för lunch om en halvtimme.

Frida bläddrade igenom skrivelserna och antecknade sådant som kunde vara av intresse. Hon tog några kopior av förfrågningar om tomtmark för eventuell tillbyggnad av lagerlokaler. Det fanns förstås en hel del ärenden som rörde kommunen i stort, men i stort sett ingenting som rörde hennes eget lilla täckningsområde. Nyhetsbristen skulle verkligen bli den här periodens stora problem.

Men den näst sist inkomna försändelsen väckte ändå hennes intresse. Brevet kom från Cartago, det företag som producerar telefonkatalogerna. Av texten gick det att utläsa att det skulle ske någon typ av förändring av kartorna i själva katalogen. Exakt vad som skulle ändras framgick inte, men det måste ju vara någon väsentlig skillnad eftersom de ändå hade bemödat sig om att skicka ut ett brev. Hon kunde i alla fall ringa ett kollsamtal och kanske få ihop en notis. Hon tog en kopia på papperet och la det överst i blocket.

Tillbaka på redaktionen strax före lunch stod Frida i valet och kvalet om hon skulle åka tillbaka till Bruseryd direkt eller passa på att äta lunch i Eksjö. Hon hoppades att någon på redaktionen skulle fråga om hon ville gå med. I väntan på någon typ av initiativ satte hon sig vid ett ledigt skrivbord och plockade upp materialet ur väskan. Hon la block och penna bredvid sig och ringde numret som fanns i botten på brevet från Cartago. Hon fick vänta länge på att få svar i växeln och blev sedan runtskickad till en mängd olika avdelningar som inte alls förstod vad det var hon ville fråga om. Till slut lämnade hon namn och mobilnummer och bad att få bli uppringd av rätt person. Just när Åke kom förbi och frågade om hon ville följa med bort till pizzerian ringde telefonen. Det var Harald Larsson på Cartago Copy AB.

– Du hade sökt oss angående ärende 55663, kartförändring. Stämmer det? sa han på utpräglad stockholmska med en överdrivet mjuk och kvinnoliknande röst.

– Det stämmer. Kan du förklara vad det hela går ut på?

– Vi ska ändra kartorna då, alltså. Smärre justeringar. Inga stora saker. Bara snygga till lite.

– Vad innebär det mer konkret?

– Att vi stiliserar. Tar bort onödigt plätter. Det är en del i vår nya grafiska profil som vi satsar hårt på nu.

Åke gestikulerade ett slags lunchpantomim och visade med hela handen att gänget var redo att gå. Frida försökte med teckenspråk markera att hon skulle komma efter.

– Jag jobbar på lokalredaktionen i Bruseryd, öster om Eksjö. Kan du tala om för mig hur kartbilden just där kommer att förändras?

– Det blir renare, snyggare. Vi tar bort en del ortsnamn. Stramar upp. Det kommer att bli jättefint. Jag lovar. Vi har jobbat med den här nya grafiska profilen i över ett år nu. Det blir så läckert! Du kommer att älska det.

– Det tror jag säkert. Men vad är det för ortsnamn som ska bort?

– Det är olika, men jag tror att de har utgått från ... det är ju inte jag som har bestämt som du säkert förstår ... nånting med folkmängden.

– Kan du se där vilka orter som påverkas?

– Nu vet ju inte jag riktigt vilka som är där från början. Men Eksjö är ju kvar. Inga problem. Och Mariannelund. Det var väl där Emil gick till doktorn när han hade satt huvudet i den där soppskålen. Tänk, vilka böcker hon skrev, Astrid Lindgren. Helt otroligt!

– Kan du se om Bruseryd är kvar?

– Det namnet känner jag inte alls igen. Man skulle nästan läsa om de där Emilböckerna nu när man är vuxen. Eller hur? Tror du inte att man skulle kunna liksom se dem på ett nytt sätt? Vad sa du att det hette nu igen?

– Bruseryd. Ett par mil öster om Eksjö.

– Vetlanda har vi här, Växjö, Nässjö, Hultsfred ... men det namnet du pratar om finns inte här, vad jag kan se. Tyvärr. Men jag ska öppna ett dokument till här om du kan vänta?

– Jag väntar, sa Frida.

Det blev tyst i luren en stund, sedan återkom han med sin ljusa stockholmska.

– Här hittar jag nånting om hur de har tänkt. Det ville du veta, va? Här står det: Orter med färre än hundra invånare, och en negativ befolkningskurva, utgår tills vidare från kartan. Det måste gälla det samhället du frågade om då. Det utgår alltså tills vidare från kartan.

– Utgår tills vidare? Det låter ju väldigt märkligt måste jag säga, sa Frida. Kan du maila över det dokumentet till mig?

– Bara ni har internet där ute ska det väl inte vara några problem, kuttrade Harald i ett försök att vara lustig.

– Vem är det som är ansvarig för beslutet? Ser du det? frågade Frida.

– Här står inget namn under eller så, bara en projektgruppsbenämning. Men det måste ju finnas en projektledare som har hållit i det. Det namnet borde man kunna ta fram. Jag hör mer till fotfolket om man säger så.

– Kan du ta reda på ett namn och en anknytning till den personen vore jag väldigt tacksam.

– Vad roligt att kunna göra en kvinna tacksam. Det hör inte till vanligheterna för min del om man säger så, sa Harald och kluckade förtjust.

– Du har verkligen varit väldigt hjälpsam, sa Frida och avslutade samtalet med att lämna sin mailadress till redaktionen i Bruseryd.

Frida satt tyst en stund och tänkte igenom vad som hade framkommit under samtalet. Hon kontrollerade att hon hade fått ner allt rätt på blocket. Sedan tog hon fram telefonkatalogen för Småland och slog upp kartdelen. Det såg ut som en alldeles vanlig karta. Varje större ortsnamn var med. Bruseryd också. Men nu skulle det alltså bort. Ett projektgruppsbeslut om en grafisk profil tänkte radera ut ett över femhundra år gammalt samhälle. Det var faktiskt en bra nyhet. Dålig, men bra. Frida packade ihop sina saker, tog kappan över armen och småsprang över torget, mot pizzerian.

Åke, Mats och Inger hade nästan hunnit äta upp när Frida fick in sin pizza. Frida var nöjd med att kunna säga att hon hade varit upptagen med ett jobbsamtal. Hon hade inte tidigare förstått vilken styrka det låg i att ha en given syssla. Nu kände hon att hennes lilla, lilla trista plattform ändå gav henne en viss trygghet och identitet, något att utgå från och kanske till och med försvara.

När capricciosan var halvt uppäten passade hon på att berätta om samtalet med Cartago och frågade de andra om befolkningssiffrorna i kommunen i allmänhet och i Bruseryd i synnerhet.

– Inte går de uppåt i alla fall, sa Mats.

– Varför har det egentligen blivit så? frågade Frida.

– Hur vänder man en fors? sa Mats.

Ett nytt sällskap kom och satte sig vid bordet intill. Stolar skrapade och jackor frasade.

– Du ser ju själv hur det är. Jag är uppväxt där, och inget smör i Småland skulle kunna få mig att flytta tillbaka.

– Men ska det bara fortsätta? Måste inte kommunen göra nåt?

– Vad ska de göra? Tvinga folk att knulla? skämtade Mats och drog ner ett skratt.

– Det enda som kan rädda den orten är en stor, tung industri, men det kräver ny infrastruktur, nya vägar för miljarder, och en sån satsning kan ingen driva igenom, sa Åke.

– Så den ska bara långsamt dö? frågade Frida.

– Har du nåt annat förslag? fortsatte Åke.

– Folk brukar vara så bra på att protestera. Här håller en hel ort på att dö och ingen säger nåt.

– Vad ska de säga? sa Mats. Hjälp?! Vem skulle lyssna? Vem skulle kunna ändra på det?

– Men att bara ge upp?

– Min far arbetade på bruket, sa Inger. Det var flera hundra som jobbade där då. Där behövdes alltid folk. För en stark, ung man fanns alltid bruket. Kvinnorna jobbade på kontoret. På söndagarna stod karlarna och metade i forsen. På lördagskvällen, en gång i månaden, var det dans. Det fanns affär, restaurang, café, tygbutik, konditori. Det var ett fantastiskt litet samhälle.

– Men marken då? frågade Frida. Är det inte bra jord? Finns det inga som vill driva jordbruk längre?

– Visst finns det hygglig mark här omkring. Förr räckte ju det. Men nu, det är andra krav, andra tider, sa Åke.

– Det ska vara stordriftsfördelar, lönsamhet, vettig service, såna saker. Urbaniseringen är en urkraft som ingen rår på, sa Mats. Det är bara en tidsfråga innan styrelsen gör om Harriets tjänst till annonsförsäljare i Eksjö. Och det är helt logiskt.

En krampaktig känsla av konstgjord andning grep Frida där hon satt med sin avätna pizzatallrik. Allt var alltså redan försent. Hur skulle hon förhålla sig då?

Hon skulle just vrida om startnyckeln i bilen när hon såg att Åke satt i sin bil en bit bort på parkeringen. Hon hade tänkt hinna fråga hur hon skulle tänka när hon skrev personligt, men det hade aldrig blivit tillfälle under lunchen. Han var ju trots allt hennes handledare och det var väl bättre att hon frågade först istället för att få texten refuserad. Hur tydlig skulle "jag-formen" vara, hur uppriktigt kunde hon uttrycka sig? Hon drog nyckeln ur låset igen och gick med hastiga steg bort till Åkes guldfärgade Volvo och knackade på sidorutan utan att först titta in. Hade hon gjort det hade hon förmodligen vänt tillbaka. Nu var det redan försent. Hon såg hur Åke halsade direkt ur flaskan. En hastig tanke att bara gå därifrån drog genom Fridas huvud, men när hon såg att Åke såg att det var hon där utanför var det ögonblicket förbi. Han sträckte på sig, tryckte snabbt ner flaskan mellan sätena, öppnade dörren och steg ur.

– Förlåt, det var inte meningen att störa, sa Frida.

– Ingen fara. Jag har så jävla ont i halsen bara. Ibland får man ta till extraordinära lösningar, sa Åke och försökte se ut som om allt var precis som vanligt. Var det nåt särskilt?

Plötsligt var det bara tomt i Fridas huvud. Alla frågor kändes oväsentliga.

– Trivs du? frågade Åke.

– Visst. Jag hade tänkt fråga om min text, men det kan vi ta sen. Jag har ju inte skrivit klart den än så det är kanske bättre att ta det när den är klar. Är du kvar i eftermiddag?

– Jag är alltid kvar, sa Åke. Jag är en av dem som alltid blir kvar.

Kalle balanserade på en sten ute i forsen. Han hade fokus på en särskild rännil i det lilla vattenfallet under bron vid bruket. Då och då gjorde vattnet en extra krumbukt och sprutade som en gejser vilket gav ett vackert blänk av vattendroppar framför det gamla brovalvet. Det var just ett sådant ögonblick Kalle ville fånga. Där hade han dragarbilden i deras personliga reportage om Bruseryd, det var han övertygad om.

Frida var mer tveksam. Det var inte riktigt det hennes text handlade om. Men han fick hållas. Han skulle ju vara så skicklig och då var det bäst att lita på honom. Men hon hade lyckats övertala honom att också plåta den stängda bruksentrén, åkern med Gunnel på stenen – på långt håll för att inte väcka ont blod – vägbulan i motljus, hygget upp mot Äskeby och riksvägen med Björkman vinkandes vid grinden. De hade tagit några bilder där han inte vinkade också, och några bilder helt utan Björkman, för att ha lite att välja på. Det här var allra sista bilden.

Om man tittade upp mot himlen kunde man se att en strimma sol alldeles strax skulle tränga igenom de gråvioletta molnen. Kalle väntade på ljuset. Just när strålen bröt fram genom molntäcket böjde han sig fram för att fånga skyn av ljusreflekterade droppar. Lite för långt fram visade det sig, för just då förlorade han fotfästet och tvingades ta ett hastigt steg framåt på en sten som vippade undan vilket gjorde att han tappade balansen och föll snett bakåt, ner i det grunda men strömmande vattnet. Frida såg hur han försökte ta emot sig med högerhanden och hörde ett kraschande ljud när kameran slungades mot ett stort klippblock, splittrades och virvlade ner i det forsande vattnet. Kalle blev sittande mellan två stenar och vrålade ut sina svordomar i det kalla vattnet.

– Fan i helvetes jävla pissfors!

Frida ville nästan skratta, så fånig såg han ut, men hon förstod att det hade varit väldigt, väldigt fel.

– Hjälp mig upp, för fan!

Frida balanserade snabbt ut i forsen och sträckte fram en hand.

– Hur gick det?

– Vad tror du? frågade Kalle vresigt. Och hela kameran åt helvete. Jag ska inte behöva göra såna här skituppdrag!

Frida tvingades ringa Åke och berätta att de inte hade något reportage eftersom det inte fanns några bilder. Han blev inte glad. Frida hade lust att skylla ifrån sig på Kalle och säga att det faktiskt inte var hennes idé att han skulle ut i forsen, men hon vågade inte. Det hade ju inte hjälpt heller. Frågan var vad hon nu kunde fylla med?

– Vi har ju blockat för det här utrymmet, så nånting måste vi ha. Ska vi köra texten utan bilder? Hinner du göra nånting själv?

Frida tänkte intensivt. Hon skulle inte hinna göra någonting ambitiöst. Det måste vara något som gav sig självt.

– Jag hittade ju den där lilla kartgrejen idag som jag berättade om på lunchen.

– Att namnet ska bort? Just det. Den funkar, sa Åke. Gå ut och gör en snabb enkät med folk i byn om vad de har för kommentarer, så kör vi det imorgon istället. Du måste lämna senast fem. Jag ber Annika sitta kvar och rita in det. Be Kalle hjälpa dig med enkätbilderna. Han får ta kameran på din redaktion.

Kalle, som satt invirad i en filt på soffan på den lilla redaktionen, blev vansinnig när han hörde att Åke tyckte att han skulle fortsätta jobba när han nu var skadad.

– Aldrig i helvete. Den kan ju vara bruten, sa han och gned sin ömma högra handled. Är det så man stöttar sina anställda?

– Hur vill du göra då? Ska jag plåta själv?

– Finns det nåt alternativ, tycker du? sa Kalle vasst. Ska jag gå runt på byn i dina mysbyxor och ta bilder med en bruten arm?

Frida tog fram en stor kopp, hällde i det heta vattnet från vattenkokaren, la i en tepåse och serverade Kalle.

– Jag hinner inte hjälpa dig nu.

– Ska jag bara sitta här då? gnällde Kalle.

Frida tog ett djupt andetag, övervägde att säga att han faktiskt fick skylla sig själv om han nödvändigtvis skulle ta så patetiskt konstnärliga bilder fast det inte ens var det det handlade om, men bestämde sig slutligen för att låta bli.

– Jag ber Agnes komma upp och ta hand om dig, sa Frida, tog blocket och kameran och gick.

Hon formulerade sin enkätfråga i huvudet medan hon gick. Den borde rimligen vara: Bruseryd kommer att försvinna från telefonkatalogskartan – vad tycker du om det? Hon såg att Eiwors bil var hemma och gick och knackade på. Eiwor stod i hallen med tre kassar från affären och öppnade direkt. Hon såg förvånad ut och lyssnade noga på frågan.

– Jaså ... vi ska försvinna? Det var väl bara det som fattades, sa hon med en suck.

– Vad tycker du om det? frågade Frida.

Eiwor drog handen genom det kortklippta tjocka håret. Hennes runda kinder lyste rödådriga i hallvärmen eftersom hon ännu inte fått av sig jackan.

– Vad ska man säga? Vad kan man göra mot överheten? Regler är ju regler, och de är väl till för att följas. Är vi nu inte fler får det väl bli så.

Frida tog en bild på en rödblossande Eiwor, kontrollerade att hon fått alla svaren rätt antecknade, tackade för samtalet och gick vidare. Det började skymma. Hon fick skynda sig om hon skulle hinna plåta medan det var ljust ute, och dessutom lämna i tid.

Hon såg Björkman stå och plocka ved ur förrådet bakom bilvraken. Så pinsamt det skulle bli om han frågade vad som hade hänt med bilderna Kalle tog. Frida tyckte att det kändes lite genant att be honom vara med i enkäten och tänkte gå förbi.

– Fastnade jag på filmen eller? ropade Björkman och vinkade med en vedklabbe.

– Jag är rädd att ingenting fastnade på filmen, för Kalle föll i forsen och kameran gick sönder, sa Frida så glättigt hon kunde.

– Det var som fan! Då får du väl ta en bild till då. Du har väl kameran med dig?

Frida tackade högre makter för erbjudandet och gick in på gården. Björkman poserade villigt framför en grön Passat som han gärna ville ha med i tidningen utifall att någon kanske ville köpa den. Inte för att den var särskilt driftssäker, men det syntes ju inte i tidningen, och det vore skönt att bli av med den från gården. Frida tog fram block och penna och la fram sin enkätfråga även för Björkman.

– Och det har de suttit i Stockholm och kommit fram till? Har de inget bättre för sig?

– Tydligen inte, sa Frida. Vad tycker du då?

– Det är så dumt, så jag ids inte bry mig. Slåss mot väderkvarnar har vi tröttnat på för länge sen, vi som bor här.

– Kan jag skriva det? frågade Frida.

– Jajamensan, sa Björkman. Hoppas att jag fastnade på filmen denna gången.

– Det är digitalt numera, sa Frida.

– Det spelar ingen roll vad man kallar det. Det är film i nån form i alla fall.

Frida fortsatte att gå längs 33:an och ångrade nästan att hon inte hade tagit bilen. Hon knackade på i tre hus till men ingen öppnade trots att det lyste. Nu såg hon gudskelov Anders Skogby komma gående med två schäferhundar. Han borde ju kunna prata. Hundarna skällde som galningar när de närmade sig varandra på vägrenen. Med ett par skarpa kommandon fick han tillfälligt tyst på hundarna just som de möttes i dikeskanten. Skogby skrattade högt när han fick höra frågan. Hundarna började skälla igen.

– Varför är jag inte förvånad?! Det är förlängningen av en usel glesbygdspolitik. Allt ska centraliseras.

– Fast det här ju inget myndighetsbeslut. Det är ett kommersiellt företag som ligger bakom, sa Frida.

– Börsnoterat, visst, men det är ändå på nåt sätt statligt. Jag vill inte kommentera mer än så. Skriv bara att jag inte är förvånad, sa Anders Skogby som inte brydde sig om att hyssja på hundarna ens när Frida tog fram kameran.

Frida bestämde sig för att ge enkäten fem minuter till. Men just här låg husen helt öde. Bensinstationen var ju död, gamla affären också, och missionshuset. Till sist knackade hon på i Danis kiosk. Hon hörde ljudet av TV-spel där inifrån. Han såg yrvaken ut när han öppnade kioskdörren.

– Vill du ha kebab nu? var hans första fråga.

– Sov du? sa Frida.

– Nej, nej, jag spelade. Tack för reklamen förresten. Den var bra. Det var inte sådär ljugaktigt som det kan vara i tidningar. Du skrev om mig precis som det var. Sen såg jag ut som en tomte på bilden, men det var ju inte ditt fel.

Frida drog sitt ärende och hoppades på ett annorlunda svar. Och det fick hon, på sätt och vis.

– Var och en ritar sin egen karta nuförtiden. En företagskarta betyder ingenting. Man får bara byta perspektiv.

Dani rättade till den spretiga frisyren och Frida försökte ta en bild utan röda ögon. Det var inte lätt i skymningsljuset. Inte blev det lättare av att Dani började göra fåniga miner mot kameran.

– Sluta, jag hinner inte om du håller på sådär, sa Frida.

Dani såg plötsligt väldigt allvarlig och korrekt ut så att hon kunde ta sin bild och frågade sedan om hon skulle komma över senare.

– Hinner inte, sa Frida. Jag har massor att göra.

– Min frys är trasig. Jag har tjugotre kilo kebab som måste ätas upp.

– Skojar du?

– Jag har aldrig skojat i hela mitt liv, varför skulle jag börja nu? sa Dani.

Frida skrattade. Det kändes ovant.

– Imorgon då? fortsatte Dani.

– Kanske, sa Frida.

– Kom imorgon klockan sju.

För första gången någonsin skrev Frida riktigt mot deadline. Hon hade bara tjugo minuter på sig att få ner texten i brevet från katalogföretaget och snacket med Harald Larsson på ett begripligt sätt, och sedan formulera bildtexterna och numrera dem i rätt ordning så att rätt citat hamnade vid rätt bild. Hon laddade snabbt över bilderna i datorn, döpte dem och dubbelkollade att allt stämde överens. En minut över fem tryckte hon på sänd. Ytterligare en minut senare ringde hon redaktionen i Eksjö och frågade efter Annika, som svarade surt att det var på tiden och att det hade varit bra om hon hade lämnat lite tidigare.

– Sist sa du att jag var för snabb, sa Frida innan hon hann tänka efter.

För en gångs skulle tänkte Frida inte ta på sig skulden för någon annans missnöje. Hon hade faktiskt räddat situationen. Dessutom skulle hon väl bli tvungen att köra Kalle till Eksjö. Han låg på soffan och sov med öppen mun.

Annika tittade igenom dokumentet i mailen och konstaterade att allt hade kommit fram. Det skulle visserligen bli onödigt luftigt, särskilt som det inte fanns några bra bilder. Så fick Annika det sagt också, tänkte Frida, att bilderna var dåliga.

– Jag får väl dra på den här bilden på Anders Skogby när han ser helt vettskrämd ut för sin egen schäfer i en moddig vägren, sa Annika. Det blir ju muntert. Men han har i alla fall inga röda ögon.

Frida tänkte en kort stund. Hon hade ju mer material. Skulle hon påpeka det?

– Var det nåt mer, eller? sa Annika stressat. Jag måste faktiskt jobba nu.

– Jag har ju den där personliga texten som jag skrev till bildreportaget. Den som skulle ha gått imorgon, med Kalles bilder. Vill du ha den att fylla med?

– Är den klar då?

– Jag kan ha fyratusen tecken klara om ... en kvart.

Annika blev tyst. Frida hörde hur hon andades i luren och tuggade intensivt på sitt tuggummi. Pausen blev lång.

– Ja, det blir bättre, sa Annika. Men då måste du ha en bildbyline. Annars blir det konstigt.

– Men jag har ingen bild, sa Frida.

Det blev tyst en lång stund igen.

– Väck Kalle, be honom sätta ett snyggt ljus mot väggen, och så får han ta ett porträtt på dig och maila över. Jag behöver det senast om en halvtimme. Nu har jag inte tid med dig längre.

5.

I ett fyrkantigt rum, med ett fyrkantigt fönster och en ljusblå rullgardin med vita måsar på låg en man i en vit dubbelsäng med allmogeknoppar. Han höll sig över bröstet och undrade om det skulle göra mindre ont på den centimeterstora punkten precis ovanför hjärtat om han tog en riktigt tunn brevkniv och stack in den mellan revbenen, precis mitt i smärtan. Kanske skulle det fungera som en sorts akupunktur, att blodet skulle strömma till och hjälpa till att transportera bort det onda från det sjuka området? Hjärtat. Hela tiden, hjärtat. Han nästan hoppades att det skulle vara en infarkt. Strålade det inte ut en aning i vänster arm? Kunde han verkligen andas ordentligt? Var han inte lite yr? Så skönt att bara kunna ringa ett samtal efter ambulans och sedan få bli bortförd, nersövd, omhändertagen, räddad eller död. Han hatade lördagar. Ensamma timmar med sekunder som bara pickade ända in i hans alldeles för tunga kropp. Det var väl inte så konstigt att hon inte ville stanna, Marianne. Han klarade ju inte ens av att se sig själv i spegeln nuförtiden. Den bleka isterbuken, dubbelhakan, det tunna håret, påsarna under ögonen. Fan vet om inte kuken hade krympt också.

Ögonblicket på parkeringen plågade honom alldeles särskilt. En enda människa såg på honom med respekt nuförtiden, och nu var det också förstört.

Varför skulle hon, den lilla, behöva se honom? Just då när han klev ur bilen tänkte han att hon såg rakt igenom hans mockajacka, såg alla hans tillkortakommanden och misslyckanden, det fullständiga nedmonterandet av honom som man. Där kom hon, så skör och stark, naiv och klok och sökte hans stöd, och så visade han sig bara vara en äcklig och förljugen gubbjournalistschablon, spritstinkande och övergiven.

Han vände sig sakta åt sidan och såg spyhinken bredvid sängen. Fy fan. Hur lågt kunde han sjunka? Vad skulle hända om han helt enkelt aldrig mer gick upp? Fast han var så jävla pissnödig. Det var nackdelen med ölen, den trängde sig på även inifrån.

Han satte sig mödosamt upp i sängen och konstaterade att blåsan blev ännu mera trängd i sittande ställning. Han måste upp på toa. På sin tunga färd mot badrummet nappade han åt sig tidningen som satt instoppad i ytterdörren. Han hade inte ens orkat stanna tills sista sidan var färdig igår. Inte bra. Inte för att det någonsin hade spelat någon roll, men det var en tumregel han alltid hade hållit hårt på. Nu hade han släppt sin egen sista utpost.

Han lyfte på locket, satte sig ner och lät det strila. Det var det närmaste han kom njutning nuförtiden. Han ögnade igenom de välbekanta sidorna. Allt såg ut som planerat. Han slappnade av, andades ut och väntade på de sista dropparna medan han bläddrade upp sidorna elva och tolv.

Det var bilden på Frida som fick honom att haja till. Han hade väl inte bestämt om någon bildbyline? Eller hade han? Var det så illa att han hade glömt? Hon såg allvarsamt mot honom på bilden med sitt ljusa hår och sina hårt sminkade ögon. Frida Fors stod det stort under. Rubriken på krönikan, som han inte heller kunde påminna sig att han hade läst, stack också ut. ”Är allt försent?” löd den. Han ögnade de första raderna: Bruseryd är byn som har bestämt sig för att gå en stillsam död till mötes…

Han fokuserade blicken på den andra texten, och nu kände han igen sig: ”Bruseryd bort från kartan”. Så var det ju. Det stämde. Men enkätrubriken, hur hade den hamnat där? ”Byn raderas ut – ingen bryr sig”. Han läste om den sista raden, ”ingen bryr sig". Hur i helvete hade det här gått till? Vem var det nu som hade ritat sidan? Annika, förstås. Hur hade han kunnat lämna henne med ett halvfärdigt uppslag? Människan var ju fullständigt labil. Hur kunde hon sätta en sådan rubrik, hade hon fått en fullkomlig blackout? Han scannade bildtexterna en efter en och började fundera på vad han skulle säga när han ringde upp och skällde ut henne. Sakta gick det upp för honom att det faktiskt fanns täckning i texten. Det var ju ungefär det de sa. Ingen rasade, ingen var upprörd, ingen brydde sig. Texterna och rubrikerna återgav bara innehållet i en mer tillspetsad form, således klassisk journalistik. Hur skulle det här tas emot?

Frida vaknade av att hon badade i svett. Det var kallt i rummet. Hur kunde det då vara för varmt? Hon lyfte av sig täcket och märkte att hon var påklädd. Tjock tröja, mysbyxor och strumpor. Hon ryckte till och kastade en blick mot soffan. Han var väl inte kvar? Nej, nej, hon hade ju kört hem Kalle igår kväll. Januariljuset strilade in under rullgardinen och slog emot den luggslitna ryamattan och vidare ut på den grå plastmattan. Utanför fönstret såg hon talgbollen. Hade den varit där förut? Det satt en fink och klamrade sig fast med klorna i nätet och pickade intensivt i sig av de näringsrika fröna och fettet. Som den jobbade. Oförtrutet. Som om varje litet pick kunde vara det allra sista.

Plötsligt mindes hon. Agnes hade varit uppe hos henne inatt. Hon hade drömt och Agnes hade hört henne ropa och kommit upp och tröstat och hållit henne som ett litet barn i sin famn och strukit henne över håret ända tills nattskräcken och drömmen gav sig.

Frida blundade och drömmen blev synlig igen: Hon är på en stor fest. Det är stora salar med högt till tak och tända ljus i kristallstakar. Alla är galaklädda och det serveras snittar och champagne. Peter är där. Han är vacker och pratar intensivt med Cilla och Janne Ahlsén. De viskar och skrattar som om de har en hemlig klubb som har mycket roligare än alla andra. Fula Ann-Louise är också där. Till och med hon ser elegant ut i sin skimrande långa klänning. Frida vill gå fram, är på väg, men upptäcker att hon bara har sovtröja och trosor på sig. Hon har fett hår och orakade ben, inga skor. Så kan hon inte visa sig. Hon smyger undan i salen längst in, längst bort, där allt inte är tänt. Hon hör snyftanden från den mörka delen av rummet. Under en brokadklädd 1700-talssoffa, raklång på golvet, ligger mamma. Hon har armarna tätt intill kroppen, gungar huvudet från sida till sida och kvider: Frida, du måste göra nånting. Han får inte lämna mig. Om han lämnar mig vill jag inte leva. Om du inte hjälper mig är det ditt fel också. Men Frida kan inte hjälpa, vill inte. Hon vill smita, men hon kan inte visa sig. Hon smyger mot fönstret. Det är kolsvart ute, ändå lyser solen. Hon ser hur Carsten öppnar dörren till en taxi. Han är plötsligt inte pappa längre, han har blivit Carsten, en annan person som har viktigare saker för sig än att vara pappa. Han tittar upp mot fönstret och vinkar åt Frida. Hon måste få honom att förstå att bara han kan hämta hennes kläder. Mamma kan inte, hon kan bara förstå sig själv. Bara pappa kan, men han vill vara Carsten, inte hennes pappa. Han kan inte åka utan att först hjälpa henne så att hon kan gå omkring bland alla andra. Bara en gardin, eller ett tygstycke, vad som helst, bara något att skyla sig med. Hon ropar genom fönstret, men han bara skrattar mot henne och vinkar. Hon tror inte att han faktiskt ska göra det, men utan minsta tvekan kliver han in i taxin, stänger dörren och försvinner. Frida blir rädd att någon har hört henne ropa. Hon måste gömma sig om någon skulle komma. Ingen får se henne sån här. Hon springer längs väggen på bara fötter. I en hall mellan salarna är det tomt just nu. Frida spanar. Intill ena väggen står en annan typ av soffa. Den är blå. Hon ser sig omkring, skyndar fram, lägger sig på knä och kryper snabbt in under sitsen. Nu kan ingen se henne. Det är kallt på golvet, och hårt, men hon är osynlig. Hon ser ett par stora skor på golvet. Hon hör en tung kropp sätta sig, och sedan lägga sig och ser hur hennes tak plötsligt bågnar mot henne. Hon kommer att klämmas ihjäl. Hon hör en mansröst harkla sig ovanifrån och sedan säga på småländska: Jag vet att du är där. Trivs du?

Det var då hon väcktes av Agnes mjuka smekning över håret. Och Frida lät henne trösta och hålla, tacksam över en varm hand. Inte förrän efter flera minuter kom hon sig för att be om ursäkt för att hon hade väckt Agnes med sin dröm.

– Vad skrek jag? frågade hon.

– Pappa, sa Agnes. Bara pappa. Alldeles hjärtskärande.

Efter en lång stund reste sig Agnes och kokade te och bredde en smörgås åt Frida. Medan Frida satt i soffan och kurade öppnade Agnes fönstret, trots att det var mörkt, och hängde ut den där talgbollen. Det var tydligen minus, och alla måste ju leva. Sedan hade hon vattnat saintpaulian, som slokade, och gått ner till sig.

Frida gick upp och satte på kaffe, kissade och hämtade tidningen. Hon bläddrade snabbt upp sina sidor. Vad stort det blev. Ett helt uppslag. Och med bild på henne och allting. Fotot på Eiwor var verkligen anskrämligt, men i övrigt såg det bra ut för att vara så hastigt ihopkommet. Rubriken var tillspetsad, det var uppenbart. Så påtagligt det blev när man kokade ner essensen av det de hade svarat. Men det var ju inget fel. Frida hoppades att ingen skulle ta illa vid sig, var och en var ju helt korrekt citerad. Hon läste alla texterna igen. Krönikan var det hon var mest nöjd med. Nu skulle väl Harriet må. Frida hade verkligen gjort vad hon kunde för att sätta orten på kartan.

Hon kollade mobilen. Två sms. Ett från Peter 04.32. Från Peter! Så han tänkte på henne! Frida fipplade med knapparna för att öppna: ”Stockholm kan vara jävligt tråkigt ska du veta. Det är kallt under mitt täcke. Om du har vägarna förbi nån gång kan du titta in så ska jag gnugga mossan av dig. /Peter." Hela tankeapparaten drog plötsligt igång. Hon såg honom där framför sig i en stor säng, kall och ensam. Det var väl en inbjudan? Han ville att hon skulle komma dit. Kanske hade han ändrat sig och insett hur mycket hon betydde för honom. Eller var det bara just ett sådant sms man skriver när alla andra möjligheter är uttömda? Nu kröp han återigen in i henne och fyllde hela kroppen med längtan efter närhet, värme och bekräftelse. Fast hade hon egentligen någonsin fått den? Hade han inte hela tiden försökt hålla henne lite på distans? Fan. Just när hon hade lyckats mota bort honom ur sina tankar. Men ändå, ett sms från honom till henne. Det andra meddelandet var från flickan på tåget: "Vi är i Västerås. Folk har inga pengar efter jul så affärerna går dåligt. Vi bor trångt. Mamma är sjuk. Imårgon fyller jag år. Då ska Zana sminka mig. Är det bra där du är? Snälla svara. Kram Aliana."

Agnes hade bytt ut kjolen och blusen mot långbyxor och kofta. Hon hade till och med joggingskor på fötterna. Hon hade fyllt en hink med såpa, trasor och borstar och hällt hett vatten i en gammal saftdunk. Nu stod hon med täckjackan på och diskhandskarna uppstickande ur fickan och väntade på att Frida skulle bli klar att åka.

– Tippen stänger två om vi ska åka och slänga nånting. Tror du det behövs? undrade Agnes.

– Ingen aning, sa Frida. Jag har ju inte varit där sen jag var liten och fattar inte riktigt vad det är jag ska göra.

– Det ser vi nog när vi kommer dit. Annars får du väl ringa din mamma och fråga.

De lastade in i bakluckan, och Frida hjälpte Agnes till rätta i passagerarsätet.

– Hittar du? frågade Agnes när Frida svängde ut på 33:an.

– Vet faktiskt inte. Hoppas det.

– Annars gör jag det, sa Agnes.

De for österut mot Mariannelund, och tog sedan av norrut mot Äskeby, förbi åkrarna och hyggena. Frida såg det röda trähuset där skinnjacksmannen bodde och noterade att jeepen var borta. På gårdsplanen låg plank och bråte.

– Här är det, ropade Agnes när de kom till avtagsvägen mot Hultet.

Frida kunde inte låta bli att le. Lika plågsamt som hon själv tyckte att detta skulle bli, lika förväntansfull verkade Agnes vara.

Granskogen stod tät, mörk och charmlös. Men här var den i alla fall kvar. Något i vindriktningen måste ha skyddat just det här området när orkanen drog in. Det var bara enstaka fällen här och där. Marken täcktes av en matta av döda barr, mossa och blåbärsris. Träden lutade sig ut över den lilla grusvägen och skapade en tung och dyster atmosfär. Dagern var påträngande grå. Frida var tacksam över att Agnes satt bredvid.

De passerade ett ihoprasat trästaket och en grind som låg slängd i diket. Skogen glesnade och en tuvig glänta öppnade sig. En övervuxen grusgång ledde upp till ett blekgult litet trähus, med veranda och sprucken trapp. Till höger stod en mindre lada i urblekt falurött, med vindskivorna fladdrande i vinden, till vänster något som förmodligen varit en vedbod, med dörren hängande på sned. På gårdsplanen fanns en vattenpump och en vildvuxen avlövad berså. Trädgårdsmöblerna stod fortfarande ute, rostiga och trasiga. Varför hade mamma bara låtit det stå?

De steg ur bilen och stod tysta, tog in luften och de nya synintrycken. På väg upp mot huset pekade Agnes ut över gläntan.

– Nu är här ju helt förvuxet, men du skulle sett vilka trädgårdsland de hade. Din mormor och hennes bror behandlade den här jorden som om den var ett barn. Den skulle gödslas och vändas och rensas och luckras. Så hade de också socknens finaste potatis, de mjällaste morötterna och de sötaste hallonen.

Frida försökte föreställa sig ett boställe där allt var i ordning, där marken var odlad, gräset klippt, gången krattad, huset nymålat och där människor rörde sig vant ut och in. Men hon såg bara misskött mark och trasiga fönster.

– Har du nyckeln? frågade Agnes.

Frida nickade och tog upp den ur fickan. Låset kärvade, men efter ett par försök gav det med sig och dörren gick upp. Det var kallt och rått där inne, det luktade plastmatta och damm. I hallen hängde gamla herrjackor och arbetsbyxor kvar. Framför det utkylda elementet stod storstövlarna och trätofflorna. In till höger öppnade sig köket, med en låg diskbänk framför fönstret där kaffekoppar och fat fortfarande stod nydiskade men dammiga i diskstället. En kniv och skärbräda låg ännu framme. På det runda bordet med vaxduken låg post och tidningar i en hög. Hade det inte varit för berget av tomflaskor bredvid skafferiet hade det sett riktigt prydligt ut.

– Det var synd att Stickan aldrig träffade nån kvinna. Han var lite eljest, sa Agnes. Det var Elsa som höll honom uppe med rutiner och omsorg. När hon dog gick det utför. Gamla män är dåliga på att klara sig själva. Det är som om deras energi tar slut och handlingskraften rinner ur dem alldeles.

De gick vidare in i kammaren. Papperskassar med gamla tidningar och tomflaskor stod staplade överallt, men sängen var ordentligt bäddad, om än med rester av muslortar, gnag och döda flugor. Här hade han bott ett helt liv, Stickan. Undrar om han någonsin hade ifrågasatt om det var det han skulle göra? De gick tillbaka ut i köket och Agnes öppnade dörren till kylskåpet, en sur doft av mögel spred sig. Hon stängde snabbt igen och öppnade skåpluckan under diskbänken.

– Här har mössen haft kalas. Fy, rynkade Agnes. Här måste städas ur.

På andra sidan hallen låg storstugan. Korkmattan hade släppt i kanterna och stod upp längs väggarna. Spetsgardinerna hängde solkiga och tunna av år i vinddrag och solsken. Framför kaminen stod en matsalsmöbel i gammaldags bondallmogestil. Under en stor tavla med betande kor fanns en liten soffgrupp och en gammal TV.

– Här fick man sitta när det var kalas, fortsatte Agnes. Då var det eld i kaminen, hallontårta och vetebröd. Men det är mycket mindre än jag minns det, så lågt till tak och litet. Känner du igen dig?

– Kaminen minns jag. Det var spännande när man fick hjälpa mormor att lägga in vedträn. Den var ju farlig, brännhet och levande. Och pumpen. Det var stort att det kunde komma vatten om man slet tillräckligt hårt. Men det där handtaget kunde ju slå tillbaka med full kraft om man inte aktade sig.

– Undrar om det är vatten i brunnen ännu? Grundvattnet finns väl kvar även om ingen använder brunnen? funderade Agnes och slog några lätta slag på soffdynan så att moln av damm och stoft yrde upp.

– Såg du tidningen idag? frågade Frida.

– Jag gjorde det, svarade Agnes. Det var ord och inga visor.

– Jag skrev bara vad de sa, och vad jag sett. Var det för mycket?

Agnes tystnade och drog med handen ett par gånger framför sig genom den dammiga luften.

– Du är modig, sa hon allvarligt.

Frida tog in meningen och skrattade sedan till, förvånad.

– Modig är nog det sista jag känner mig.

– Vänta bara, sa Agnes.

En vindil tog tag i ytterdörren och slog den mot fasaden med en smäll. En nollgradig vind drog genom rummen. Frida skyndade sig att stänga och nogsamt se till att dörren riktigt gick i lås. När hon vände sig om såg hon Agnes stå mitt på golvet som en alldeles självklar del av rummet. Det såg så behagligt och tryggt ut att höra hemma.

– Har du alltid vetat att du ville bo kvar? frågade Frida.

– Jag?

– Ja? Du måste ju älska den här trakten eftersom du har valt den.

Agnes tittade bort.

– Tvärtom. Jag har alltid velat härifrån. Att bli kvar såg jag som ett öde värre än döden. Fast där hade jag kanske fel, det kan jag ju inte bedöma förrän jag är borta.

Frida förstod plötsligt ingenting. Hon hade bara förutsatt att Agnes hade stannat för att hon ville det mer än något annat.

– Men, varför åkte du inte?

– Det gick inte. Jag var enda barnet, jag träffade aldrig någon man att bilda familj med och sen när mina föräldrar blev gamla föll det på min lott att ta hand om dem. Det var så det var förr i tiden.

– Men du hade ju utbildning. Du borde ha kunnat klara dig var som helst?

Agnes ställde sig vid fönstret och skakade försiktigt på gardinen så att döda flugvingar föll mot golvet.

– Jo, men jag var väl rädd också. Orolig att inte klara det och tvingas komma hem igen. Och här var jag ändå någon. Jag hade nån sorts ställning, även om det bara var som syslöjdslärarinna. I storstan hade jag kanske kommit bort. Det finns en trygghet i det lilla som är svår att överge.

– Vart hade du velat flytta?

Agnes log vid tanken, men svarade inte.

– Kom igen, säg! Jönköping? Stockholm?

– Bättre upp, sa Agnes. Paris förstås! Tänk att få sy för de stora modehusen, se vackra tyger från hela världen, arbeta med spännande kreatörer, sitta tillsammans med andra människor och låta nålen gå och sen fira med sina arbetskamrater när klänningen eller kjolen är klar. Och att på eftermiddagen sitta på nåt trevligt café vid Champs Élysées, med ett broderi i knät, och se kreationer man sytt bäras av nån mondän person som går där längs med avenyn. Såna var mina drömmar. Fånigt, va?

– Det var väl inte fånigt. Har du varit i Paris? frågade Frida.

– Nej. Jag var i Hamburg en gång, men det var ju inte samma sak. Fast jag har sett det på TV.

Frida såg plötsligt Agnes i ett nytt ljus. Det var som om de ljusgrå lockarna mörknade, ansiktet fick färg, blicken en annan målmedvetenhet och hon kunde nästan se henne framför sig, sittande på en uteservering med Triumfbågen som fond och prata entusiastiskt och lekfullt med väninnorna.

– Det kanske inte är försent?

– Det är klart att det är. Nu blev det som det blev. Jag blev kvar här, ensam, suckade Agnes. Nej, nu får vi göra lite nytta.

Agnes hade sopat och skurat och Frida hade burit kasse efter kasse med flaskor och tidningar ut till bilen. Hon skulle behöva åka till tippen flera gånger om allt skulle bort. Frida hade fått en vägbeskrivning och skulle köra ett lass själv medan Agnes stannade och gav sig på kylskåpet.

Nu var hon framme vid den lokala återvinningsstationen och parkerade vid glasbubblorna. Där stod redan en bil, en jeep. Mannen med skinnjackan lastade ur säckar framför den vita bubblan. Frida blev sittande i bilen och betraktade när han arbetade. Han påminde om den där brittiske elake kocken med sitt blonda, toviga hår och sina grova drag. Han såg trött ut, liksom övergiven, men hade förmodligen sett väldigt bra ut en gång i tiden. Det var något bekant med hans hastiga, lite ryckiga rörelsemönster.

Hon började lasta ur sina kassar med gamla genomskinliga Explorerflaskor. De skulle också i den vita behållaren. Det kändes fånigt att köa två personer när det i övrigt var helt tomt på tippen. Det skar i öronen varje gång en flaska landade och spräcktes mot de andra. Hon ångrade att hon hade ställt sig så nära, men att sätta sig i bilen igen skulle vara en markering. Ju längre hon betraktade honom, desto mer övertygad blev hon om att hon hade sett honom förut, inte bara när hon sprang förbi hans hus. Det var något med munnen och ögonen som hon kände igen så väl, något så bekant med rörelsen, vridningen i sidled när han tog en ny flaska och kastade in i igloons smutsiga hål. Plötsligt dök det upp en låt i huvudet. Hon hörde introt någonstans inne i hjärnloben och såg hans hand röra sig längs strängarna. Hon såg MTV-videon flimra förbi med den brittiske sångaren balanserande på ett broräcke över Themsen. Låten övergick i refräng, och när orden väl dök upp hann hon aldrig tänka efter utan de bara trillade rakt ut:

– Big time?! Visst var det den?

Mannen med skinnjackan vände sig hastigt om med ett skrämt uttryck, nickade bekräftande och fortsatte sedan att slänga utan kommentar.

Frida önskade att hon hade kunnat svälja tungan. Hon och hennes felaktiga impulser, alltid fel, alltid utan takt och känsla. Det var det Peter brukade säga – att hon inte hade någon feeling, att hon inte kunde improvisera. Här stod hon med en av nittiotalets största svenska musiker, som hade turnerat runt hela världen, och så kunde hon inte få ur sig något vettigare.

– Ursäkta, det var inte meningen att vara påflugen. Det måste vara irriterande med alla som kommer fram och vill prata, sa hon i ett försök att rädda sig upp ur isvaken.

Han ställde ner säcken och tittade henne rakt i ögonen med isblå blick.

– Du ska inte be om ursäkt. Du är den första som har sagt nåt till mig på flera dagar.

– Man vill ju inte störa.

– Det är lugnt.

Frida log, tacksam över att ha kravlat sig upp igen.

– Jag kanske borde presentera mig, sa Frida.

– Jag vet vad du heter, avbröt skinnjackan. Jag såg bilden i tidningen idag. Jag undrade varför du såg så allvarlig ut.

– Jag försökte bara verka seriös, sa Frida och sträckte fram sin högra hand.

Där blev den hängande i luften. Fel igen, tänkte Frida. Han höll ju plastsäcken med högerhanden, klart att han inte kunde hälsa. Varför kunde hon inte ha läst av det? Varför skulle hon ta i hand här ut på en soptipp mitt ute i ingenstans? Hon räddades igen av att han valhänt sträckte fram sin vänsterhand. Det blev en bakvänd hälsning men han tog den ändå, hennes utsträckta hand. Han presenterade sig som Micke. Hon mindes artistnamnet – Micke Molotov. Då hade det låtit bra, nu klingade det ganska utstuderat. Kanske hade han släppt det.

Frida kände trots det lösa handslaget en kraftig ärrbildning inne i den mötande handflatan.

– Vad har du gjort med handen?

– Äh, fyllegrej. Korkat kan man säga med facit i hand. Höll i en vajer som brast. Senan till tummen och två andra fingrar gick av.

– Aj då. Hur funkar det att spela gitarr då?

– Inte alls. Det är väl därför jag är här.

– Jaha? Ja, jag måste säga att jag blev förvånad över att se dig. Jag tog för givet att du bodde utomlands, sa Frida.

– Det var länge sen, sa han och kastade den allra sista flaskan och knycklade ihop sopsäcken.

Frida lyfte fram sina kassar och började slänga.

– Så vad gör du nu? frågade hon eftersom hon inte riktigt ville att han skulle gå för att det var spännande att prata om den andra världen, den som hon mycket hellre skulle vilja vara en del av.

– Vad jag gör? Försöker dränka det gamla livet och inbilla mig att det finns ett nytt som väntar, fast jag inte tror på det själv.

– Här av alla ställen?

– Här är det i alla fall ingen som ser hur utför det har gått. Har man fått känna på hur det är att gå uppåt, framåt, känns alla andra riktningar rätt löjliga och futtiga. Jag tappade väl bort själva poängen. När sammanhangen försvinner är det skönare att försöka hitta nåt slags komaläge.

– Det låter allvarligt. Så vad behöver du för att hitta den där poängen igen? frågade Frida.

– Säg det? Kanske en ny passion, sa Micke och strök henne hastigt med två fingrar över kinden.

Frida kände hur hon rodnade medan han hoppade in i sin jeep och försvann.

När Frida kom tillbaka hade Agnes hunnit röja under diskbänken, fräscha upp i köket och duka fram köttbullsmackor med rödbetssallad och kaffe vid det avtorkade vaxduksklädda bordet. En ovanlig känsla av värme och samhörighet spred sig i Fridas frusna kropp när hon såg Agnes vagga runt och ordna det för dem. Osjälvisk omtanke och omsorg, tänkte hon, att hon var så lättrörd av det. Varför hade det aldrig varit en del av hennes vardag? Under hennes uppväxt hade det alltid funnits andra saker som var viktigare – pappas jobb, mammas jobb, saker som måste diskuteras, lösas, åstadkommas och uppnås. Att bara ställa upp för någon annan människa i det lilla, utan att förvänta sig att få något tillbaka, var helt enkelt ytterst sällsynt.

Just när de skulle sätta sig ringde Mona. Frida kunde för ovanlighetens skull svara utan att plågas av dåligt samvete. För en gångs skull fanns alla förutsättningar för ett bra samtal. Frida hade alibi och kunde vältra varenda kasse hon hade slängt på tippen i mammas glupska kravgap. Hon berättade målande om hur det såg ut i stugan, vad de hade röjt och om all råttskit och mögel Agnes hade städat bort. Frida hoppades på beröm, på ett tack, då är ni färdiga nu. Men Mona var inte av den sorten.

– När fortsätter ni då?

– Hur menar du?

– Och tar resten? sa Mona.

– Vi är ju klara nu, försökte Frida.

– Men du sa väl att korkmattan i vardagsrummet har rest sig, och att fasaden flagar?

– Nu har vi jobbat här hela dan och tagit det som går att göra. Räcker inte det? svarade Frida utan att riktigt kunna dölja sin irritation.

– Tidningar och flaskor var väl bara början. Det är ju massor kvar, sa Mona.

Frida hade verkligen trott att hon för en gångs skull skulle slippa förebråelserna, men inte ens nu dög det hon hade gjort. Bilden av Agnes, som utan krav på motprestation, fyllde på hennes kaffekopp gav henne en impuls att vägra ta skiten den här gången.

– Du kan väl komma hit och skrapa själv?

– Men, snälla Frida. Nu är du bara fånig. Jag är i Göteborg, det är ju du som är där.

– Sätt dig på tåget. Det är bara två byten.

– Men, hur kan du säga så när du vet hur jag mår? Dessutom klarar inte jag så tunga saker.

– Tror du inte det är tungt för Agnes att ligga här på knä och skura råttskit under diskbänken då?

– Hon kanske inte riktigt har varit med om det jag har utsatts för, sa Mona och Frida kände bilden av mamma spricka lite till.

Hon reste sig från bordet och gick ut på tomten. Hon ville inte att Agnes skulle behöva höra tonläget de två hade mot varandra, trots att hon egentligen bara försökte freda sig.

– Får jag fråga varför jag ska städa i det här gamla huset överhuvudtaget? Ingen har varit här på en jävla massa år och ingen kommer att vara här heller. Vad spelar det för roll om det ligger tidningar och flaskor här ett par år till? Inget blir förstört av det. Inget förändras. Jag gör det här bara för att du har bestämt att jag ska göra det.

– Saker och ting måste underhållas och skötas. Du äger en fjärdedel så det är allt ditt också.

– Men det är mest ditt. Varför har du bara låtit det stå så här? Varför gör du inget själv, varför ska alltid andra ta hand om dina bekymmer?

– Jag försöker bara hjälpa dig att upprätthålla värdet på nåt som du är delägare i. Det tycker jag att du ska vara lite tacksam för. Du kan ju utnyttja det precis som du vill. Sitta och dricka kaffe på trappan när vårsolen kommer. Du kommer att tacka mig en dag istället för att sparka på en som redan ligger.

– Det är du som sparkar på alla andra för att du inte orkar eller vill försöka resa dig.

– Hur har jag kunnat fostra en så elak dotter? väste Mona och slängde på luren.

Mörkret hade fallit sedan länge när Frida gick längs vägen, bort mot Danis kiosk. Hon var behagligt trött efter att ha röjt och burit, och ändå fylld av nya intryck och gamla, återuppväckta minnen. Hon hade provat pumpen. Det kom faktiskt vatten, brunt och illaluktande visserligen, men ändå. Motståndet när handtaget fick tag långt där nere i brunnen födde samma spänning nu som då. Ljudet av vattnet som närmade sig jordytan och slutligen letade sig upp genom det rostiga röret och började rinna gjorde henne märkligt lycklig, som ett tecken på att det gick att överleva även på denna plats. Tanken på mötet vid glasbubblan trängde sig också på. Hon hade gjort alla fel, varit fullständigt ocool, men ändå överlevt. Han hade inte dömt henne, klandrat henne. Tvärtom. Ett försiktigt pirr for genom kroppen när hon tillät sig att återuppleva den hastiga hudkontakten. Han hade strukit henne över kinden.

För en kort stund hade solen visat sig, och då hade hon suttit på den spruckna stugtrappan och skrivit ett svar till Aliana, flickan på tåget: "Hej. Kul att höra av dig, tänk att du fyller år imorgon! Vad önskar du dig? Synd att din mamma är sjuk. Vad är det med henne? Kram Frida." Hon hade bläddrat bland andra inkomna sms och läst nattens meddelande från Peter flera gånger, men bestämt sig för att vänta så länge hon kunde med att svara. Han kunde gott få sakna lite. Om det nu var det han gjorde.

Nu balanserade hon i vägrenen med de högklackade svarta stövlarna och ångrade att hon inte hade tagit sina gamla kängor. Men det var ju i alla fall lördag, och hon var bortbjuden på middag.

Det var släckt i kiosken, men upptänt i det lilla enplanshuset bakom. Frida tryckte på ringklockan och hoppades att det var rätt hus och tid. Hon hade ju faktiskt bara svarat "kanske" på frågan om hon skulle komma. Istället för en traditionell signal ekade Christer Sjögrens "I love Europe" som påringningsljud. En mångfärgad ljusslinga runt dörrkarmen blinkade i takt till musiken. Frida log åt tilltaget när han öppnade dörren. Han var klädd i vit skjorta, mörkröd sammetsfluga och säckiga hiphopjeans. Han hade vattenkammat det svarta håret utan att riktigt lyckas få ner allt spret och uppenbarligen rakat bort den fjuniga mustaschen.

– Du gillade inte mustaschen. Jag såg det på dig förra gången. Välkommen, sa Dani och gjorde en elegant rörelse med högerarmen in i den lilla hallen.

– Tack, sa Frida och räckte honom kappan. Är det okej om jag behåller stövlarna på om jag torkar av dem ordentligt?

– Allt för dig, svarade Dani. Jag kan torka dina fötter om du vill. Vänta lite …

Innan Frida hann hejda honom var han borta och återvände med en gul frottéhandduk. Han la sig på knä och markerade att hon skulle ge honom foten.

– Du är inte klok, sa Frida. Du förstör handduken, och jag vill inte bli torkad om fötterna av en man som ligger på knä.

Dani suckade, reste sig upp och borstade bort lite grus från knäna.

– Jag förstår mig inte på svenska kvinnor. Hur ska man vara? Ni pratar jämställdhet, men vill inte ha hjälp?

– Det där var väl inte jämställdhet? Det var ju underdånighet.

– Hur ska man veta? undrade Dani.

– Du har rätt, det är inte lätt att veta hur man ska vara.

– Det säger du bara för att jag inte ska känna mig dum. Du vet hur allt ska vara, sa Dani.

Frida kunde inte låta bli att skratta åt hela situationen. Allt var så fullständigt absurt. Märkligast av allt var att han trodde att hon hade koderna.

Han visade runt i sina små rum. Han hade köpt stället med möbler i. Bara sov- och vardagsrum var omgjorda. I sovrummet tronade en vattensäng, i vardagsrummet en vit hörnsoffa i skinn, glasbord och en enorm TV. I övrigt var allt ett märkligt hopplock.

Det var dukat i köket. På bordet stod skålar med sallad, lök, tomater, stekt aubergine, flera olika såser, pitabröd och ett stort fat med vitlöksdoftande fräst lammkött. Dani drog ut pinnstolen för henne, bytte till en softare hiphopskiva och öppnade det ålderstigna kylskåpet.

– Vad vill du dricka?

– Vin kanske?

– Absolut. Jag har ordnat till dig. Jag tänker att svenska flickor gillar vin.

– Du då? Dricker inte du vin?

– Jag är uppfödd på Cola. Ett lock på Netto, 59 kronor. För mamma var det lyx att kunna erbjuda oss det, guldkant på vardagen, sa hon, och ställde fram det morgon, middag, kväll.

– Då tar jag seden dit jag kommer, och dricker också Cola, sa Frida.

Dani blev stående framför det öppna kylskåpet som om han just var på väg att fatta ett stort beslut, så stängde han dörren och slog ut med armarna.

– Eller…, sa han. Så tar jag seden därifrån du kommer. Ikväll ska jag dricka mitt allra första glas vin i min egen världshistoria. Vad tror du om det?

– Oj. Det var modigt.

– Med dig får man lust att prova nya saker, sa Dani dramatiskt och Frida visste inte om han drev med henne eller om han faktiskt menade allvar.

Vinet hade verkligen en förmåga att lossa tungans band, och då satt de i Danis fall ändå inte särskilt hårt från början. Frida fick veta allt om pojkrummet i Södertälje, om mamma och pappa, bröderna och systrarna, kompisarna och lärarna, om trångboddheten, buset, bråket, ledan, musiken, grupptrycket, fulheten, trädsaknaden, de förlorade drömmarna och längtan efter den sanna jämställda kärleken som han inte kunde hitta hemma i Södertälje, som inte längre var hemma utan borta. Dani pratade om en självvald exil för att rädda sin själ och om sökandet efter en tillvaro där allt fick vara på ett annat sätt, mer ursprungligt och genuint utan att vara gammaldags, konventionellt och bakåtsträvande.

Frida blev alldeles omtumlad av alla hans ord, berättelser och tankekullerbyttor. När han var inne på sitt andra glas hade hans bleka pojkansikte antagit en lätt fuktad, rosaröd ton, flugan hade åkt av och håret stod nu lika spretigt uppåt som vanligt.

På vingliga ben ställde han sig upp på stolen och höll ett kort, men kärnfullt tal.

– Inför denna ärade församling lovar jag att behandla alla mina barn lika, att spela lika mycket dataspel och fotboll med dem, lära dem alla att steka aubergine och kebab, oavsett om de är pojkar eller flickor. Jag lovar också att använda överskottet från pokerspelet till att göra goda gärningar för andra och forska lite i kemi sen när jag orkar, och sist men inte minst lovar jag härmed att bli världens i särklass mest jämställda man! Min tillkommande ska aldrig behöva känna sig förtryckt och ofri och hon ska aldrig behöva ha tråkigt ... om hon inte vill det förstås, för då får hon nog ha det för det är nog det mest jämställda. Guds frid. Alaykum!

Sedan rasade han ner på stolen igen, och Frida skrattade åt hans högstämda ton, storslagna planer och inte minst att hans kroppsdelar inte längre tycktes kommunicera klart med varandra. Själv hade hon knappt fått en syl i vädret sedan hon kom.

Hon reste sig för att duka av och låna toaletten. När hon såg sig själv i badrumsspegeln upptäckte hon en ny glans i blicken, som inte funnits där tidigare. Förmodligen var det ljuset eller vinet, med det var helt klart ett nytt regnbågsfärgat skimmer över iris och pupill. När hon kom tillbaka till köket hade Dani somnat på stolen i sitt livs första alkoholrus. Han var i sanning en mycket speciell nittonåring. Hon plockade undan, la en filt över honom, skrev en lapp där hon tackade för mat och trevligt sällskap och smög iväg hemåt. Hon mötte inte en enda bil eller människa på vägen, men det gjorde ingenting.

6.

Det var veckan därpå som det drog igång. Åke ringde på förmiddagen och bad henne komma till Eksjö omgående. Det var ett extrainsatt möte på redaktionen klockan ett, och han ville absolut hinna prata med henne innan dess. Han ville inte säga vad det handlade om på telefon. Frida hade svårt att hitta parkering och var både försenad och kände sig illa till mods när hon klev in på redaktionen. Kanske var det bara inbillning, men hon tyckte att det kändes som om ljudnivån sjönk och folk tystnade och tittade bort när hon gick genom redaktionslokalen mot Åkes rum. Hon hejade mot Mats som satt vänd åt hennes håll, men han skickade bara en stum nick, utan leende, som svar.

Åke satt bakom skrivbordet och skrev intensivt på sin dator. Han såg varm ut. Kavajen hängde över stolsryggen och han hade kavlat upp skjortärmarna. Han sa åt henne att komma in och stänga dörren. Frida satte sig i besöksstolen på andra sidan skrivbordet.

– Jag vill börja med att be om ursäkt, sa Åke. Du har inte fått den vägledning du behövde och det får jag ta på mig. Jag är ledsen för det.

Frida förstod inte alls. Vad hade hon gjort för fel, och vad hade han att be om ursäkt för?

– Det som hände i fredags är nåt som jag måste ta på mig i egenskap av redaktionschef.

– Jag förstår inte riktigt, sa Frida. Vad är det som har hänt?

– Okej, jag ska ta det från början. Det har ringt här hela morgonen och vi är bombarderade av läsarmail. Folk är, kort och gott, vansinniga över uppslaget om Bruseryd som vi körde i tidningen nu i helgen. Både enkäten och krönikan som du skrev.

Frida kände paniken greppa tag om bröstkorgen och snörpa åt så att andningen blev ojämn och ytlig.

– Men för vad? Jag skrev ju bara vad de sa och vad jag såg? Orten håller på att dö. Det är ju sant. Och nu ska namnet bort från kartan, det är också sant.

– Och i allra högsta grad relevant, jag vet! Men att se en så obehaglig sanning i tryck är mer än vad folk klarar av. I alla fall i den egna tidningen. Du ska komma ihåg att den här tidningen och den här sidan är deras livlina. Om inte vi står på deras sida gör ingen annan det. De känner sig svikna av den de trodde var deras mest lojala vän.

Frida försökte förstå det motsägelsefulla budskapet, och återskapa förloppet av vad som hade hänt.

– Men var det några fel i texten? Nåt jag hade missförstått?

– Inte alls. Det handlar inte om det.

– Men, jag fattar inte. Annika läste ju allt när hon ritade sidorna. Hon borde väl ha talat om för mig om det var nåt i texterna som var för känsligt?

– Ja, visst borde hon det, men Annika har inte förmågan att avgöra det, hon är – oss emellan – inte helt stabil. Där brast mitt ansvar, jag borde ha stannat tills allt var klart ... den skulden får jag ta på mig och det var därför jag ville be om ursäkt. Hade jag varit här hade vi sluppit detta.

– Men, fortsatte Frida, är det så farligt om folk är förbannade då? Kan man inte ta in några inlägg på insändarsidan?

– Jag önskar att det var så enkelt, men det har nog passerat det stadiet. Det är inte bara läsarna som är sura, folk på redaktionen är förbannade, Harriet är förtvivlad och sist men inte minst har jag precis pratat med Henry Lagerwall som undrar vad i helvete vi håller på med. Han kommer på mötet klockan ett och han är inte glad.

Frida kände hur det började rycka i hakan och hur tårarna trängde sig på och gjorde ögonen glansiga. Fan, fan, fan, vad gjorde hon här? Känslan av att återigen vara ensammast i världen slog henne med full kraft. Hon såg sig själv sitta längst, längst ut på kanten av en tiometerssvikt och nedanför väntade bara en sörja av stora, hårda isflak. Hur hon än gjorde skulle hoppet eller fallet göra fruktansvärt ont, och hon skulle förmodligen hinna frysa ihjäl innan hon blåslagen nådde bassängkanten. När hon kände att hon inte skulle kunna hålla gråten tillbaka längre böjde sig Åke fram över skrivbordet och la försiktigt sin varma, torra hand på hennes.

– Frida, jag fattar att det här känns tufft, men du står inte ensam.

Närmare tjugo personer hade samlats i konferensrummet innanför receptionen. Där var Mats och Annika, fast de stod långt ifrån varandra, Inger och Kalle med högerhanden i bandage, flera som var med på första kvällens after work, några nya ansikten och en äldre man i grå kostym och slips som hon antog måste vara Henry Lagerwall. Åke inledde med att hälsa alla välkomna, kort redogöra för bakgrunden till mötet och sedan lämna ordet fritt. Mats räckte upp handen.

– Det är möjligt att vi ibland är gammaldags i vårt journalistiska förhållningssätt, men så här kan man inte göra. Det här är ett påhopp på en hel bygd, dessutom väldigt lättvindigt gjort utan att vara särskilt väl underbyggt. Mina föräldrar, som bor i Bruseryd, är helt förstörda. De tycker att tidningen har kränkt dem.

Inger vinkade och ville ha ordet.

– Det har ringt till annonsavdelningen hela morgonen. Några har avbokat sina annonser för att markera vad de tycker och det är ju oroväckande och tråkigt. Allra mest upprörd är Anders Skogby. Han tycker att vi har skämt ut Bruseryd och är orolig att det kommer att gå ut över affärerna, han har ju orten i sitt företagsnamn. Dessutom säger han att han är felciterad.

Henry Lagerwall harklade sig och begärde uppmärksamhet.

– Att folk är upprörda vet vi redan. Frågan är hur det här kunde gå igenom maskineriet. Det är ju inte för att chikanera läsarna som vi driver tidning. Frida Fors, som är den som ligger bakom detta, är vad jag förstår bara praktikant. Ungdomligt oförstånd är väl en sak, men att det släpps igenom är det som är mest allvarligt. Vem redigerade detta?

En spänd tystnad uppstod och folk tittade på varandra. Alla utom Mats, som bara tittade i golvet. Annika reste sig upp.

– Det var jag, sa Annika och tycktes förvånad över att hon faktiskt stod där hon stod. Vi hade ett krisläge med ett reportage som föll. Det fanns, och finns, en bra nyhet i botten, den om att namnet ska bort från telefonkatalogskartan, och det är ett klassiskt grepp att gå ut och fråga folk vad de tycker om det. Så långt var Åke med, det var han som la ut enkäten på Frida. Eftersom Kalle hade skadat armen hade vi inga bra bilder och då behövde vi fylla med nåt annat. Krönikan Frida skrev skulle ha gått som text i grundreportaget så det var inget konstigt beslut att lägga in den. Det som var annorlunda var att jag ritade in den som en personlig text med bild och tydlig avsändare. Det tycker jag var helt rätt tänkt, fortfarande. Jag förstår faktiskt inte varför alla är så upprörda. De här tre sakerna tillsammans förstärker förstås budskapet, men allt är ju sant och relevant. Vad är det som är så hemskt?

– Rubriken var väl jävligt onödig, svarade Mats med en aggressiv ton i rösten. Vadå att ingen bryr sig om att Bruseryd försvinner från kartan? Mina föräldrar bryr sig jävligt mycket, men de blev inte tillfrågade.

– Utifrån de intervjuades svar är det som står i rubriken faktiskt andemeningen. Sen kanske det var onödigt provocerande, men det skulle gå undan och jag behövde en tydlig rubrik som lockade till läsning, fortsatte Annika.

– Tidningens vagga stod i Bruseryd en gång i tiden, det vet ni alla, fortsatte Henry Lagerwall, därför månar vi särskilt om den orten. Att publicera ett helt uppslag där man utmålar byn som ett sjunkande skepp är ju inte alls det vi vill uppnå.

– Vad vill vi uppnå då? frågade Annika och tittade alldeles oförställt på den gamle mannen, som skruvade sig.

– Vi vill att de ska känna sig… trygga, sedda och hemma. Att de ska veta att vi står på deras sida i alla väder.

– Så vi ska undanhålla sanningen för läsarna, bara för att den är obehaglig och gör dem upprörda?

– Det här är ju negativ kampanjjournalistik, bröt Mats in, hur kan du försvara det?

Ett allmänt, upprört diskuterande utan ordentlig talarordning utbröt. Frida stod som bedövad i stormens öga, mest förvånad över att Annika visade en helt ny sida. Frida hade för en kort stund trott att Annika hade låtit uppslaget gå igenom mest för att försätta Frida i dålig dager, hon hade ju verkat så ogästvänlig ända sedan hon kom, men nu fajtades hon som en annan terrier. Kanske hade de alla missbedömt Annika. Åke slog med pennan mot skrivbordet upprepade gånger och påkallade ordning. Ingers telefon ringde och hon smög ut ur rummet för att prata. Åke tog över ordet.

– Först måste jag bara säga att det förstås är mitt ansvar att detta är i tidningen. Av olika skäl var jag tyvärr tvungen att gå tidigare i fredags. Det förvånar mig att jag inte fick nåt samtal där ni stämde av med mig innan ni gjorde den här ändringen, sa Åke med blicken fäst på Annika. Jag har full förståelse för flera av argumenten som förs fram. En viktig grundläggande fråga som ändå måste ställas är: Frida, hur är det med citaten? Är Skogby felciterad?

Frida svalde och tog sats, rösten lät tunn och ranglig.

– Det var inte meningen att ställa till det så här, jag försökte bara …

– Ta det lugnt, viskade Åke intill så att bara Frida kunde höra. Ge bara ett rakt svar.

Frida försökte sträcka på sig och hitta en rakare hållning.

– Nej, Skogby är inte felciterad. Jag har anteckningarna kvar om nån vill kolla. Alla citat är korrekta. Det har vi lärt oss på skolan, hur viktigt det är. Att ortsnamnet ska bort från kartan har jag på papper och det är dessutom bekräftat från Harald Larsson på Cartago. Jag har inte pratat med projektgruppens chef visserligen, det var kanske en miss, men det fanns inte tid. Sen att min text, det som blev en krönika, beskriver allt som lagts ner och ser övergivet ut är ju min personliga reflektion. Jag borde kanske ha jobbat mer på den, och framför allt borde Åke ha fått läsa, och kanske att jag tog i … men det är ingen lögn. Ni kanske inte ser det längre, men det är ett samhälle som dör, eller redan har dött …

Inger kom tillbaka in i konferensrummet, viftade med mobilen mot Åke och pratade rakt ut.

– Det var Skogby som ringde nu igen. Han och Eiwor Svantesson har kallat till öppet möte i Bruseryds missionshus med anledning av detta. De förutsätter att berörda parter på tidningen tackar ja till att medverka. Han kommer att ringa flera av er under dagen, och tyckte att det minsta vi kunde göra var att bjuda på en gratis annons om att mötet ska äga rum.

En tystnad uppstod.

– Jaha, sa Åke. Har vi nu tagit fan i båten får vi väl se till att ro honom i land. En annons låter rimligt. Nu får vi börja planera hur vi ska hantera detta.

Henry Lagerwall avbröt.

– Jag har ett styrelsemöte som väntar, men jag förutsätter att ni reder upp det här. Jag vill se en krönika av dig, Åke, i tidningen imorgon med nån sorts ursäkt och sen behöver jag kanske inte påpeka att jag inte vill se den här sortens journalistik i tidningen igen.

Henry började gå mot dörren, men vände sig om mot Åke efter ett par steg.

– Jag vill ha ett separat möte med dig vid fyratiden. Vi kan ta det på ditt rum.

Åke nickade och svalde piken inför öppen ridå. Henry lämnade konferensrummet och Åke startade om.

– Nu måste vi göra tidning. Mats, jag vill att du gör en kort intervju med Anders Skogby, där han får framföra sin kritik och sina synpunkter. Frida, jag vill att du ringer Stockholm och får tag i den som fattat det här beslutet på Cartago och fixar ett par pratminus om hur de har tänkt. Annika, dig vill jag ha ett snack med, men sen vill jag att du går ut här i Eksjö och frågar folk på gatan hur de uppfattar Bruseryd, är det dött eller inte?

– Ursäkta, sa Mats, men nu går du väl ändå rakt emot Lagerwalls intentioner?

– Jag har inte sagt att vi ska publicera allt. Sätt igång och jobba nu. Och är det fler som ringer och klagar så skicka dem till mig. Tack för nu.

Frida var helt skakig efter mötet. Hon behövde prata med någon. Hon gick ut på trappan och slog numret till Cilla. Åtta signaler gick fram, inget svar. Hon tittade en stund på numret till mamma på mobilens display, men bestämde sig för att avstå. Det samtalet skulle på inga sätt göra saken bättre. I plånboken hade hon ett inplastat kort med kontaktpersoner på skolan, och i brist på annat slog hon numret till expeditionen. Hon kände igen rösten på den äldre damen som brukade ha hand om schemaläggning och frågade efter studierektor eller någon annan som kunde ge praktikstöd.

– Den enda som är här just nu och som kan svara är Janne

Ahlsén. Jag har honom här precis, ett ögonblick, jag kopplar över, sa kvinnan innan Frida hann hejda henne.

Janne lät uppriktigt glad att höra ifrån henne och tog sig tid att lyssna på det som hänt. Hans slutsats var att ansvaret mycket riktigt var Åkes och att Frida inte skulle ta åt sig personligen av kritiken. Eftersom Åke dessutom var hennes handledare kunde hon inte göra annat än att vara lojal med honom.

– Jamen, Lagerwall då? Han verkar ju vilja driva en annan linje.

– Jo, men det är sånt man måste lära sig, att ägare och redaktionsledning kan vara på kollisionskurs ibland. Det är spelets regler, och det är inte ditt ansvar att hålla ägaren nöjd. Det ansvaret är bara Åkes.

Frida sjönk ihop på trappan, lättad över att få hjälp att spalta upp händelseförloppet. Tur att Ahlsén fanns där med sin lugna göteborgska.

– Frida, nu gör du så här, sa han tryggt och myndigt. Be om ledigt på fredag, och så åker du hem till Göteborg och tar ett möte med mig här på skolan. Du får alltid ledigt när skolan kallar, och jag känner ett särskilt ansvar för dig eftersom det nu blev som det blev med praktikfördelningen. Kan vi säga klockan tre på fredag?

– Ja. Tack, sa Frida, slog ihop mobilen och reste sig ledbrutet från den kalla betongtrappan.

Bakom henne på trappan stod Annika och tände en cigarett. Det var första gången de två var ensamma.

– Jag var tvungen att gå ut. Jag är helt skakig, sa Frida för att ha något att säga.

– Du klarade dig bra där inne. Det var tydliga svar, inget svammel, sa Annika och tog ett djupt bloss.

Frida tog långsamt in repliken. Ett gott ord, från Annika som faktiskt hade ställt upp för henne där inne.

– Tack ska du ha, för att du inte bara lämnade mig ensam med skulden.

Annika askade ut över räcket, men de grå partiklarna fångades upp av en vindil och hon viftade med handen för att slippa få dem i ansiktet.

– Varför skulle jag göra det? Det är friskt när nån äntligen vågar säga som det är. Tids nog blir folk blinda och fega.

Frida hade lust att fråga henne lite mer exakt vad hon menade, och varför hon alltid var så vass och bitsk, men tillfället kändes fel valt. Det fick bli en annan gång.

– Nej, då ska jag försöka jaga rätt på nån ansvarig på Cartago, sa Frida.

– Jag ska in till Åke. Hurra, sa Annika och fimpade omsorgsfullt i askkoppen bakom dörrstoppen. Du kanske vill ta en fika nån dag?

– Gärna, sa Frida.

Åke klickade på sänd och lutade sig tillbaka i stolen efter att ha svarat på ännu ett läsarmail om lördagens uppslag. Den här tiden på dagen brukade han gå ut och sätta sig i bilen en stund och stärka sig för att stå ut med eftermiddagens alla tröstlösa måsten och rutiner. Han hade klarat av mötet med Annika, sagt att det var fullkomligt oacceptabelt att hon hade tagit så omfattande beslut utan att stämma av med honom, och det var en bra stund kvar tills Lagerwall skulle komma. En kvart kunde han gå ifrån. Fast, det kanske vore korkat att lukta sprit inför Henry en dag som denna, även om gubben normalt sett inte själv brukade tacka nej till ett par järn. Intresset för alkohol hade en förunderlig förmåga att förbrödra i alla manliga nätverk och sammanhang, det var som om män med det behovet omedvetet sökte sig till varandra. Äh, Lagerwall skulle nog inte märka något, han hade ju aldrig sagt något förut. Åke skulle just kränga på sig mockajackan med den lockande bilnyckeln i fickan när ännu ett läsarmail plingade till. Det var från Eiwor Svantesson, och hon var arg. Han satte sig ner igen. Medan han funderade på hur han skulle formulera sitt svar tänkte han återigen att en tur ut till bilen kanske ändå var för riskabel. Just idag borde han nog tvinga sig att avstå, även om det kunde bli jobbigt. Han väntade på att panikkänslan skulle uppenbara sig i bröstet vid blotta tanken, men när han kände efter erfor han snarare en svag dusch av adrenalin. Äntligen hände det något nytt och annorlunda. Hade han inte vetat att problemen hopade sig hade han nästan kunnat tro att han kände sig upprymd.

Frida hade lånat ett ledigt skrivbord vid fönstret. Hon ringde samtal efter samtal till Cartago och blev runtkopplad till olika människor som inte kunde svara på hennes frågor. Harald Larsson hade gått på semester, så nu hade hon inte ens en kontakt att utgå från. Hon försökte gå in på företagets hemsida och söka sig fram till den som var ansvarig, men virrade bort sig bland menyerna och hittade inget som ens var i närheten av att handla om det saken gällde. Brydd funderade hon på hur hon skulle gå vidare när mobilen ringde. Det var Cilla.

– Jag missade ditt samtal. Hur är det? Var det nåt särskilt?

– Det kan man säga, men jag kan inte prata nu, det sitter folk omkring. Jag kommer hem på fredag, och har ingenstans att bo. Kan jag sova hos dig som du sa?

Cilla var tyst lite för länge för att svaret skulle kännas alldeles självklart.

– Visst, inga problem. Jag har en madrass i garderoben. När kommer du?

– Jag har ett möte på skolan vid tre, så jag gissar att jag är hos dig vid fem. Funkar det?

– Jag kan nog smita tidigare från jobbet. Här är så jävla tråkigt så klockorna stannar, men det får vi prata mer om när du kommer. Då lagar vi nåt enkelt och sen kanske vi tar en sväng på stan?

– Kanon. Vi hörs.

Frida blev sittande med mobilen i handen. Hon bläddrade bland inkommande sms och kom plötsligt på att hon missat Alianas födelsedag. Hur kunde hon kompensera det? Om hon hade en adress kunde hon ju faktiskt skicka ett paket. Men med vad? Vad ger man en nioårig tjej? Vad ville hon själv ha när hon var i den åldern? Ingen aning, hon mindes inte. En hund eller en ponny, förmodligen. Hon skrattade till när hon kom på att Aliana drömde om en ko. Hon kanske kunde hitta en ko på kort. Eller smink. Hon skrev ju ofta om att systern skulle sminka henne. Fast då kanske föräldrarna skulle bli arga, som de blev när hon försökte bjuda på choklad på tåget. Hon undrade vad föräldrarna jobbade med. Vad var det som tvingade dem att resa runt hela tiden? Var det verkligen bra för Aliana? Fick man ens lov att ta barn ur skolan? Var inte det olagligt? Hon skrev: "Grattis i efterskott, hoppas att du hade en bra födelsedag. Vad fick du och vad önskade du dig? Vad har du för adress? Kram Frida." Hon klickade på sänd, la ifrån sig mobilen, bytte till den vanliga telefonen och slog numret till Cartagos växel än en gång.

Åke var ovan vid att formulera sig i personlig text nuförtiden. Förr om åren hade han varit tidningens ansikte utåt och skrivit uppskattade kåserier och krönikor med en underfundig humoristisk ton. En sommar hade han rest runt i bygderna med flakmoppe och pratat med turister och skrivit om lokala arrangemang och intill varje text redovisat på en karta hur han skulle åka nästa dag, och mot slutet av perioden hade folk faktiskt stått vid sina staket och vinkat och hejat på när han for förbi. Det var en fantastisk sommar. Men de senaste åren hade det bara inte gått. Han kunde inte uppamma energin, och för övrigt hade han ingen humor kvar. Men idag var han tvungen. Det kändes vanskligt att hitta en dramaturgisk båge som höll hela vägen och att dessutom hålla tungan rätt i mun åsiktsmässigt. Han tyckte ju på ett sätt att lördagens uppslag var bra, det hade en attityd som kändes uppfriskande och inte så instängd och unken som ofta var fallet på en ort där alla kände alla sedan urminnes tider. Samtidigt måste han, för att hålla Lagerwall och läsarna på humör, på något sätt be om ursäkt. Han kanske kunde fokusera på rubriken? Hade det inte varit för orden "ingen bryr sig" så hade nog stormen uteblivit. Det allra bästa vore förstås om han kunde vrida uppmärksamheten åt ett annat håll. Hur hade man på Cartago kunnat fatta ett sådant beslut? Vilka trodde de att de var som bara kunde radera ut en ort sådär? Stockholmare, en utmärkt yttre fiende som alltid funkade på landet. Det var helt klart den mest givna vinkeln. Fast å andra sidan var det ju ett vanligt företag som rimligen hade rätt att hantera sina produkter hur de ville, utan att ta något slags allmänt samhällsansvar. Nej, det behövde han inte låtsas om. Så långt behövde han inte dra det.

Klockan var bara kvart i fyra när det knackade på dörren och Henry Lagerwall klev in, nu med en missklädsam såsfläck på det grå kavajslaget. Gubben börjar bli gammal, ser väl dåligt, märker inte sådant och den som har pengar behöver kanske inte bry sig, tänkte Åke medan Lagerwall slog sig ner i besöksstolen.

– Jag vill läsa din text innan den går i tryck, sa Henry utan inledande småprat.

En sådan inledning hade Åke inte räknat med. Den ordern hörde till ovanligheterna. Det kändes som om han fick en smäll på käften. Kanske hade han räknat ut gubben för tidigt.

– Är det så vi ska jobba nu?

– Det ser inte bättre ut, sa Henry. Jag har haft mina funderingar över dina ledaregenskaper ganska länge. De sista åren har du inte riktigt varit i slag. Hittills har det mest bara känts trött och oengagerat, och det är illa nog, men det här är ju en ny vändning.

– Rubriken var jäkligt olycklig. Jag sitter just och jobbar med krönikan, sa Åke.

– Varför var du inte här?

– När?

– I fredags när sidorna gick iväg, förstås.

– Jag var tvungen att gå tidigare, och jag hade gjort upp med Annika och Frida. Jag trodde allt var lugnt. Annika borde ha ringt mig istället för att fatta egna beslut.

– Du borde ha varit här. Det är ditt jobb, inte Annikas. Jag kommer förbi igen om en timme, då vill jag läsa. Och jag hoppas att jag slipper bli besviken.

Henry reste sig och gick mot dörren, precis när han tog i handtaget vände han sig om.

– Den nya byggbutiken vid rondellen öppnar nästa helg. Det skulle passa väldigt bra med ett riktigt trevligt invigningsreportage. Bilder på barn som får ballonger, borrmaskiner som lottas ut, en liten intervju med platschefen. Då skulle flera av mina styrelsekollegor bli väldigt glada. Bara som ett litet tips, sa Henry med ett leende som blottade de gula tänderna.

Åke kände hur det högg till i hjärtat. Inte den gamla konflikten nu igen.

Till slut hade Frida fått tag på rätt person. Han hette Magnus Nyström och var chef och ansvarig för den projektgrupp som hade tagit fram och drivit igenom den nya grafiska profilen på kartorna i katalogen. Han lät ung och hungrig och hade uppenbart svårt att förstå problematiken.

– Vi är ett privat företag. Vi förändrar våra produkter som vi vill. Det här blir snyggare och renare och mer begripligt för våra kunder. What's the big deal?

– Här finns massor av kunder som inte är nöjda med det beslut ni har fattat. Vad tar ni för hänsyn till det?

– Anledningen till att orten försvinner är ju att ni är så få, så nån folkstorm kan det ju inte direkt vara tal om, svarade Nyström och försökte sig på ett skratt.

Frida skrattade inte med.

– Hur har ni avgjort vilka orter som ska bort och vilka som ska vara kvar? frågade hon.

– Egentligen hade vi nog velat utgå från resultatet rent grafiskt, alltså det som stör ögat vill man få undan, men där insåg vi att verkligheten kanske måste få styra designen och inte tvärtom.

Han skrattade igen och hoppades tydligen på att få Frida med sig. Det uteblivna gensvaret fick honom att fortsätta:

– Det gick ju inte, så vi har helt enkelt gått efter folkmängd. Orter med färre än hundra invånare tar vi bort.

Frida antecknade så fort hon kunde och försökte samtidigt tänka på hur hon skulle gå vidare.

– Varför just hundra?

– Tja, nånstans måste vi ju dra gränsen.

– Är det folkbokförda ni utgår från då?

– Det har jag inte tänkt på, men ... det måste det väl vara.

– Om en ort har väldigt många sommarboende då? Hur räknar ni då?

– Det var väl ändå en hypotetisk fråga? Det är inte riktigt mitt jobb att svara på såna saker, sa Nyström.

Den avvisande tonen i rösten gjorde att Frida inte vågade gå vidare med frågorna. Hon hade alltid tyckt att det var obehagligt när någon blev tydligt irriterad, förmodligen en idiotisk egenskap för en journalist som måste våga förarga. Rädslan för konflikt fick Frida att välja en annan väg.

– Finns det nån bra bild på dig som vi får lov att använda?

Frågan gjorde genast Magnus Nyström på bättre humör.

– En bra bild? Absolut, massor. Porträtt, halvbild, helbild, ute eller inne?

– Skicka bara dem du tycker bäst om så väljer vi, sa Frida. Det är möjligt att jag behöver återkomma med fler frågor senare.

– Inga problem, bara du väljer en fin bild så. Kan du förresten skicka tidningen? Den kan ju vara kul att sätta upp på väggen här på kontoret.

– Det ordnar jag, sa Frida och tackade för samtalet.

Hon skrev en kort text, visade den för Åke, som hastade igenom den och godkände, och lämnade den sedan för redigering. Dagen hade inte alls utvecklat sig som hon hade trott. Det kändes nästan obehagligt att återvända till Bruseryd. Hur skulle hon kunna gå ut och göra något jobb nästa dag om hon visste att alla tittade snett på henne? Hon behövde fråga Åke, men han verkade väldigt upptagen och stressad. Hon fick ta det per telefon imorgon istället. Frida tog jackan och väskan och gick utan att någon bemödade sig om att svara på hennes allmänt hållna "hej då" ut över redaktionen.

Precis när hon skulle sätta nyckeln i bildörren kom hon på att hon borde köpa ett kort till Aliana medan hon var kvar i stan. Hon passerade brandstationen, sneddade över Stora Torget som låg mörkt och halvtomt och vek in på Södra Storgatan. Det var en fin gammal bokhandel med nya inbundna böcker skyltade på ett stort träbord i mitten av lokalen. På stället med gratulationskort fanns mest grodor i sammet, hundvalpar och gäspande kattungar.

– Det är ingen som frågar efter kor längre. Det är faktiskt en intressant iakttagelse, sa det vänliga biträdet engagerat.

Till slut hittade de i alla fall en landskapsbild där en ko med sprängfyllt juver skymtade i bakgrunden. Den fick duga. Frida funderade på om hon skulle köpa en ungdomsbok till henne också, men kom på att hon inte hade en aning om vad som kunde locka Aliana till läsning. Kanske skulle det bli ett otympligt paket också. Istället gick hon in på parfymaffären intill och valde ut en liten duoskugga i grönt och ett blekt rosa läppglans. Hon tyckte ju om att bli sminkad, och det skulle bli lätt att skicka. Hon köpte vadderat kuvert och frimärken på Ica och passade på att handla frukt, mjölk och bröd och en stor Aladdinask till Agnes som tack för hjälpen i helgen. Hon lastade in i bilen och sjönk ner i förarsätet. Blotta tanken på att köra tillbaka till Bruseryd gjorde henne illa till mods.

Just när hon skulle lägga i backen och rulla ut från parkeringsrutan ringde mobilen. Hon tänkte låta det ringa, men efter fyra fem signaler svarade hon i alla fall. Hon kände direkt hur det började krypa bak i låren när Eiwor Svantesson presenterade sig.

– Det känns väldigt olustigt, det här. Man trodde att det skulle vara positivt att ställa upp i tidningen, men så blev det ju inte. Och inte var det så jag sa heller. Vad lär ni er på journalisthögskolan egentligen? fräste Eiwor.

Frida grimaserade med hela ansiktet där hon satt i mörkret och bestämde sig i brist på andra alternativ för att bara ligga väldigt lågt.

– Vad tråkigt att det var så du uppfattade det.

– Hur skulle jag annars uppfatta det? Får man verkligen skriva vad som helst?

– Det får man självklart inte, sa Frida. Men enligt mina anteckningar var det så du sa.

– Jag vet nog bäst själv vad jag har sagt och inte, sa Eiwor vasst och Frida kunde riktigt se hennes rödbrusiga ansikte framför sig. Hur som helst räknar vi med att du kommer och förklarar dig på mötet som vi ordnar i missionshuset.

– Det är nog egentligen Åke Johansson, redaktionschefen, som borde svara på era frågor, sa Frida.

– Han är också inbjuden. Men eftersom det är du som har intervjuat folk och skrivit under artiklarna vill vi förstås absolut att du kommer. Det kommer att bli många.

Det lät hotfullt. Rentav skrämmande.

– Jag är bara praktikant och måste höra med Åke först. Kan jag få återkomma? Jag har ju ditt nummer i mobilen.

– Jag vill ha svar ikväll. Vi förväntar oss att du kommer efter detta du har gjort oss.

”Efter detta du gjort oss.” Orden etsade sig in i hjärnbarken. Frida körde tillbaka in i parkeringsrutan, stängde av bilen och bara satt; tom, ensam, kall och rädd. Hon önskade att pappa kom och lyfte upp henne i famnen och sa att allt bara var en lek. Hon mindes den där gången när han hade varit med på ett av hennes barnkalas och låtsats vara Frankensteins monster. Alla små kalasdeltagare hade blivit otroligt uppsluppna och skrattiga av att se Carsten stolpa runt hemma i huset med stenansikte och armarna stelt framför sig. Den enda som blev rädd på riktigt var Frida, som fyllde år och borde varit gladast av alla. Hon låg och storgrät i en garderob när pappa hittade henne till slut. Då lyfte han upp henne, strök henne över håret och Frida kunde så småningom glömma nesan över att ha blivit så rädd inför kompisarna över något som ändå inte var på riktigt. Men det här var på riktigt. Och pappa var inte här.

Det hade aldrig hänt förut. Åke var så frustrerad och irriterad och rent ut sagt förbannad att han inte visste vart han skulle ta vägen. Inte nog med att Lagerwall hade krävt att få läsa hans krönika innan den gick i tryck, han hade dessutom haft synpunkter på stycken som måste skrivas om totalt, plus att han ville se morgondagens uppslag i sin helhet, för godkännande. För godkännande?! Åke kände hela sin yrkesheder sättas på spel. Om hans förmåga att fatta riktiga journalistiska beslut inte dög inför ägarfamiljen hade han ju inget äkta handlingsutrymme kvar. När de anställda förstod att så var fallet skulle hela hans trovärdighet som chef sättas ur spel. Och vem var han då? Jobbet var ju det enda han hade kvar. Jävla Marianne, tänkte han. Hade hon inte lämnat honom hade han inte behövt skynda sig hem i fredags för att supa skallen i bitar. Hade hon bara inte fått för sig att hon ville utvecklas, komma vidare och göra mer av sitt liv än att ruttna i en liten landsortshåla där alla blev tyngre, tröttare och äldre hade detta aldrig hänt. Jävla Marianne. Hur kunde hon bara gå, när han var så fullständigt ända in i själen ensam utan henne? Det kunde hon väl begripa, att han aldrig hade älskat någon annan än henne, även om han hade varit dålig på att säga det? Hur kunde hon bara sluta att älska honom som han älskade henne?

Han kände hugget i hjärtat och strålen ut i vänsterarmen. Tänk om det ändå var en infarkt istället för vanlig bondångest, så mycket enklare allt hade varit då. Han bestämde sig hastigt. Det gick inte längre. Han måste ut i bilen, lyfta bort tyngden, krampen, ontet. Jävla Marianne och jävla Lagerwall. Han krängde på sig mockajackan, som trilskades med vänsterarmen så att svetten bröt fram, slog låret hårt i skrivbordskanten när han skyndade förbi för att komma ut på parkeringen, mot den enda tryggheten.

Frida såg Åke komma ut på trappan och gå mot bilen. Hon klev ur bilen och småsprang emot honom.

– Åke! Har du tid?

Åke hejdade sig i rörelsen och stannade motvilligt upp.

– Jag ... skulle bara hämta en sak i bilen, sa han och försökte se ut som om det inte var så akut som det i själva verket var.

– Eiwor Svantesson ringde. Hon vill att jag är med på mötet. Ska jag vara det? frågade Frida.

– Mötet i missionshuset, sa Åke och suckade. Ja, jäklar. Vi har ju det också. Harriet ringde förut förresten. Hon ska dit.

– Nej, suckade Frida innan hon hann hejda sig.

– Gör det nåt?

Frida skruvade på sig och ångrade att hon hade tagit det här samtalet nu.

– Absolut inte. Eller, ja, kanske. Det känns obehagligt om hon också är besviken på mig. Jag har aldrig ens träffat henne, och nu är till och med hon arg på mig.

– Harriet är inte farlig, hon är mest … underlig. Vill du vara med på mötet? sa Åke med betoning på vill.

– Vill? sa Frida och funderade på om hon skulle våga svara ärligt. Helst inte. Jag tycker inte om att prata inför folk.

Åke tittade på henne länge, och hon kunde riktigt se hur han provade olika resonemang fram och tillbaka där inne i talcentrum.

– Står du inte för det du skrev? sa han till slut.

– Jo, det är klart. Det sa jag ju där inne.

– Vad har du då att vara rädd för?

– Vad jag har att vara rädd för? Allt känns det som.

– Har du inte rätt att tycka vad du vill?

– Som journalist?

– Både som vanlig medborgare och journalist.

– Jo, det är klart. Så länge jag inte diskriminerar eller förtalar nån har jag väl det, svarade Frida.

– Precis. Har du gjort det då?

– Diskriminerat eller förtalat? Nej … om man inte kan förtala en bygd?

– Det har jag faktiskt mycket svårt att tro. Där vinner tryckfrihet och åsiktsfrihet med hästlängder.

– Så …? fyllde Frida i för att han skulle slutföra det resonemang han hade påbörjat och som nu rimligen borde få sin upplösning.

– Så vad har du att vara rädd för? sa Åke.

– Jag vet inte …

– Ingenting, tror jag. Du har bara råkat väcka en björn som sov, och det kanske var på tiden att den vaknade.

– Och vad innebär det?

– Jag tror att du måste vara med på mötet, både för deras och tidningens skull. Men också för din egen. Fast vi ska vara väl förberedda, sa Åke.

– Hur då?

– Vi måste få dem att förstå att det var rätt och riktigt att skriva. Och då är det bara hårda fakta som duger.

Medan Frida gick tillbaka mot bilen klickade hon på återuppringning av Eiwors nummer, bekräftade att hon skulle komma och fick veta att mötet skulle bli om två dagar för att så många som möjligt skulle kunna delta. Frida såg samtidigt hur Åke skyndade tillbaka uppför trappan. Skulle han inte hämta något i bilen? Det måste han ha glömt.

Hon vaknade av att mobilen ringde ilsket. Klockan var bara halv sex och det var becksvart i rummet. Det var en okänd mansröst från huvudredaktionen som hade hört på polisradion att en timmerbil vält utanför Bruseryd. Hon måste snabbt på plats och se till att få bra bilder. Frida kravlade sig upp, klädde på sig, borstade tänderna, slängde ner en banan i väskan och åkte. Det var minusgrader och glashalt på vägen. Några kilometer mot Eksjöhållet till, vid avtaget mot Bogård, såg hon polisens blinkande sirener. Hon bromsade i god tid för att inte själv få sladd och krypkörde närmare olycksplatsen. Timmerbilen hade kommit i motsatt riktning och förmodligen fått sladd i den långa, skarpa kurvan. Om det var en hastig inbromsning eller något slags förskjutning av lasten som hade fått bilen att välta var svårt att veta. Det låg timmer över hela vägbanan, som nu var blockerad i båda riktningarna. Runt förarhytten glänste det av krossat glas.

Frida hade aldrig varit på en riktig olycksplats förut och visste inte riktigt hur hon skulle bete sig. Hon parkerade på vägrenen, en bit ifrån. Hon tog kameran i handen och gick långsamt fram till en polis som höll på att spärra av vägen.

– Frida Fors, Smålandsbladet. Vad är det som har hänt?

– Samma gamla kurva nu igen, sa polisen utan att titta upp. Den är helt feldoserad. Jag vet inte hur många avåkningar vi har haft här. Det kommer att ta timmar att få vägen farbar igen.

– Hur gick det för den som körde? frågade hon.

– Några brutna ben, men han lever. Det ska han vara glad för. Det kunde ha slutat hur som helst, sa polisen och tittade upp och nu såg hon att han var lika trött och mosig som hon.

– Kan man prata med honom, tror du?

– Han sitter där borta, sa den påpälsade polisen och nickade i riktning mot Eksjö. Ambulansen är på väg. Han är nog i chock, så ta det vackert.

Frida tackade och tog upp kameran så diskret hon kunde och knäppte några bilder. Det var för mörkt för att det skulle bli bra, men nog syntes det hur det såg ut.

Chauffören satt i baksätet på en polisbil. Om det var chocken eller kölden som fick honom att skaka var oklart. Frida knackade försiktigt på rutan för att fånga hans uppmärksamhet och se om han kunde tänka sig att prata. En magerlagd medelålders man med röd toppluva vevade ner rutan och tittade på henne med glasartad blick.

– Det är så kallt, viskade han hjälplöst mot henne.

– Ja, det är skitkallt, sa Frida. Hur mår du?

– Det är så kallt, sa mannen igen.

– Vad var det som hände?

– Det var en bil. Jag såg den inte. Den körde ut på krönet, och den syntes inte förrän den var över på min sida. Jag pumpade och pumpade med bromsen och försökte väja, men det var halt och greppet släppte och sen bara snurrade jag och när släpet slog emot så bara välte vi. Det gick så fort och ändå i slow motion. Och det är så kallt.

En äldre polisman kom gående mot bilen med ett bistert uttryck. Frida skyndade sig att tacka för samtalet och gick bortåt för att slippa bli bortkörd.

– Ville du fråga nåt, eller? hojtade han efter henne.

Frida ställde några frågor till polisen, fick bilden lite klarare för sig, tog några fler kort och gick tillbaka till bilen. Medan hon satte sig i förarsätet såg hon Gunnel komma gående över åkern.

Det såg ut som hon vinkade. Frida koncentrerade sig. Var det möjligt? Jo, hon vinkade nog faktiskt. Frida klev ur igen. Var det åt henne? Hon såg sig omkring. Poliserna var på andra sidan lastbilen. Det måste vara åt henne. Frida vinkade tillbaka lite osäkert och började tveksamt gå henne till mötes. När de möttes i dikeskanten var Gunnels första fråga:

– Lever han?

– Han lever, sa Frida. Jag har nyss pratat med honom. Han lever.

Gunnels stela, allvarliga ansikte blev plötsligt mjukt och rörligt och de små musklerna runt hakan, munnen och ögonen arbetade när hon brast ut i en ljudlös gråt.

– Tack, gode gud, sa Gunnel och slog armarna om Frida.

Gunnel hade kaffe i en termos och varma filtar vid sin sten. De satt intill varandra och såg polisen arbeta med att dirigera om den tidiga morgontrafiken. De såg ambulansen komma och hämta sin patient. Hela tiden satt Gunnel helt stel. Vid ett tillfälle tog hon till och med Frida hårt i armen och bara höll sig fast som för att inte falla. Frida hade visserligen bråttom tillbaka, men blev samtidigt så tagen av att Gunnel bjöd in henne att vara med i denna uppenbart omskakande stund, med påminnelser om något som så totalt förändrat hennes liv, att hon tyckte att hon måste stanna. De sa inte mycket till varandra. Först när ambulansen hade åkt och en grävskopa började röja undan stockarna tycktes Gunnel slappna av och den laddade stämningen skingrades.

– Jag tror många undrar vad du tänker när du sitter här, sa Frida. Om du nån gång skulle vilja berätta, så får du gärna höra av dig till mig. Det kanske till och med skulle kännas skönt?

Frida skrev ner sitt mobilnummer på ett ark ur blocket, gav lappen till Gunnel och tackade för morgonkaffet.

En timme senare var texten klar och hon hade valt ut de bästa bilderna. Hon öppnade mailprogrammet för att skicka iväg materialet till redaktionen och såg att hon hade ett meddelande från en okänd avsändare. Hon klickade upp mailet och plötsligt förändrades atmosfären i hela rummet; fågelsång, syrsor, ljud av tropiska djur och en svepande vind strömmade ut från datorn. Det var soluppgång i regnskogen och det kändes som om hon sögs in mellan stammarna, i ett lågt, mjukt, flygande perspektiv och det var så vackert och sensuellt att hon nästan kunde känna den fuktiga och våtvarma luften mot huden. Den animerade filmen fortsatte sin flykt ut över savannen där antiloper betade och lejon solade sig lojt på en gräsklädd kulle, för att sedan komma in över mörk granskog, magra åkrar och hyggen. Plötsligt kände hon igen infarten till Bruseryd och backen ner mot kiosken. Där stod han med sitt yviga svarta hår och armarna utsträckta, munnen formad som en kyss och ur den; animerade röda hjärtan på flykt upp mot himlen. En pratbubbla växte fram med text av rökringar: "Jag kan inte lova hela paradiset, man halva. Lovar att kyssa dina fotsulor, tjäna dig, förtjäna dig och laga din kebab varje dag. Ta emot mitt hjärta." Bubblan började pulsera i rött, ljuden från ett bultande hjärta omslöt rummet och impulser av rött i olika nyanser dunkade emot henne från skärmen. Plötsligt var filmen slut. Bilden var svart igen, och en liten, liten text syntes mitt i rutan: "Tror jag tycker om dig." Frida skrattade, förvånad, förvirrad och värmd ända in i själen. Vilket jobb han måste ha lagt ner på den där filmen. För hennes skull.

Hon mailade sitt material och ringde redaktionen för att dubbelkolla att text och bilder kommit fram. Mannen som hade purrat henne ett par timmar tidigare svarade oentusiastiskt att de hade fått det, men han lät uppenbart sur över att hon inte hade ambulansen med i bild. Det fattade väl vem som helst att det var den kittlingen folk ville ha. Hon trodde att hon kanske skulle få beröm för att hon hade varit där så snabbt och dessutom lyckats prata med chauffören, men nej. Texten kommenterade han inte ens. Frida halvlåg i redaktionssoffan och önskade intensivt att hon hade fått sova ett par timmar till. Hon bläddrade igenom dagens tidning och läste Åkes krönika som var förvånansvärt tam och egentligen inte stod för någonting mer än att den bad om ursäkt. Mats intervju med Skogby handlade om vilken fin ort Bruseryd hade varit en gång i tiden och att det var viktigt att alla upprätthöll bilden av att det här var ett fint samhälle att bo i.

– Bullshit, sa Frida högt för sig själv.

Annikas enkät hade inte ens kommit in. Märklig uppföljning, tänkte Frida. Hur hade Åke egentligen resonerat?

Just när hon kände sömnen övermanna vakenheten och hon återigen befann sig i Danis lilla hus när han stod på stolen och förklarade att han skulle bli världens mest jämställda man ringde mobilen igen. Frida svarade utan att riktigt veta vad hon gjorde. Det var tyst i luren. Hon hörde bara lätta andetag.

– Hallå? Vem är det? sa Frida.

Det hördes ett svagt sus, och Frida tänkte just lägga på när hon hörde en röst:

– Det är kurvan det är fel på. Den måste ändras. Det får inte hända igen.

– Är det du, Gunnel?

– Jag måste säga det nu. Du får komma hit idag så ska jag berätta.

– Till stenen?

– Till gården. Klockan tolv får du ägg och sill. Kör in mot Moaryd, första gården på vänster sida.

Samtalet var redan slut. Frida visste inte helt säkert om det var en del av drömmen eller om den här verkligheten var på riktigt. Hon satte alarmet på en timme och tillät sig att glida tillbaka in i regnskogsdrömmen med en oförutsägbar ung man.

Frida hade föreställt sig att Gunnels hem skulle vara lika märkligt som hon själv. Hon hade sett stök, smuts, tomma förpackningar och otvättade textilier framför sig. I den yttre kallfarstun var det visserligen ett gytter av slitna vaddkappor, tjockstövlar, halsdukar och bytfiltar från stenen, men när hon passerade tröskeln till själva huset kändes det som att kliva in i ett dockskåp. Invändigt var boningshuset i den gamla 1800-talsgården pedantskött. Allt var kliniskt rent och var sak låg på sin plats. I hallen fanns en hylla med anteckningsböcker noga uppmärkta med datum. Frida antog att det var där hon hade sina omfattande anteckningar med registreringsnummer på passerande bilar. Det var trevligt dukat i det gamla köket med blommigt porslin och servetter. Potatis, löksill, kokta ägg, knäckebröd och ost stod framdukat, liksom mineralvatten och porter. Det var en annan Gunnel utan bylsiga ytterkläder. Nu såg Frida hur liten och mager hon var. Profilen var skarp och de höga kindknotorna gav henne ett samiskt utseende. Med vit blus och svartmönstrad lusekofta såg hon nästan elegant ut, nära nog vacker. Sorgen gav henne både tyngd, mörker och ljus som strålade ut från den lilla kroppen.

– Tack för att jag fick komma, sa Frida. Det är inte ofta jag äter sill, men det var gott. Det borde man äta oftare.

– Jag har ätit samma lunch varje dag i fyrtio år, sa Gunnel neutralt.

– Du ville berätta, sa Frida och tog försiktigt upp block och penna ur axelremsväskan.

– När vi satt där och såg ambulansen komma tänkte jag att det måste få ett slut.

Gunnel tog sats på ett sätt som hon inte hade gjort på åratal. Hon valde orden noga och berättade långsamt och eftertänksamt. Hon sa att hon måste börja från början för att Frida skulle kunna förstå, och för att hon själv skulle orka nå ända fram till smärtpunkten.

– Vi var tre syskon. Min lillebrorbror Jörgen, min storasyster Birgitta och så jag. Vi var alla födda under krigsåren. Far och mor var småbrukare. De var mycket flitiga och lyckades efter många år gneta ihop ett litet kapital att ha som reserv. Så lyckades fars bror övertala honom att investera allt i sitt nystartade verkstadsföretag med löfte om stora vinster. Men brodern hade inget handlag med pengar, företaget gick i konkurs och han försvann till Amerika utan att betala tillbaka. Reserven var borta. En vår slog åskan ner och ladan brann ner till grunden. Året efter regnade skörden bort.

– Hur gjorde ni då?

– Far fick låna för att kunna bygga upp ladan igen. Han strävade och slet med den där räntan och allt arbete men kom aldrig ikapp ekonomiskt. Han hade svårt att förstå hur Gud kunde löna honom så. De var mycket gudfruktiga. Han var övertygad om att de måste ha gjort nåt fel eftersom det hade gått så illa med pengarna.

– Hur påverkade det er barn?

– Vi skulle leva bibeltroget. Vi skulle ägna oss åt gårdens sysslor, studier, bön och bibelläsning, och vi fick inte leka eller roa oss på fritiden. Jag accepterade det sättet att leva, men Birgitta var av en annan sort. Hon hade svårt att foga sig och satte sig upp mot far och mor. Hon började smyga ut på dans om nätterna, trots att jag gjorde allt för att hindra henne. När hon blev ertappad fick hon örfilar, utegångsförbud och bestraffades med veckolång tystnad.

– Hjälpte det? frågade Frida.

– Nej, snarare tvärtom. Och värre blev det, fortsatte Gunnel. En varm sommar i slutet av fyrtiotalet skulle Jörgen hjälpa till med skörden. De kom med skördetröskan på åkern här borta. Så i svängen mot grusvägen var det nåt i maskinen som hängde sig. Jörgen försökte lösa det hela i farten, men tappade balansen och föll in under maskinen. Han var redan död när han kom till lasarettet.

Gunnel gjorde en lång paus innan hon fortsatte:

– Min far och mor var förstås lamslagna av sorg och nu fanns ju heller ingen som kunde ta över gården. Bara en månad efter begravningen visade det sig dessutom att Birgitta var gravid. Vem som var far till barnet vägrade hon att berätta trots hot och prygel. Det verkade som om skammen över Birgitta var ännu värre än sorgen efter Jörgen. Sorg var ju i alla fall en accepterad känsla. Birgitta blev uppmanad att ge sig av. Mina föräldrar ville aldrig se henne mer. Hon for ensam till Stockholm för att försöka försörja sig och barnet.

– Hade du nån kontakt med henne?

– Hon skrev brev hem varje månad. Men de breven fick man inte öppna. Jag ville så gärna läsa, men vågade inte eftersom mor sa att jag skulle brinna i helvetet om jag befattade mig med en sköka. I övrigt talade man inte om Birgitta.

– Då var du ensam kvar med dina föräldrar?

– Plötsligt var jag enda barnet. Redan från början stora uppoffringar var inte tillräckliga. Vi hade misslyckats i vår kamp för att beveka Herren. Efter några år blev far tokig. Av sorgen och skammen. Han fick skötas som ett barn. Det var en svår tid för mor och mig. Mer porter? frågade Gunnel.

– Nej tack, men gärna mineralvatten, sa Frida för att få Gunnel att fortsätta berätta. Gunnel hällde upp porter till sig och vatten till Frida.

– Som tur var fanns det en arbetsam ung man, brorson i granngården. Edvin. Han var rar, och började uppvakta mig. När mor förstod att han levde ett strävsamt liv efter tio Guds bud såg hon honom som en skänk från ovan. Hon lät honom förstå att om allt gjordes på rätt sätt, om vi trolovade oss, gifte oss och skaffade barn, så kunde vi två få ta över gården. Det fanns ju heller inga andra alternativ. Så blev det. Och när vårt första barn var på väg flyttade mor och far ut i lillstugan så att vi fick ta över boningshuset. När Erik föddes i början av sextiotalet var lyckan stor på gården för första gången på mycket länge. Återväxten och gårdens fortlevnad var tryggad. Åtta år senare föddes Johan. Mor gladdes åt att livet till slut hade visat sin välvilja. Jag fostrade pojkarna som jag hade lärt mig, även om tiderna hade förändrats. När stormen drog in 1969 dog far av hjärtslag och ett par år senare gick mamma bort. Men det var fina år på sjuttiotalet när barnen var små. Edvin och jag arbetade hårt och vi hade det knappt, men det fungerade. Sen blev han sjuk. Och barnen kom i tonåren. Då blev ju allt annorlunda.

– På vilket sätt blev det annorlunda?

– Du vet hur tonåringar kan vara, uppnosiga och tjurskalliga. Men Erik utbildade sig till agronom, träffade en trevlig flicka från Karlstad, som var sjuksköterska, och gifte sig i Ekshärads kyrka. Det var ju i Värmland, men vackert ändå. De köpte hus vid Klarälven och sen kom barnbarnen.

– Johan då?

– Nej, sa Gunnel kort, han är borta. När så Edvin dog blev jag ju ensam på gården och då hoppades jag förstås att Erik skulle vilja ta över. Först var han väl inte så förtjust, men sen blev han av med jobbet och då blev det aktuellt på nytt. Sjukhuset i Eksjö skulle få en ny vårdavdelning, där kunde Marie få jobb, och barnen hade ännu inte börjat skolan så då bestämde de sig. Och det var när de var på väg hit med hela flyttlasset som det hände.

Gunnel reste sig, började duka av och slog på den redan iordninggjorda kaffebryggaren.

– Berätta om den där dagen, sa Frida.

Gunnel ställde fram kaffekoppar och ett fat med Ballerinakex.

– Det var den första februari, på eftermiddagen, precis när det började skymma. Den stora flyttbilen med alla möbler var redan här. Gubbarna hade börjat bära in. Erik och Marie och pojkarna skulle komma efter med bil och släpkärra och jag hade lovat att ha middagen färdig. Jag ringde Erik på mobilen för att höra hur långt de hade kvar. Han sa att det var halt och att han måste köra långsamt, men trodde att de skulle vara framme om en halvtimme, så jag satte på potatisen och började med såsen.

Gunnel reste sig och hämtade kaffet. Hon serverade dem båda under tystnad och satte sig sedan igen.

– Men ingen kom. Jag försökte ringa igen, men inget svar. Jag väntade och väntade. Potatisen kokade sönder. Flyttkarlarna började bli rastlösa. De ville förstås veta var allt skulle stå. Erik skulle ju komma och dirigera. Såsen brände vid. Så kom Eiwor Svantesson in på gården och sa att det hade skett en olycka borta i kurvan. Jag ringde polisen, men de ville inte ge några besked. Vi väntade lite till, men sen tog Eiwor mig med och vi åkte dit. Just när vi kom bar ambulansmännen in dem i bilen. Jag såg direkt att det var Erik, min Erik. Han var alldeles blodig och kroppen helt slapp. Marie satt fastklämd, henne fick de skära loss. En av pojkarna såg ut som han sov, men han andades inte längre. Den andra pojken levde fortfarande men det rann blod ur munnen på honom. Jag fick hålla honom i handen innan han åkte. Den var fortfarande varm, sa Gunnel och tystnade och det var som om tiden stod alldeles, alldeles stilla.

Frida böjde sig fram och la försiktigt en hand på Gunnels arm. Hon visste inte om det var rätt eller fel, om det var för mycket eller för lite, men hon måste bara visa att hon fanns där rent fysiskt.

– Det var den värsta dagen i mitt liv. Den allra värsta dagen. Efter det kan jag inte se en ambulans utan att få tillbaka känslan av fritt fall.

Gunnel gled in i en återhållen, ljudlös gråt som sakta men

säkert fick ton och hon grät högre och högre och alldeles hjärtskärande mitt framför Frida där vid bordet. Gunnel grät så hon skakade. Bordet knuffades till, kaffet skvimpade ut. Och Frida, som kände sig så liten och otillräcklig över dessa stora, okända känslor att hon bara gjorde det enda hon kunde komma på – höll den gamla damen hårt och nära så att hon skulle få skrika ur sig alla undanstoppade tårar, all rädsla, ilska och sorg. Efter en lång, lång stund började så tårarna sina.

– Det var den dagen jag slutade andas, och när man inte andas kan man inte prata. Det fanns inget mer att säga. Inget mer. Allt var ändå över.

– Vill du att vi fortsätter en annan dag?

– Nej, jag orkar inte gå igenom det här en gång till. Det är nu. Fråga på du, sa Gunnel och snöt sig.

– Förstod man varför de krockade?

– Kurvan är ju feldoserad, den ligger på ett backkrön och det är en utfart precis på toppen. Det är visserligen heldragen linje, men det räcker inte eftersom folk struntar i det och kör om ändå. Det var väl det som hände. Erik fick förmodligen möte precis på krönet av två bilar i bredd. Så bred är inte vägen. Han blev väl överraskad, försökte väja, fick sladd, krockade med långtradaren som kom bakom, slungades iväg över vägbanan, ut på åkern och in i stenen.

– Så den som körde om, i motsatt riktning, var den som orsakade olyckan?

– Så måste det ha varit, sa Gunnel.

– Var det nån som åkte fast?

– Nej. Det var flera som såg bilen. Den var röd. Och det var röda skrapmärken på vänstersidan av Eriks bil. Men ingen såg registreringsnumret, och ingen vet vem som körde. Och polisen la ingen större möda på att undersöka det heller.

– En röd bil …, sa Frida. Det finns ju några stycken. När började du sitta vid stenen?

– Tre dagar efter. Jag stod inte ut här. Jag fick ingen luft. Och sen dess kan jag inte sluta.

– Men, varför?

– Vad annat kan jag göra? Då är jag i alla fall så nära jag kan vara. Bara där är det som om vi är tillsammans.

– Böckerna då? sa Frida. Vad är det du skriver i dina anteckningsböcker?

Gunnel svarade inte utan reste sig och gick och hämtade en bok från hyllan i hallen. Hon bläddrade fram ett uppslag med tabeller och kolumner.

– Du tycker väl att jag är galen. Det tror alla. Men jag har kommit fram till att det är högst troligt att den som körde åker här ofta. Det här är ingen väg man kör utan anledning, man har nåt här i krokarna att göra. Jag började skriva upp alla röda bilar jag såg passera för att se om jag kunde finna ett mönster för när de körde förbi och hur de brukade köra. Sen efter nån månad kom jag på att personen ifråga kanske hade bytt bil för att slippa bli igenkänd, och då utökade jag till att bokföra alla bilar jag hann med.

– Vad tror du att det ska leda till? sa Frida.

– Jag tänker att en dag blir skulden för tung att bära, sa Gunnel. Om jag sitter där varje dag, och ser honom eller henne köra förbi, kommer den som körde till slut att frivilligt ge sig till känna, och först då kan Erik och barnen få frid.

– Men du då? Ditt liv är väl också värt nåt?

– Hur då? sa Gunnel.

– Vad är det för ett liv att sitta där vid stenen varje dag? Tror du Erik hade velat det?

– Det blev min lott. Hade jag inte bett honom flytta hem hade han ju levt idag. På så sätt är det ju delvis mitt fel.

– Så, sa Frida till slut, vad kräver du att man gör? Det får ju ändå bli vinkeln när jag skriver.

– Helst ska de riva upp hela vägen och plana ut kullen så att man får sikt, men sånt kostar väl för mycket. Men mitträcke hade räddat dem. Mitträcke, heter det så? sa Gunnel. Skulle det vara för mycket begärt?

Frida märkte att hon var helt slut när hon kom tillbaka hem efter mötet hos Gunnel. Så mycket undertryckt sorg hade hon aldrig ställts inför tidigare. Dessutom hade hon fått kämpa för att övertala Gunnel att bilderna till artikeln skulle tas av en riktig fotograf, vid stenen, istället för framför huset, där och då. Frida fick gång på gång förklara att hon inte var utbildad fotograf och att hon bara tog enklare bilder när ingen annan hade tid. Det var ju viktigt att det blev en fin bild. Visst ville Gunnel det? Att det blev en riktigt bra bild både på henne själv, och på kurvan ur olika perspektiv? Det förstod Gunnel till slut. En av de äldre fotograferna skulle ta uppdraget på väg till ett sportjobb i Mariannelund. Han ringde sedan till Frida och berättade att Gunnel hade varit avvisande och tystlåten och viftat så fort han kom för nära, men han hade haft tur med ljuset och fått några fantastiska bilder när hon satt där, späd och ensam, på stenen, i åkern, vid vägen, under en åskgrå himmel.

Frida hade svårt att sovra i det omfattande materialet och få ihop en text som var rak och tydlig men samtidigt trovärdig och gripande. Åke ville ha den i tidningen nästa dag, så hon var tvungen att bli klar. Det var inte lätt att formulera så stora ord som Gunnel hade använt. Frida fastnade i texten hela tiden. Det blev inte bra. Det lät löjligt och högtravande. Hur skulle hon kunna förmedla känslan utan att det blev plumpt och patetiskt eller kletigt och tårdrypande? Frida läste sina anteckningar om igen och försökte hitta de exakta meningarna, så som de hade kommit ur Gunnels mun. Hon ville absolut inte såra Gunnel nu när hon hade fått förtroendet att berätta hennes historia. Dessutom hade hon lovat att ringa och läsa upp den innan den gick i tryck. Det kändes tryggt, men också nervöst. Hon hoppades att Gunnel inte skulle ta tillbaka saker hon hade sagt, eller att hon skulle ångra sig överhuvudtaget. Det var inte alldeles ovanligt, hade hon fått höra på skolan. Då stod man där helt utan text strax före deadline. Till sist hade hon fått ihop närmare femtusen tecken, strukit bort några formuleringar som lät för melodramatiska, och bestämde sig för att sätta punkt. Hon såg anteckningen i blocket om den andra sonen, Johan. Vad var det som hade hänt? På vilket sätt var han "borta"? Var han död, eller varför kunde man inte prata om honom?

7.

Hon gick längs huvudgatan och såg alla de tomma husen med sina smutsiga, svarta fönster och skräpiga, övergivna trädgårdar. Det var tyst och hon var ensam och barfota. Hon stannade vid de sönderslagna, brandskadade brukslokalerna och tittade på den stora dammen. Hon såg vattnet stiga. Det började regna och vattnet steg än mer. Först svallade det över på strandbrinken, sedan kom det upp på vägen, till sist reste det sig som en våg upp mot där hon stod på kullen vid fabriken. Hon kände rädslan gripa tag, men hon stod som fastvuxen och kunde inte röra sig med sina kalla, våta fötter. Vågen kom närmare och närmare, växte sig högre och högre. Hon såg män och kvinnor springa ut och in i de tomma husen och bära sandsäckar och dynamit bort mot dämmet. De skulle inte hinna. Ingen kan stoppa en damm som bestämmer sig för att bli ett hav och en mur av vatten, som vill svämma över, dränka, radera ut. Det var redan försent. Den enda kvarvarande frågan var hur det skulle kännas att drunkna. Om det skulle vara mycket kallt. Så en gnista från en tändsticka, ett uppflammande ljus, en doft av krut och plötsligt ... en explosion! Vågen hävde sig, stagnerade, förundrades över att den yttre begränsningen plötsligt förändrats. Det fanns plats att forsa neråt, mot samhället, låta vattnet ta sin väg genom byn och svepa med allt längs åkanterna, låta träd, skrot och bråte tumla runt i vattenmassorna och spola rent i gamla gölar och dammfickor där vattnet stått stilla i åratal. Plötsligt var det timmer och glas i vattnet. Överallt, splitter med vassa, vassa kanter. Hon vände sig om och såg dörrarna till missionshuset slå i vinden medan de höga träden omkring byggnaden föll så det dånade och brakade.

Åke, klädd i vita köksmästarkläder, kom ut på trappan. I handen höll han en stor kniv. Det var blod på bladet. Annika och Mats stod strax bakom, klädda som servitörer. De skakade på huvudet och skrattade åt henne. Någon, som måste vara Harriet, gick emot henne på snedden, som en järv, och väste mellan tandraderna: ”Detta du gjort oss...” En plötslig klåda i kroppen. Hon kunde inte bara stå där. Det var outhärdligt. Hon måste fly eller våga. På andra sidan, vattnet. Hon var klämd, fast, trängd. Sakta cirklade hon fram mot den fräsande Harriet och viskade: ”Ge mig dina kläder. Om du inte ger mig dina kläder kan jag inte göra ditt jobb.” Ilskna utfall, blottade tänder och morranden men till slut började järv-Harriet knyta av sig sitt förkläde. Hon knycklade ihop det till en boll och kastade det mot Frida som lyckades fånga det och få det på sig som en sköld, en extra hud. Nu nattlinne och förkläde, men fortfarande barfota och våt om fötterna. Åke lämnade över kniven. ”Var inte rädd”, sa han. ”Om du gör det fort gör det inte ont.” Hon stod på trappan till missionshuset, och när hon vände sig om såg hon alla människorna komma mot henne – Skogby, Björkman, Eiwor, Agnes och många andra ansikten hon kände igen men som ännu inte fått något namn. Hon hörde mumlande talkörer, men kunde inte urskilja orden. Hon höll kniven hårdare i handen, sträckte den framför sig som ett skydd och hörde sig själv ropa: ”Vad är det ni vill?!” Hon vaknade, kallsvettig, med pulsen på högvarv och sängdraperiet i en hög på golvet.

Eiwor Svantesson drack alltid två koppar starkt kaffe innan hon gjorde i ordning själva frukosten – två smörgåsar med leverpastej och smörgåsgurka, och en tallrik jordgubbsyoghurt med müsli. Till det en tredje kopp, svart, med två sockerbitar. Och så tidningen. Hon kände sig inte klädd om hon inte hade läst Smålandsbladet innan hon åkte till jobbet på försäkringsbolaget i Eksjö. Idag skulle hon bara jobba halv dag eftersom det behövde ordnas en hel del inför mötet på kvällen. Kaffe, bullar och någon liten kaka behövde de väl i alla fall ha. På jobbet skulle hon dra kopior på en preliminär dagordning och på uppslaget ur tidningen. Hon tyckte inte om när folk gjorde saker som tillhörde det privata på arbetstid, men det här var annorlunda, det här var ju en samhällsfråga som angick dem alla. Det var rimligt att sådana saker kunde få kosta lite kopieringspapper och arbetstid.

Tidningsannonsen om mötet var till och med större än hon hade vågat hoppas på. Den låg intill en annons om rea på dammodebutiken Carlo i Eksjö, så det borde vara en bra plats. Nu skulle det komma ännu fler. Att hon och Skogby skulle stå som arrangörer för ett gemensamt möte var det väl ingen som hade trott. Eiwor hade aldrig tyckt om honom. Hon tyckte att han var en uppkomling och vindflöjel som bara böjde sig åt det håll som tjänade hans egna vinstintressen. Visst var hans veterinärpraktik framgångsrik, men det berodde ju på att han genom sin monopolställning kunde ta hutlöst betalt även av dem som var hans bästa kunder. De hade stämt träff en timme innan för att gå igenom upplägget. Det skulle bli intressant.

Sista dagarna hade hon också haft Harriet i luren ett par gånger. Nog för att de brukade småprata när de sågs, men så goda vänner var de inte att hon orkade höra Harriet utgjuta sin förtvivlan över den nya praktikanten varje dag.

Eiwor hade nästan ätit upp den andra leverpastejsmörgåsen när hon höll på att sätta kaffet i vrångstrupen. Över hela uppslaget från Bruseryd var en enorm bild på Gunnel, i vaddkappa och filt, vid stenen på åkern. Nu hade väl ändå den där praktikantjäntan blivit fullständigt från vettet? Hur kunde hon göra så här? Alla visste ju att Gunnel inte ville prata, och därför pratade man inte med henne. Det var så osmakligt och okänsligt att Eiwor inte kunde äta upp sin smörgås. Så fruktansvärt för Gunnel. Det här var droppen. Den där flickan måste bort.

Det hade regnat under natten och vägbanan var våt och mörk. Frida försökte sätta fötterna ute i den mjuka vägrenen för att slippa den sugande, stumma känslan av asfalt under joggingskorna. Hon hade klätt på sig för mycket, bomullströjan närmast kroppen var redan våt av svett och hon kände hur blossande röd hon var i ansiktet. Men andningen började äntligen flyta, långa tag in och ut. Bitvis var det faktiskt skönt. Det var i motluten känslan av näradödenupplevelse kom över henne, men på platten och svagt nerför gick det bra. Att springa var ett oslagbart sätt att rensa hjärnan och häva förväntad stress, och just idag behövde hon vara alldeles särskilt lugn men ändå snabb i huvudet.

Hon sprang rundan åt andra hållet, drog mössan djupare ner över pannan, tyckte det kändes som om folk tittade på henne och viskade innanför sina fönster. Bygatan var spöklik fast det var förmiddag. Hur kunde folk vänja sig vid alla de tomma boningshusen, de tomt gapande skyltfönstren i de övergivna affärerna, det en gång magnifika men nu sönderslagna växthuset, den nedlagda skolan som också hunnit bli nedlagt café och närlivs och de fullständigt demolerade banklokalerna? Såg de som bodde här inte själva hur trasigt samhället var?

Hon vek av norrut före Gunnels sten, orkade inte ta den svängen också. Och Gunnel hade ju fått texten uppläst och bara velat ha några små korrigeringar. Hon var glad att hon stått på sig om att en riktig fotograf skulle ta bilden. Dragarbilden var verkligen mäktig, och för ovanlighetens skull hade de låtit den ta riktigt stor plats på uppslaget. När hon läste igenom reportaget på morgonen innan hon sprang ut hade hon känt att historien faktiskt tog tag. Hon gick en liten bit i den outhärdligt branta backen upp mot Härstorp och tog sedan av österut, där det blev nerför och flackare igen. Nu låg Mickes röda hus på vänster sida vägen istället för höger. Trädgården var förvildad och förvuxen. Hon såg ett blåaktigt sken från fönstren på bottenvåningen. Hade han TV:n på jämt? När hon närmade sig såg hon honom öppna ytterdörren och gå mot vägen, och brevlådan. Sen frukost kanske? Frida ville inte att han skulle se henne svettig och blossande röd, men det fanns ingen annanstans att ta vägen. Han kisade åt hennes håll, tycktes identifiera henne, stod still och väntade medan han fiskade upp dagens tidning ur postboxen. Ingen gång känns löpsteget så tungt som när någon betraktar en. Frida gnetade på, försökte göra sig osynlig samtidigt som hon antog en min av att vara lätt oberörd av ansträngningen.

– Är det inte ortens egen Madonna? hojtade Micke just när hon skulle passera.

– Va? sa Frida.

– Madonna är ju alltid ute och springer.

– Där upphör tyvärr likheterna, pustade Frida och tog tilltalet som en ursäkt för att få stanna.

– Det där kan aldrig vara nyttigt.

– Klart det är nyttigt, men jäkligt jobbigt.

– Jag tror inte på motion.

– Nähä? Vad tror du på då?

– Fysisk uppbyggnad genom kosmisk energi och mycket vila, svarade Micke gravallvarligt.

– Det tror inte jag på, sa Frida.

– Inte jag heller, sa Micke och log. But a nice try, don't you think?

– Sådär, sa Frida och skrattade.

Han bara stod där, såg på hennes blossande kinder och toppluva. Hon tvekade om hon skulle stå kvar eller springa vidare.

– Hur blir det på mötet ikväll då? sa han till slut.

– Ingen aning. Hemskt antar jag. Ska du gå?

– Nej, för fan. Jag hatar möten. Kafferep är inte min grej.

Jag får klaustrofobi, sa Micke och rev runt i det långa blonda håret.

– Vad är din grej då?

– Min grej är väl att … brotta ner en älg i en gryta med tre flaskor rött, lite vitlök och några sköna svampar och låta det koka ett dygn så att det blir mört och fint och sen bjuda in nån skrivande löpar-Madonna på käk på fredag. Är det din grej?

Frida kände som ett spjut av värme genomborra kroppen.

– Det hade det nog kunnat vara, men jag ska till Göteborg i helgen. Så jag kan inte, tyvärr.

– Synd, då blir det bara jag och älgen. Vi får väl spela tvåmanswhist. Kanske nästa helg då?

– Absolut. Om det finns några andra djur du kan brotta ner då.

– Jag ska inventera djurparken, sa Micke och började gå mot huset. Lycka till med mobben ikväll. Dränk dem i kaffe om de blir för jobbiga.

– I will. Lycka till med älgen.

Frida vinkade och började motvilligt springa igen. Hon var tung, stel och lätt på en och samma gång.

Åke hade kollat upp vad det fanns för teknisk utrustning i missionshuset. Någon projektor som kunde visa datapresentationer fanns förstås inte, men en gammal overheadapparat stod i ett förråd och den skulle tydligen funka. Han hade själv varit på kommunen och letat fram statistik över befolkningsminskning och företagsnedläggningar från hela höglandet och fått en av redigerarna att göra riktigt snygga och tydliga grafer, printade på transparenta blad. Nog för att han visste hur utvecklingen såg ut, men det blev nästan plågsamt påtagligt nu när han såg hur stadigt alla kurvor pekade neråt. Det vore väl konstigt om man inte kunde skriva om en sådan sak, snarast tjänstefel att inte uppmärksamma det. Han blev allt mer övertygad om att Bruserydspubliceringen inte var någon katastrof i egentlig mening. Läsarna var bara ovana vid tilltalet, vid att man skrev som det faktiskt var utan förskönande omskrivningar.

Åke pendlade mellan en gnutta nyväckt kämpaglöd över principer som han faktiskt tyckte var viktiga, och att bara vilja ta den enklaste vägen ur alltihop och skynda sig hem till soffan och ångestlindringen. Soffan. Som de hade bråkat om att det var där han helst levde sitt liv. De sista åren hade Marianne börjat anklaga honom för att vara trött och ambitionslös. Hon hade tyckt att han nöjde sig med för lite och bara gjorde minsta möjliga. Han hade trott att han var snäll som inte brann för jobbet längre utan skyndade sig hem till familjelivet. "Vilket familjeliv?" hade hon frågat. "Vi gör ju ingenting tillsammans längre", brukade hon säga. "Vi går aldrig ut, har aldrig gäster, reser sällan, pratar inte om nåt särskilt. Du sitter ju bara här i soffan med dina öl och klagar på alla dåliga TV-program." Han hade tyckt att hon borde vara tacksam. Han tjänade hyggligt, hade ändå en viss ställning i samhället och var aldrig otrogen, i alla fall inte på senare år. Han förstod inte hennes prat om utveckling och att göra något av sitt liv innan det var försent. Vad var det för fel på det de hade? Vem orkade hålla på att utvecklas? Livet var ju ändå som det var. Så illa var det inte, även om Lagerwalls var idioter och det mesta som visades på TV var pinsamt dåligt. Grannarna orkade han inte umgås med, och vad skulle han på teater och föreläsningar att göra när det ändå var skönare hemma i soffan? Och ett par öl efter jobbet kunde man väl få ta sig? Han förstod inte problemet, och hon förstod inte honom. Till slut tyckte hon att han var en del av problemet. Hon ville vidare, utvecklas, växa innan det var försent. Det var där och då de slutade förstå varandra, och började låtsas. Hur många år hade de levt i den där diskrepansen? Minst fem år, kanske mer. Hade hon inte haft så jävla bråttom kanske de kunde ha rättat till det. Fast å andra sidan tyckte han ju hela tiden att hon tänkte fel, att allt egentligen var ganska hyfsat. Att det mer var tiden och alla andra det var fel på. Hur skulle det ha kunnat bli bättre alldeles av sig självt? Utan insikt, ingen räddning, brukade hon säga. Där han satt i bilen på väg mot Bruseryd med overheadbladen i portföljen kunde han för ett kort ögonblick få en otäck känsla av att hon kanske hade haft rätt – han hade blivit trött och liknöjd, han hade gett upp och han ville framför allt inte ändra sig. Ingen jävel skulle komma och säga att det var något fel på hans sätt att hantera livet. Framför allt inte Marianne. Tänk om hon hade haft rätt? Tänk om han hade lyssnat? Hur hade det blivit då? Han blev ledsen ända in i ryggmärgen när han tänkte på hennes brunfräkniga hud, den mjuka, runda magen och de vackra skrattrynkorna. Så varm och len att ta på och så vant hon förr hade tagit i honom. Hon skulle ju vara hans. Att hon hellre levde ensam än med honom ... Han kände en impuls i tårkanalen.

Åke försökte skaka av sig tankarna, återgå till nuet och fokusera på kvällens möte. Den gamla ångesten kom tillbaka. Han bävade inför att möta horder av arga läsare utan att kunna döva sig så mycket att det skulle märkas. Han borde inte, han skulle inte, men bara för säkerhets skull var handskfacket ändå laddat. Mitt i den tröga motvilligheten kunde han någonstans ana en svag dusch av adrenalin. Kanske slog hjärtat lite fortare än vanligt? Visst var det nervositet, men möjligen också ... spänning. När upplevde han det senast?

Missionshuset låg centralt i byn bara ett femtiotal meter från huvudvägen. Framför den blekgula, höga byggnaden fanns en uppkörd vändplan och en tämligen nybyggd handikappramp i impregnerat trä. Taket var av enkel mörkgrå plåt, och de dubbla entrédörrarna rödmålade. Frida var tacksam över att Åke envisats med att de skulle gå ner och titta på lokalen en stund före mötet, både för att kolla overheadapparaten och för att vänja sig vid rummet, som han sa. En del av hennes upplagrade nervositet hade släppt när hon insåg att Åke hade en plan för hur de skulle bemöta kritiken. Utöver den statistik han redan hade plockat fram hade de tillsammans rotat fram mer fakta som på alla sätt gav belägg för att den bild hon tecknat var sann. Hon hade också lagt ett par timmar på att återigen jaga rätt på Magnus Nyström på Cartago Copy AB för att ställa några kompletterande frågor. Till sist hade de gjort en uppdelning av hur materialet skulle presenteras. Åke skulle introducera Frida, som i några få meningar skulle berätta hur hennes uppdrag sett ut den där dagen, sedan skulle Åke tända overheaden och köra statistiken och det skulle i sin tur leda fram till hur Frida resonerat när hon gjorde själva jobbet och skrev krönikan. Frida var förvånad över att han räknade henne som en fullvärdig kraft när det gällde att representera tidningen, att han vågade låta henne tala för sig själv. Hur kunde han lita på att hon skulle räcka till? Hon som inte hade någon tajming och så ofta sa fel saker. Hon hade förstås försökt slingra sig ur, men där hade Åke varit benhård. Hon måste våga stå för det hon hade skrivit, annars var hon ingen journalist.

Tryggheten i ett vederhäftigt material hade fått Frida att våga slappna av en aning och tänka att de hade rejält på fötterna. Men det var innan Åke försvann ut för att hämta något i bilen. När han kom tillbaka såg det ut som om han hade gråtit, och han stank av rakvatten. Då kom Fridas oro tillbaka igen. Hur skulle detta sluta?

Nu var allt kopplat och klart. Frida såg genom fönstret hur de första bilarna parkerade utanför. En del var finklädda, andra kom direkt från jobbet. Hon nickade bekräftande mot den unga killen från tidningens redaktion i Vetlanda som skulle skriva artikeln till morgondagens tidning. Det var viktigt att det var någon som kunde förhålla sig hyfsat objektiv, för trovärdighetens skull. Hon kikade mot kiosken på andra sidan vägen och undrade om Dani skulle komma. Och hur såg Harriet ut? Inte som i drömmen hoppades hon. Hon var orolig i magen av nervositet. Ändå var det bra att de hade hälsat på Eiwor och Skogby redan före mötet, så var i alla fall den spänningen avklarad. Mats kom med sina föräldrar. Mamman satt i rullstol och behövde hjälp ur bilen och upp i stolen. Annika kom med egen bil med de två yngsta barnen med sig. Hon noterade Björkman och hans fru, det medelålders paret som bodde snett emot Agnes, Skogbys fru med sina långa, mörka flätor och hon kände igen en äldre man från annonsavdelningen på tidningen. Bodde han här? Hon såg dörren till kiosken öppnas på andra sidan vägen. Då skulle Dani komma. Hon såg en silvergrå Mercedes av äldre modell sakta rulla in på planen. Den bilen kände hon igen. Den var Lagerwalls. Så gammal hans fru såg ut. Men vem kunde vara Harriet? Frida lät blicken glida över besökarna. Den enda som verkade stämma i ålder var en väldigt kort rundlagd kvinna som skrattade hela tiden. Det kunde rimligen inte vara hon, den kvinnan såg allt annat än utbränd ut. Bara ett par minuter kvar nu. Var var Åke? Hon hade inte sett honom på en lång stund. Hon skyndade in i förrådsrummet. Nej, inte där. Hon tittade ut genom fönstret, men kunde inte se honom. Kanske var han på toaletten? Frida ställde sig så att hon kunde se ut i kapprummet och hålla ögonen på toalettdörren. Det lyste rött. Så öppnades dörren, och ut kom Annika med yngste sonen. Inte där heller. Bara han inte hade gått till bilen. Plötsligt visste hon och kände paniken gripa tag om bröstkorgen. Hon kunde inte göra det här själv. Det kunde han väl ändå inte mena? Hon hade ju märkt att han var stressad och nervös. Fan. Hon måste ut och få tag i honom. Hon nickade snabbt mot Mats och rullstolsmamman innan hon nästan krockade med Dani ute på trappan.

– God afton, sköna dam. Jag tänkte dela ut flygblad för kiosken. Tror du det är en bra idé? frågade han.

– Nej, sa Frida utan att stanna. Vi tar det sen.

Åke hade parkerat den guldfärgade Volvon på baksidan av huset framför en vintersorgsen rosenrabatt. Redan när Frida småsprang runt hörnet kunde hon se hans ljusbruna mockajacka snett bakifrån genom bilrutan på förarplatsen. Hon såg rörelsen och förstod precis vad det var som pågick. Det var inte omtanke, omsorg eller medmänsklighet, det var överhuvudtaget inga goda avsikter alls som fick henne att göra det hon gjorde just då, det var bara ren och skär skräck som drev Frida att slita upp passagerardörren och nästan skrika:

– Ursäkta, vad fan håller du på med?!

Åke ryckte till, stirrade på henne med rädd, röd blick, drog hastigt Explorerflaskan från munnen och fipplade ner den i knät.

– Vadå? Vad håller du på med själv? Jag behövde ett järn, det är väl inte så konstigt? Jag är färdig nu precis, sa han och började skruva på korken och försökte se ut som om han bara tagit en extra kopp kaffe.

– Hur mycket har du druckit?

– Det har du nog inte med att göra, sa Åke.

– Jo, faktiskt. För jag tänker inte stå där inne och försvara tidningen ihop med nån som är berusad.

– Det tänker du inte? Nu tror jag att du gick över gränsen. Det är faktiskt på grund av dig som vi är här.

– Tack för den. Precis vad jag behövde höra nu, sa Frida. Hade du inte gått hem i fredags hade det aldrig blivit så här.

– Det är möjligt, men du ska inte prata till mig på det sättet. Jag är faktiskt din chef och handledare.

– Precis. Just därför. Visa att du förtjänar att ha den positionen då. De väntar på oss där inne och här sitter du och super.

– Jag super inte! Jag tog ett järn. Det är en jävla skillnad.

– Du tog ett järn förut när vi satt och jobbade också, sa Frida. Du tror kanske att det inte märks, men det gör det. Du kommer in och stinker rakvatten. Det är pinsamt, Åke. Faktiskt väldigt pinsamt.

– Sen när bestämmer du vad som är pinsamt och inte i mitt liv?

– Just nu när vi ska in och göra en gemensam dragning som du ska hålla i har jag faktiskt med det att göra, sa Frida. Håller du inte med om det?

Tystnad.

– Håller du inte med om det? sa Frida igen.

Inget svar. Hon klev in i bilen, satte sig i passagerarsätet men lämnade dörren lite på glänt, och betraktade Åkes tunga kropp och rödmosiga ansikte. Han sjönk ihop, agget och försvaret rann av och han såg bara oändligt ledsen och ensam ut.

– Fan Åke, fortsatte Frida, du är en skitduktig journalist, du kan allt om hur man gör tidning, du har ett kanonbra jobb och massor av människors förtroende. Varför sitter du egentligen här och tycker synd om dig själv?

– Det kanske är synd om mig, sa Åke och tittade stint in i ratten.

– Är du ... sjuk på nåt sätt? sa Frida och slogs av ett plötsligt dåligt samvete. Kanske hade han cancer eller någon annan allvarlig sjukdom?

– Nej ... sjuk är väl fel att säga. Men när ingen behöver en tappar man liksom rodret och driver fritt.

– Det är ju massor av människor som behöver dig. Och just nu är jag helt beroende av dig. Jag behöver dig. Hör du det? Jag. Behöver. Dig.

Åke satt tyst och andades tungt, liten i sin stora kroppshydda.

– Nu ja, men det är ju bara en liten stund. Sen är allt som vanligt igen.

– Jag började se upp till dig, sa Frida. Jag trodde att du var nåt så ovanligt som en riktigt bra gubbchef. Sen det här ... nu bara rasar det.

– Ännu en som dömer ut mig.

– Jag dömer inte ut dig. Men jag vill att du ska visa att du är värd att se upp till.

– Om jag inte är det då? sa Åke.

Tystnad igen.

– Min magkänsla säger att du är en av de goda. Du är för bra för att sitta här. Jag behöver en förebild. Jag ber dig att vara den.

Åke teg och andades.

Frida såg digitalklockan i bilen ticka framåt. Redan ett par minuter över. Eiwor och Skogby måste undra var de var.

– Lagerwall och alla de andra sitter där inne nu. Hur mycket har du druckit? Ärligt, sa Frida.

– Jag hann inte få i mig så mycket innan du kom.

– Fixar du det eller ska vi be dem ställa in?

– Jag är van. Med ett par koppar kaffe blir det som en vanlig dag på jobbet.

– Säkert?

– Säkert, sa Åke.

– Okej. Ska vi gå in?

Åke nickade svagt.

– Bra. Men du, skit i rakvattnet. Ta ett tuggummi av mig istället, sa Frida och fiskade upp ett paket ur kappfickan.

Åke drog en aning på munnen.

– Jag som trodde tjejer gillade rakvatten.

– I rimliga mängder kanske, sa Frida, men inte för att dölja en obehaglig sanning.

De steg ur bilen och gick mot entrén. Precis när de kom fram till trappan la Åke en hand på hennes arm.

– Tack, sa han. Tack för att du kom.

Att det fanns så mycket ilska och frustration i det lilla samhället hade Frida inte kunnat ana. Eiwor gjorde en inledning som var så bitande vass att Frida bara ville sjunka genom stolen. Den ena efter den andra ville spy ur sig sitt agg, mot tidningen i allmänhet och henne i synnerhet, över hur deras fina bygd dragits i smutsen. Henry Lagerwall hade ställt sig vid ena väggen för att markera sin distans på flera sätt. Han nickade instämmande till de kritiska synpunkterna och hummade ljudligt med när Skogby drog samma saker som han sagt i intervjun. Men så småningom började inläggen gradvis ändra karaktär. Mannen från annonsavdelningen pratade om hur ledsamt det var med alla tomma hus som bara stod mitt i samhället och förföll. Skogbys fru ville att politikerna gjorde något åt den brandskadade fabriken som skämde entrén till byinfarten och undrade när det skulle skrivas om vad det skulle bli av den sprängda dammen som nu bara var en dypöl. Då valde Eiwor att säga att den sortens frågor fick man ta i den öppna debatten efteråt, och presenterade Åke Johansson från Smålandsbladet. Nu skulle han minsann få stå till svars.

Om det var situationen i sig, spriten eller alla koppar kaffe Åke hade stjälpt i sig som gjorde att han skakade betänkligt när han tog till orda var svårt att säga, men efter ett par inledande svajiga meningar tog han ett stadigt tag med högerhanden i mockajackan och sedan gick det bättre. Han körde introduktionen och påannonserade Frida och uppdraget hon fått. Frida hade skrivit ner fem rader med precis vad hon skulle säga och hon höll sig stenhårt till manus. Något annat vågade hon inte. Sedan blev det Åkes tur igen och han slog på overheadapparaten och la på den första bilden. Det var ett gruppfoto taget framför metallfabriken i Bruseryd på femtiotalet. Framför den stora byggnaden var det fullt med män som glatt viftade med kepsarna.

– Så här såg det ut här för snart sextio år sen. Då var Bruseryd ett ställe där alla smålänningar visste att man alltid kunde få jobb.

Han bytte bild till ett foto som visade banken, stationshuset, speceributiken, charkuteriet, skomakeriet och kiosken. Ett tåg stod på stationen och det var fullt med människor, cyklar, lastkärror, bilar och motorcyklar.

– När det fanns många människor fanns det många som handlade i butikerna. Tågen stannade, banken blomstrade, alla trodde på framtiden.

Han tog undan bilden och la på ett foto av den brandskadade, förfallna fabriken idag med den sprängda dyiga dammen i förgrunden. Inte en människa syntes.

– Så här ser det ut idag. Det vet ni lika väl som jag.

Åke lät bildens innehåll sjunka in. Det såg verkligen bedrövligt sorgligt och övergivet ut.

– Och det här har hänt med jobben, fortsatte Åke och la på en grafisk kurva som pekade så dramatiskt neråt att den mest liknade en störtdykning. Ni ser själva. Från att flera hundra fick sin utkomst här i samhället handlar det nu bara om fem, sex personer, tre arbetstillfällen på sågen och så Skogbys veterinärklinik. Det går utför i hela kommunen, och ännu värre blir det när försvaret nu ska dra ner ytterligare och bataljonen i Eksjö försvinner helt.

Åke gjorde en paus innan han fortsatte:

– Och var gör ni era inköp idag?

Åke la på en bild från invigningen av Ica Maxi i Eksjö. Köerna ringlade sig långa och parkeringen var smockfull.

– Idag åker man till stormarknaden istället för att handla nära och småskaligt, sa Åke och la på ett plastark med samma vinkel över byns centrum som han visat tidigare, men tagen bara häromdagen. Banken och stationshuset vandaliserat och med trasiga rutor, butikerna tomma. På den öppna planen, bara några gamla skrotbilar. Inte en människa så långt ögat kunde nå.

– Resultatet blir att de små butikerna måste slå igen. Inte så farligt kan man tycka, men vad händer på sikt med ett samhälle som ser ut så här? fortsatte Åke. Jo, ett samhälle utan service tappar i attraktionskraft, och folk flyttar härifrån.

Åke la på en ny graf, med en lång svepande kurva neråt.

– Hela småländska höglandet tappar i befolkning. Fortsätter det i samma takt har vi förlorat tio procent av invånarna om tio år. Den här orten är extra hårt drabbad. Här finns, om man ska vara rakt på sak, inget som lockar längre. Vi har kunnat räkna till tjugotre tomma fastigheter som idag står utan ägare. Vissa står helt utan tillsyn. Det kan vara några till som vi har missat. Enligt mäklarfirmorna är fastighetspriserna i Bruseryd länets i särklass lägsta. Man kan få en stor tegelvilla på hundrafemtio kvadratmeter för tvåhundrasjuttiofemtusen, sa Åke och la på en husannons han fått låna från Svensk Fastighetsförmedling och som vanligtvis satt i fönstret på mäklarfirmans kontor i Eksjö. Om den här villan nu ens går att sälja. Den har varit till salu i över ett år.

Åke tog upp ett exemplar av Smålandsbladet och viftade med.

– Det här är som ni vet tidningen jag arbetar på. Jag är nyhetschef och redaktionschef, i alla fall än så länge, sa han ironiskt och nickade mot Lagerwall, vilket resulterade i några spridda skratt i salen. Smålandsbladets huvuduppgift är att spegla vårt närområde ur många olika perspektiv. Allt som är sant, relevant och angeläget ska stötas och blötas i tidningen och vi vill ha högt till tak och en livaktig dialog med våra läsare. Min slutsats är att om vi inte belyser Bruseryd som det faktiskt ser ut och vart det håller på att barka hän så gör inte jag eller vi vårt jobb. Därför publicerade vi, och då ska jag lämna över till Frida Fors igen. Tack för mig.

Åke samlade ihop sina ark och gick och satte sig. Det var alldeles tyst i salen. Det var som om åhörarna plötsligt inte kunde blunda för sanningen längre nu när de hade fått den så tydligt presenterad i bilder och statistik. Vad fanns det nu att försvara och vara arg för?

Frida drog lite i den korta svarta kjolen och slätade till den vita blusen under koftan. Hon tog ett djupt andetag och försökte tänka på att hon hade allt att vinna på att vara lugn och inget att vinna på att vara nervös. Hjärtat pickade som en felinställd metronom. Hon dubbelkollade att plastarken låg i rätt ordning, sedan reste hon sig och gick fram och la den första bilden på overheadytan.

– Så här såg pressreleasen från Cartago Copy AB ut som jag hittade i diariet på kommunen, sa Frida och tittade upp mot den vita duken precis som alla andra. Det här var utgångspunkten för hela uppslaget. De kommer alltså att rita om telefonkatalogskartan och ta bort orter som har blivit för små. Frida la på en ny bild som visade kartan som den såg ut nu.

– Så här ser kartan ut idag. Bruseryd är med som ni ser. Men... så här kommer det att bli i nästa års katalog, sa Frida och bytte till en ny bild där det var en helt tom och vit yta mellan Eksjö och Mariannelund.

En märklig tystnad uppstod, sedan började folk viska. Mats gamla rullstolsbundna mamma viftade med handen och började prata utan att ha fått ordet.

– Men varför då? Hur kan de bara göra så?

Mats hyssjade på sin mamma och la en lugnande hand på hennes arm. Frida fortsatte:

– Man kan undra hur de bara kan göra så. Fram till börsintroduktionen för tio år sen var Cartago statligt ägt, då kunde allmänheten absolut ha begärt att bolaget tog samhällsansvar i såna här frågor. Men nu är bolaget privatägt, den huvudsakliga uppgiften är att maximera vinsten och göra styrelse och aktieägare nöjda, och då har man inga såna krav på sig längre.

– Men kan man inte bara säga att man inte går med på det? De måste väl kunna ändra sig? sa Mats mamma som inte tänkte låta sig hyssjas längre.

– De verkar inte öppna för det, sa Frida. De har bestämt sig för en hundrapersonersgräns när det gäller småorter. Bruseryd har inte ens nittio invånare.

– Vad spelar det för roll om det är nittio eller hundra? Vi kan väl få vara med ändå? fortsatte Mats mamma.

– Man tycker det, sa Frida.

– De har bestämt så, mamma. Det går inte att göra nåt åt, halvviskade Mats för att få henne att dämpa sig.

– Så här ser invånarantalet i Bruseryd ut, sa Frida och bytte bild.

En lista med fastighetsbeteckningar och antal boende per hushåll lyste upp den vita duken i det gamla missionshuset.

– Som ni ser är det egentligen bara drygt sjuttio boende i själva samhället, men jag har lagt till fastigheter som ligger ett par kilometer utanför också för att få upp siffrorna. Men mer än åttisju kommer man inte upp i hur optimistiskt man än räknar.

Ett allmänt mummel utbröt om vilka som eventuellt kunde tänkas vara glömda på listan. Björkman räckte upp handen.

– Stugan jag hyr ut på sommaren då. Hur räknas det?

– Sommarboende räknas inte, det har jag kollat särskilt, sa Frida.

Eiwors make, en liten satt man med klotrunt ansikte och rödlätt hår, viftade ivrigt med handen. Han tycktes så generad över att få ordet att hans ansiktsfärg antog en mörkröd ton och det såg nästan ut som om det runda huvudet skulle kunna explodera.

– Kan vi inte samla ihop en massa människor från orterna häromkring så att vi blir fler än hundra och ta hit nån från kartbolaget som får räkna? sa han och skrattade nervöst åt sin idé.

– Enligt Magnus Nyström på Cartago Copy måste man vara mantalsskriven på orten för att räknas, förklarade Frida.

Anders Skogby begärde ordet och tog på sig något slags roll att summera:

– Så du menar att vi har att välja på två saker; antingen måste vi få Cartago Copy att ändra på sina regler, eller så får vi acceptera att vi försvinner från kartan?

Frida lät slutsatserna sjunka in.

– Ja, i stort sett.

– Det måste väl finnas nåt annat alternativ? frågade Mats mamma.

Nytt mummel i bänkraderna. Björkman harklade sig, tryckte upp snusen, tog av kepsen och slätade till det glesa håret innan han sa rakt ut:

– Kan man skriva till Kungen, tro?

– Kungen? Tror du han har tid med sånt? sa Mats mamma.

– Är det inte just sånt han ska hålla på med? fortsatte Björkman.

– Nej, vet du vad! Det vore rent ut sagt oförskämt att besvära honom med en sån sak. Säg nu inget mer innan det blir majestätsbrott!

Det fnystes och viskades i bänkarna. Frida drog handen genom håret och fäste den spretiga luggen omsorgsfullt bakom örat. Det blev stilla i salen. Hon tänkte högt.

– Eller så får ni väl se till att bli fler, sa Frida tvekande.

– Va? Prata så man hör! sa Mats mamma missnöjt.

Frida tog ny sats.

– Eller så får ni väl se till att bli fler på riktigt?!

Spridda hånfulla skratt. Ett eko av repliken spred sig i salen. Människor mumlade, nickade och skakade på huvudet. En oformlig massa av ord och tankar lyfte mot taket och knådades mot väggar och reglar. Ljudet spred sig, slet sig, ökade, växte, så ett schhh från Eiwor, som tog över ordet:

– Hur skulle det gå till? Folk vill inte bo här. Det hörde vi ju.

Agnes vinkade försynt. Frida nickade ett varsågod.

– De kanske bara inte har fått nån inbjudan?

Mats vände sig om mot Agnes och fnös ljudligt.

– Vadå inbjudan? Det är väl inte så det funkar?

– Säg inte det, sa Agnes. Det måste finnas många människor som inte har nånstans att ta vägen.

– Det finns det säkert, men varför skulle de vilja bo här när ingen annan vill det? fortsatte Mats.

– De kanske inte vet om att Bruseryd finns?

– Problemet kvarstår ju, sa Eiwor. Vi har ingenting att erbjuda.

– Vi har tomma hus, för nästan inga pengar, försökte Agnes.

– Det är ju över tio personer som fattas, sa Mats. Var skulle de komma ifrån?

– Ursäkta, sa den korta rundhylta kvinnan som Frida tänkte inte kunde vara Harriet. Är det så viktigt att vara med på kartan då? Vad spelar det för roll? Vi som bor här vet ju ändå vad det heter?

Ett upprört diskuterande växte i bänkraderna och avbröts inte förrän Henry Lagerwall hårt och bestämt knackade i väggen.

– Det är väl självklart att Bruseryd ska finnas med på kartan! Det är ju det vi har kämpat för i alla år. Om inte ni som bor här slåss för ert samhälle, vem ska då göra det? Annars kan vi lägga ner sidan och redaktionen och alltihopa. Är det det ni vill?

– Det är klart vi inte vill, sa Eiwor, men vi har fortfarande ingen service och inga arbetstillfällen att erbjuda.

Dani reste sig upp från sin plats långt bak i salen och sträckte upp handen. De andra i publiken tittade skeptiskt på den unge mannen i vattenkammat hår, skrynklig skjorta och säckiga jeans.

– Jag har en kiosk där man kan köpa kaffe och kebab. Jag kan ta in lite mer varor om ni vill handla där. Kanske finns några som skulle kunna flytta hit om de var välkomna.

– Alla är välkomna, sa Eiwor högt.

– Så säger man, men det är inte så lätt att komma med i gemenskapen, fortsatte Dani. Jag har flygblad här om min kiosk. Jag har jättegod lammkebab. Kom och prova. Ni får rabatt allihopa.

– Min mage tål inte lamm, fnös Mats mamma så alla hörde och Mats blev irriterad igen.

– Du kan få vegetarisk, sa Dani obekymrat. Om ni handlar hos mig så kanske jag kan anställa någon. Nån som vill flytta hit för att få nära till jobbet.

Frida avslutade sin lilla dragning och Eiwor påannonserade kaffet. Det skulle bli utrymme för frågor till Åke och Frida efter pausen, men det verkade nästan som om det behovet var överspelat. Istället fylldes kaffeköerna av engagerade samtal om hur man skulle angripa de olika alternativen. När kaffetermosarna kom in för påtår hade redan flera arbetsgrupper formerats. Skogby och hans fru åtog sig att helt enkelt försöka få Cartago Copy att göra ett undantag när det gällde Bruseryd. Eiwor och Mats mamma skulle fundera ut vilka som hade koppling till trakten som eventuellt kunde tänkas vilja flytta hem. Dani och Agnes bildade en liten grupp som skulle tänka ut ny sorts småskalig service. Frida kunde höra hur nya mötestider bokades, och alla knutar av oro och nervositet började sakta lösas upp och ersättas av en känsla av försiktig entusiasm.

Det var en kall och stjärnklar natt. Åke hade till sist gått med på att låta bilen stå kvar vid missionshuset. Åke, Agnes och Frida gick tillsammans längs vägen och andedräkterna gjorde moln omkring dem när de pratade om hur kvällen hade utvecklat sig – från total konflikt och låsning till något slags början på en gemensam handlingsplan. Agnes var alldeles uppspelt. Hon hade fått en inbjudan till kiosken och skojade om att hon skulle på dejt. En stund senare ordnade hon fram extra sängkläder och bäddade åt Åke på redaktionssoffan innan hon gick ner till sig. Frida och Åke blev sittande med varsin kopp te, summerande hur dragningarna hade gått.

– Jag vet inte om du fattade det själv, men du var verkligen bra, sa Frida. Din dragning, med alla bilder och statistiken och ditt enkla tydliga språk ändrade ju hela stämningen. Det var genomtänkt och pedagogiskt.

– Det var tack vare dig. Hade du inte kommit ut till bilen så hade det kanske inte blivit nånting alls.

– Det var inte meningen att vara så otrevlig.

– Du behöver inte be om ursäkt. Det behövde jag, sa Åke medan han ägnade sig åt att frenetiskt gnugga på en liten fläck på soffbordet.

Frida teg, funderade, avvaktade, tänkte lite till och tog sedan språnget.

– Varför dricker du?

– Ja du, sa Åke … säg det.

– Ja, svarade Frida och struntade i att hon inte hade någon tajming … säg det.

Och så började Åke prata. Det lät som om han aldrig tidigare hade pratat så rakt på sak om det som hänt. Frida var så trött efter mötet att hon tacksamt föll in i rollen som lyssnare, utan motfrågor, och bara lät honom berätta, nu när det äntligen ville ut.

Han berättade om Marianne. Om första gången han såg henne på en midsommarfest i Mycklaflon, hur han uppvaktade och vann henne med humor och roliga upptåg. Han fortsatte med hur de den andra sommaren körde runt i Europa i hans gamla Passat, gick på konserter, sov i bilen, vandrade i berg, blev bestulna och lärde känna folk. Hur de växte ihop av att prata politik, journalistik och samhällsutveckling med vännerna över oräkneliga flaskor rödvin, hur de lyckades ropa in ett fallfärdigt hus på exekutiv auktion och renovera det till oigenkännlighet och byta nästan jämnt med tegelvillan på Parkgatan, hur de drömde om att få barn men fick kämpa i många år innan det blev något, hur hon till sist ändå blev gravid och så lyckliga de var när Jesper äntligen kom till världen. Där var, som han mindes det, några gyllene år. Då var livet som han föreställde sig att ett riktigt sant och kraftfullt liv skulle vara. Och hon var så rasande snygg i sitt rågblonda hår och sina breda höfter. Han ville bara ta i henne så fort hon kom in i ett rum. Och hon bara skrattade och såg nästan alltid på honom med sådan glimt och värme. Ändå verkade det som om det var där, någonstans efter barnet, som allting förändrades. Han behövde en öl efter jobbet för att koppla av, en öl till för att koppla på. Skulle de träffa folk behövde han ett järn för det. Skulle de bara vara hemma kunde väl något i glaset vara det minsta man kunde begära? Han la ner fotbollen när ryggen började säga ifrån. Orkade inte skaffa något gymkort. Promenader var för damer. På jobbet började folk ge sig av i jakt på mer utvecklande jobb, och de som blev kvar blev allt mer missnöjda och föll in i ett slags missnöjesjargong. Själv tillhörde han en egen klass. De som klättrade på stället. Först nattchef, med många slitiga kvällar när Marianne satt ensam med Jesper, sedan nyhetschef och till sist också redaktionschef. Det var fina jobb. I alla fall då. Men femton år senare kände han hur de andra började gläfsa honom i nacken, tycka att han borde gå vidare, maka på sig för någon yngre med nya idéer. Men vart skulle han ta vägen då? Om man inte orkar flytta på sig kan man alltid gnälla på andra. Det var kanske ingen bra lösning, men den gjorde livet lättare, I alla fall för Åke. Marianne brukade sucka och säga: ”Snälla, inte ett ord mer om Lagerwall eller Annika. Jag vill inte höra. Gör nåt åt det istället.” Men inte gjorde han det. För vad fanns det att göra? Allt var ju ändå som det var.

När han var trött efter jobbet på fredagarna ville hon göra saker – ha gäster, renovera, inreda, planera resor. Han ville bara vila, ta det lugnt, ta en öl och pysa ut all upplagrad aggression mot jobbet i allmänhet och Lagerwallkoncernen i synnerhet. Hon tyckte att han var ointresserad av deras gemensamma liv och påstod att han stagnerat i sin personliga utveckling. Han kände sig förbigången och kränkt av att hon verkade ha roligare med väninnorna, gick på kurs, åkte på charter på egen hand och bytte jobb gång på gång. Till slut satt han där, djupt nersjunken i soffan i en oformlig trött och degig kropp, med sin spetsade öl medan hon joggade sig fräsch och frustrerat sökte nya vägar. Hon tyckte att han var uppgiven, tråkig och stillastående. Han tyckte att hon var otacksam och överenergisk. Ett par år rådde ställningskrig, sedan var det som om de båda gav upp att ens försöka nå varandra. Allt var repetitivt, jobba, äta, sova, samma sorts jul, samma sorts semester. Jesper kom in på högskolan i Jönköping och flyttade hemifrån. Han stortrivdes. Och vad skulle han hem att göra på helgerna – till tystnaden och ledan – när det fanns ett liv att leva i en roligare stad? Det blev tomt i huset, med bara Marianne och Åke. De som hade haft så mycket att prata om. Nu sa de inget alls. Så en dag kom hon bara hem och sa att hon hade fått jobb i Jönköping. Hon hade tackat ja. Hon ville flytta. Och skiljas. Hon sa det bara sådär i förbifarten, som om det var en bisak. Fast han visste att de inte hade det bra var han fullständigt tagen på sängen. Först då fattade han att hon redan var färdig med något som han inte ens hade vågat tänka på.

Första året trodde han nog att hon skulle ångra sig och komma tillbaka, men hon verkade inte ens överväga den möjligheten. Det var när han fattade det – att hon verkligen var borta – som till och med hoppet övergav honom. Då orkade han inte ens försöka hålla emot suget efter lindring. Bara han klarade arbetsdagen så hade han all rätt i världen att döva sin kropp när han kom hem. Eller i alla fall tills han kom ut på parkeringen. Fast det var bara sista tiden. Bara. Men det var där han var nu...

Teet var slut och klockan mycket. Frida hade aldrig någonsin tidigare varit den som en sextioårig man öppnade sitt hjärta för. Eftersom hon inte visste vad hon skulle säga valde hon att vara tyst. Fast när pausen hade blivit väldigt lång sa hon försiktigt:

– Tror du att det skulle kunna vara på ett annat sätt?

Han tänkte en stund.

– Hur då?

– Tja, bara annorlunda?

– Kanske om jag träffade en ny kvinna.

Frida funderade. Åke och en ny kvinna. I vanlig ordning rann orden ur henne innan hon tänkt klart.

– Om du var en kvinna i din ålder, skulle du kunna bli kär i dig?

Åke såg förvånad ut, och skrattade sedan ett sorgset, inåtvänt skratt.

– Nej, såna mirakel finns nog inte. Hur skulle det gå till? Bli kär i mig? Inte ens jag tycker ju om mig själv.

– Det finns det väl bara en person som kan ändra på? sa Frida.

– Menar du Marianne? frågade Åke vilset.

– Nej, sa Frida. Inte Marianne. Du.

8.

Hon hade fått lov att ta bilen till Göteborg. Hon snurrade bort sig i rondellen i Jönköping när hon skulle av 33:an och på riksväg 40. Efter ett extra varv hittade hon rätt avfart till vänster, passerade under A6 Center och vidare uppför backen mot Ulricehamn. Hon tänkte på tågresan åt andra hållet. På osäkerheten, rädslan och känslan av övergivenhet. Och på Aliana. Vad hade det blivit av henne? Det var ju flera dagar sedan hon skickade det senaste meddelandet. Kortet och sminkpaketet låg på bordet i lägenheten i Bruseryd, osänt eftersom det inte fanns någon adress att skicka till. Hon stannade och tankade på en mack strax före Borås. Innan hon rullade vidare skrev hon ett nytt sms: "Hej Aliana. Fick du inte mitt sms? Var är du nu? Har du det bra? Jag är på väg till Göteborg i bil. Coolt att köra själv. Hör av dig med din adress. Jag vill skicka ett litet paket. Kram Frida."

När hon passerade avfarten mot Landvetter flygplats slog det henne att hon aldrig begrep vem som var Harriet på mötet igår. Både Åke och Agnes hade lovat att peka ut henne, men ingen av dem hade sagt något. Hon kanske aldrig kom. Men hon hade ju varit så angelägen. Vad kunde ha fått henne att stanna hemma? Att hon kände sig dålig och inte orkade förstås. Att hon hade fått oväntat besök. Eller att hon av någon annan anledning tyckte att det kändes svårt att gå dit. Men vad skulle det vara? Hade det hänt något särskilt på torsdagen? Frida rekapitulerade de senaste dagarnas händelser medan hon närmade sig Göteborg, och en ytterst svag, men ändock tankekedja formades.

Stan kändes annorlunda nu när hon närmade sig den på det här sättet. Plötsligt såg hon den mer som en helhet, med hamnen, industrierna, lägenhetsområdena och villakvarteren. Hon såg centrum som en stadskärna bland andra stadskärnor – inte den enda. För bara några veckor sedan var Göteborg hela hennes världsbild med en dröm om det andra, stora spännande livet utanför. Nu visste hon att det fanns en annan värld i det mindre, bortvalda, övergivna. Det fanns människor där också, minst lika viktiga om än inte lika glamorösa. Känslan av mognad och erfarenhet stärktes av just detta att hon kom i bil. Det var på något sätt vuxet att ligga i omkörningsfilen nerför den branta backen mot Kallebäcksmotet och Liseberg. Bilen var allt annat än elegant, bara en gammal Volvo, men ändå, hon gled förbi.

Hon försökte fickparkera på en gata nära skolan, men lyckades inte lägga om i rätt tid och fick försöka gång på gång. Svettig av nervositet gav hon upp till slut och ställde sig på en stor parkering en bit bort. Hon plockade ihop tidningarna hon tagit med sig från redaktionen för att kunna visa Janne vad hon hade gjort. Hon hann med en snabblunch på sushibaren före mötet och läste om sina texter. Så dåliga var de inte. Bruserydskrönikan var visserligen brutalt ärlig, men den var sann. Texten om Gunnel var kanske överdrivet respektfull, men faktiskt känslosam. Artikeln om Dani var möjligen lite aningslös, men trevlig och helt okej.

När hon gick uppför skolans metalltrappor och mötte elever som precis hade börjat kände hon sig plötsligt ganska rutinerad och världsvan. Hon mindes fascinationen klassen hade visat inför Örjan Berg. Var det så de nya eleverna såg på henne nu? Som någon som visste hur det var där ute i verkligheten?

Dörren till Janne Ahlséns rum stod halvöppen. Schemaläggningstanten stod där inne och frågade något om nästa veckas föreläsningar. Janne vinkade in Frida medan han avslutade konversationen om flyttade lektioner. Hon satte sig i besöksstolen. Han såg trött ut. Hon hade inte sett de mörka ringarna under ögonen förut, men nu såg alla anletsdrag ut att söka sig neråt trots att han försökte le. Han var snyggt klädd som vanligt i blåvitrutig skjorta, mörkblå lammullströja och mullvadsfärgade chinos, men skrivbordet var rörigt och han verkade ofokuserad.

– Du får ursäkta, sa han när damen hade gått, det har varit lite mycket ett tag. Men, välkommen hit. Hur känns det att vara tillbaka?

– Ovant, sa Frida. Det känns som det var länge sen.

– Jag har pratat med din handledare, Åke, nu på förmiddagen. Hur funkar ni två ihop?

– Åke? svarade Frida förvånat. Vad ska jag säga? Han har ju helt klart sina sidor, men … jag gillar honom.

– Jaha? Vadå för sidor?

– Äh, vi funkar ganska bra, tror jag. Han är en duktig journalist och faktiskt en bra pedagog. Pratar så folk lyssnar, sa Frida.

– Hur funkar det socialt då?

– Sådär. Jag hamnar lite vid sidan om eftersom jag fick ta Bruseryd helt själv.

– Det var ju inte alls meningen att du skulle behöva göra det där själv. Då blir det inte rätt sorts erfarenhet. Samspelet med andra är en av de viktigaste bitarna i praktiken. Vi kommer till det. Det har varit besvärligt på andra sätt förstod jag. Berätta?!

Och Frida drog hela historien igen. Hon visade uppslaget, och de tittade och diskuterade, funderade högt på vad hon kunde gjort annorlunda, var det gick snett. De var överens om att Frida visserligen hade tagit på sig en för stor kostym, men att det faktiskt var tidningens ansvar att se till att rätt saker kom i tidningen. Och att hon försökte fylla ut sin plats var ju egentligen bara positivt, om än inte så smart ur popularitetssynpunkt. De kom fram till att man måste fundera på konsekvenserna av det man skriver, hur det kommer att tas emot, innan man faktiskt gör det. Det var skönt att reda ut begreppen. Något av skulden lyfte faktiskt från hennes axlar. Till sist tog Janne fram en mapp från röran på skrivbordet.

– Jag har faktiskt en liten överraskning åt dig.

– Jaha? sa Frida överraskat.

– Jag vet ju att du var så missnöjd med platsen. Nu har du provat, och det har varit tufft, så jag har faktiskt lyckats fixa en annan plats åt dig! Du sa att du kunde tänka dig vilken informationsplats som helst, och nu har man fått en lucka på kommunkontoret i Alingsås. Det är alltså pendelavstånd, och du kan börja redan på måndag!

Janne log stort och nöjt mot henne, som den välgörare han just då kände sig som. Frida ryckte till som av en inre rekyl. En annan plats? Det blev fullständig kortslutning inombords. Hur skulle hon tänka nu? Alingsås? Vad skulle hon göra i Alingsås?

– Är du inte glad? sa Janne lite besviket.

– Jo ... det är klart att jag är glad, sa Frida tveksamt, men det kom lite oväntat.

– Jag trodde att du skulle jubla.

– Jo ... det gör jag nog, men kan jag få fundera lite först?

– Det kan du väl i och för sig, men jag har i princip redan tackat ja eftersom jag antog att du var desperat. Men till på måndag kan du väl tänka, så får du börja i slutet av veckan i så fall. Du måste ju ändå hämta dina saker i Småland.

– Vad går själva jobbet ut på?

– Det är på informationsavdelningen, så jag antar att det handlar om att skriva i det interna nyhetsbrevet och kanske fila på nån pressrelease. Det är ju såna jobb många journalistutbildade hamnar på fast de drömmer om Svenskan och Agenda. Det brukar vara hyggliga jobb i kontorsmiljö där man i alla fall får skriva lite. Är man intresserad av kommunorganisation och personalfrågor kan det ju passa som hand i handske.

– Jag funderar till på måndag. Så återkommer jag till dig, sa Frida.

– Så säger vi. Ha nu en riktigt skön helg i Göteborg. Det är du värd. Det börjar ju äntligen bli lite ljusare på eftermiddagarna nu. Roa dig ordentligt, så hörs vi på måndag, sa Janne.

– Det ska jag, sa Frida. Tack...

Cilla var sen från jobbet så Frida hann gå en sväng på stan. Hon gick in i den myllrande saluhallen och riktigt njöt av alla dofter – nymalt kaffe, kött, ostar, vitlöksröror. Hon köpte ett halvt kilo färska räkor, två stora entrecôter, aioli, citron, körsbärstomater, rucola, rödlök, getost och svarta oliver. På systemet på Avenyn plockade hon åt sig en flaska vitt och två flaskor rött som hade fått bra betyg i de senaste testerna. Fredagskänslan var påtaglig och Frida insåg vad mycket hon hade saknat stans alla möjligheter. Kanske fanns han som skulle komma istället för Peter alldeles om hörnet? Kanske skulle hon alldeles strax möta honom på Avenyn? Peter, ja... hade hon ens svarat på hans senaste sms? Hon var tvungen att stanna, ställa ner kassarna och kolla. Nej, faktiskt inte. Bra gjort, tänkte hon. Hon köpte Aftonbladet i Pressbyrån och satte sig på Soho med en stor latte. Cilla fick möta henne där. Det var ju nära från Stadskansliet vid Brunnsparken.

Frida sippade på det heta kaffet och bläddrade i kvällstidningen. När man talar om trollen, tänkte hon när hon slog upp sidan sex och sju. Där var han, Peter Engström, med en enorm bildbyline, i en skandalartikel om att Sveriges mest kända filmskådespelare skulle ha hämtat barn på dagis drogpåverkad. Enligt säkra källor hos polisen fanns en anmälan från personalen på dagiset om att skådespelaren blivit våldsam när fröknarna vägrat att lämna barnet ifrån sig då den kraftigt påverkade filmstjärnan kom för att hämta sin dotter. Vilken nyhetsnäsa Peter hade. Från praktikant till toppnamn på bara några veckor. En motbjudande nyhet i sig, men hon kunde inte låta bli att imponeras. Hur fick han fram allt? Hur byggde han upp säkra källor så fort? Han skulle säkert bli erbjuden både sommarvikariat och fast jobb om han fortsatte så här. Hon kunde kosta på sig ett neutralt grattis-sms utan att hamna i ett känslomässigt underläge. Hon skrev: ”Snyggt jobbat. Snart tar du väl över hela tidningen. Är i Göteborg och festar. Superkul. /Frida.” Hon läste det, konstaterade att det var lagom distanserat, och tryckte på ”sänd”.

Cilla var ännu magrare än hon brukade vara. Hon såg lite blek och sliten ut där hon stod och marinerade kött i det lilla, lilla köket. Hon skyllde på vintern och alla mördande tråkiga arbetsuppgifter på Stadskansliet.

– Igår fick jag skriva en text för informationsavdelningen om det nya interna sophanteringssystemet. Man skriver om skittråkiga saker som angår ingen och som kommer att läsas av max tio personer. Det känns så meningslöst så det kryper i hela kroppen. Inte konstigt att man blir anemisk. Jag vill bara därifrån.

– Nåt roligt måste du väl få skriva om? försökte Frida medan hon skar tomater och lök.

– Jag kanske ska få skriva om de nya pappersinsamlingskartongerna nästa vecka, sa Cilla och gjorde en grimas.

– Du valde det faktiskt själv. Det var ju din genväg, remember?

– Jag vet! Du behöver inte påminna mig.

– Jag träffade honom idag, Janne. Jag tyckte att han såg trött ut, sa Frida.

– Det där med att bryta upp ur ett äktenskap verkar mer komplicerat än han sa att det skulle vara.

– Hur har ni det då? Vad är det som gäller?

– Han har lovat att säga det till henne den här veckan.

– Vad?

– Att han vill skiljas. Att det är han och jag nu, och att hon måste flytta ut ur huset.

Frida betraktade Cilla där hon plockade fram tallrikar och bestick.

– Det sa du väl i julas med? sa Frida.

– Jag vet! Men han bara skjuter upp det hela tiden. Jag blir ett nervvrak av det här.

– Vad vill du då? Är han värd det? Är han din stora kärlek?

– Jag vet inte! Jag har ingen aning längre. Det känns bara som om jag har fuckat upp allt igen. Som jag alltid gör.

– Du fuckar väl aldrig upp?

– Det är ju det enda jag gör, sa Cilla.

– Va? Du som är så snygg och smal och perfekt och får alla karlar att bli tokförälskade.

– Vad fan spelar det för roll om man är smal om man bara misslyckas med allt hela tiden.

– Du har ju i alla fall inte skämt ut dig på din praktikplats, som jag har, sa Frida.

– Jamen, kom igen?! Du har ju ett driv, en talang, fattar du inte det? Det har inte jag. Jag kanske är smalare än du, och längre, men jag har fan inte hälften av vad du har i skallen. Det är därför jag håller på så här, och försöker hitta genvägar … och så blir det bara fel.

– Jag som har tyckt att du har allt, sa Frida.

– Och jag skulle mycket hellre vara som du.

De skrattade och snyftade och kramades och bestämde sig för att öppna den andra flaskan vin.

– Varför är det så svårt att vara nöjd med den man är? sa Frida.

– Är inte det typiskt kvinnligt? Män verkar inte alls vara såna. Allt rinner av dem som vatten på en gås. De tycker att de är så jävla bra oavsett, sa Cilla.

– Det stämmer på Peter i alla fall, sa Frida och skrattade, men kanske inte på Åke, tänkte hon tyst.

De hade gått stora rundan. Börjat i baren på Caleo, snackat med prästen som brukar hänga där, dragit vidare till Locatelli tvärs över gatan, men tyckt att det var för mycket unga brats, glidit in på Brasserie Lipp och låtit sig bjudas på vin av en plastfabrikör från Estland, som de sedan hade fullt sjå att bli av med. Cilla hade velat höra allt om Dani och Micke Molotov och försökt hänga med i alla turer kring vad som hade hänt och vem som var vem.

– Den där Micke låter väldigt spännande. Han var ju skitstor, eller hur? Väldigt snygg, va? Ser han bra ut fortfarande?

– Lite sjavig kanske, men snygg.

Cilla himlade med ögonen och log innan de vinkade av fabrikören för gott och gick vidare ner i källaren på Glow, nattklubben som kallades grottan i folkmun, och som ångade av sprit, svett, testosteron och feromoner. Det fanns en allmän påflugenhet i kontaktsökandet på hela stället som kändes obehaglig. De gick ett snabbt varv och sedan upp på Avenyn igen och ställde sig i kön till Deep. Det var fullt med folk i schlagerbaren och de beställde väldigt goda, och alldeles för stora, Frozen Margaritas, som de sedan ångrade djupt när de väl var urdruckna. Vandringen längs Vasagatan, tillbaka till Cillas lilla lägenhet, blev märkbart vinglig.

Klockan var närmare fyra innan de hade kommit i säng. Just när sömnen och ruset höll på att övermanna dem – Cilla i sängen, och Frida på en madrass på golvet – bankade det på dörren. Cilla for upp, förvirrad. Utanför stod Janne, full och rödgråten.

– Du måste ta hand om mig, Cilla. Du måste, sa Janne och ramlade in i lägenheten.

Han hade så fullt upp med sin egen olycka att han inte noterade Frida på madrassen på golvet.

– Vad gör du här? Vad är det som har hänt? viskade Cilla.

– Hon har en annan. Jag visste det. Jag har känt det på mig ända sedan i höstas. Och nu vill hon skiljas, och jag måste flytta ut mina saker innan månaden är slut.

– Jamen, du vill ju skiljas. Det är det här vi vill, sa Cilla.

– Tjugo år tillsammans. Fattar du? Tjugo år! Och så vill hon bara gå.

– Men jag trodde det var du som ville lämna henne. Det är ju det du har sagt.

– Vad fan vet du om vad jag vill? Du är så naiv, Cilla. Du tror att allt är så enkelt. Men det är ju det jag tycker om hos dig, sa Janne och famlade efter en kyss.

– Huset då? sa Cilla medan hon drog morgonrocken hårdare om sig. Hon skulle ju flytta ut, sa du.

– Jag har inte råd att bo kvar på min lärarlön, fattar du väl. Det är hon som har pengarna. Hon tjänar mycket mer än jag. Har alltid gjort. Och nu dög väl inte det längre. Men den nye, han är rik. Han har pengar och BMW, sånt jag aldrig har kunnat ge henne.

– Men vi då? Jag trodde det var det här du ville? Jag fattar ingenting.

– Jag vet, Cilla. Det har du aldrig gjort, sa Janne och försökte klappa Cilla på kinden.

– Vad håller du på med? Vad är det här för skitsnack?

– Cilla, hon har slängt ut mig! Jag har ingen annanstans att gå. Du får ta hand om mig.

– Vadå, ta hand om dig? Här kan vi inte bo. Det är tjugoåtta kvadrat!

– Kärleken övervinner allt, försökte Janne och tryckte sig mot Cilla.

Cilla knuffade bort honom.

– Det låter ju på dig som om det är henne du vill ha.

Janne började gråta. Han satt på en pinnstol i det lilla köket, med händerna för ansiktet.

– Jag vill inte …

– Vad är det du inte vill? sa Cilla.

– Jag vill inte att hon ska gå! Och jag vill inte bli femtio! Jag vill inte bli gammal och en föredetting och en av dem som aldrig gjorde det. Jag vill ha mitt gamla liv och mitt nya och villkorslös kärlek. Och hennes kärlek. Och din. Jag vill inte ha det så här, hulkade han.

– Nu är du helt dum i huvudet!

– Jag måste sova, sa han plötsligt. Bädda ner mig och klappa på mig. Trösta mig och rädda mig.

– Det är inte så lätt, sa Cilla. Frida sover här.

– Här?! Är hon här? sa Janne yrvaket. Fan i helvete!

– Vadå?

– Du borde ju ha stoppat mig!

– Hon kanske inte har hört, sa Cilla.

– Herregud. Fan, vad jag är patetisk. Förlåt, förlåt, förlåt … jag tar tillbaka allt jag har sagt. Inget är sant. Jag är bara full och behöver sova. Får jag sova i din säng inatt?

– Men det där med att hon kör ut dig? Vad var det? försökte Cilla.

– Det var bara svammel. Allt är som vanligt. Låt mig bara sova hos dig, sa Janne och stapplade in i rummet och kröp ner under täcket i sängen en meter från madrassen där Frida låg på golvet. Klarvaken.

Frida vaknade av att det vassa februariljuset letade sig in genom fönstren i det lilla rummet som stank av bakfylla, ångest och rök. I Cillas säng låg Janne och snarkade. Cilla själv satt vid köksfönstret och rökte.

– Röker du? sa Frida.

– Nej. Men det kändes som om jag måste börja med nåt.

– Det där blir inget bättre av, sa Frida, tog fimpen ifrån henne och spolade vatten på den.

– Vad ska jag göra?

– Vad vill du? viskade Frida.

– Jag vet inte. Jag har faktiskt ingen aning. Jag känner mig bara väldigt blåst. Dumpad och trängd på en gång.

– Det var en märklig vändning.

– Så du hörde?

– Tyvärr, suckade Frida. Det känns som om jag inte borde vara kvar här. Jag ska bara låta drinkarna gå ur kroppen så drar jag.

– Hur gör du med Alingsås?

– Vet inte. Just nu har jag ju ingenstans att bo här i stan. Hur är det med din syrra förresten?

– Maxdos antidepressiva, massor av Stesolid och nerdragna rullgardiner, annars är det bra. Doktorn säger att det tar ett par veckor innan det vänder.

– Det pekar ju onekligen mest åt Småland för min del.

– Du kanske vill byta plats med mig, rakt av? Du tar Stadskansliet, min lägenhet och Janne och jag tar Bruseryd eller vad det heter.

Frida skrattade åt den befängda idén.

– Hade du frågat mig för en vecka sen hade jag säkert nappat, bortsett från Janne, men nu … nej, du får reda upp det här själv.

Hon åt frukost på stan, tog en lång promenad längs hamnen i vinterblåsten och funderade på om hon var tvungen att avlägga en artighetsvisit hos mamma. Hon kom fram till att hon måste. Hon köpte en blomma och åkte dit och blev snabbt indragen i en lång invecklad diskussion om hopplösa läkare på vårdcentralen, maktfullkomliga människor på försäkringskassan och illojala grönsaksförsäljare på torget som vägrade pruta på redan rabatterade priser. Frida kände strypsnaran dras åt, skyllde på huvudvärk och bad att få lägga sig en stund.

– Varför bodde du inte här inatt? frågade Mona.

– Jag ville träffa Cilla. Vi har ju inte setts sen nyår.

– Jaha, så kompisarna går före. Och inatt då?

– Jag åker tillbaka till Småland.

– Så du väljer hellre obygden framför mig?

Frida svarade inte, men tänkte ett tyst ”ja, faktiskt”. Tänk om Mona kunde fatta att om hon slutade kräva och började ge förutsättningslöst skulle allt gå så mycket lättare och hon skulle få så mycket mer tillbaka. Men dit skulle Mona aldrig komma.

När hon låg där i sovalkoven i sitt gamla rum ringde det på mobilen. Hon kände igen Alianas nummer. Hon hade aldrig ringt förut, bara skickat sms, men nu gjorde hon faktiskt det. Frida svarade och hörde små, små snyft i luren.

– Hallå? Aliana? Är det du? Det är Frida här.

Fortfarande tyst, men svag gråt.

– Snälla Aliana? Svara? Är du där?

– Schhh, sa en liten ledsen flickröst. Jag måste prata tyst.

– Vad är det? Har det hänt nåt?

Paus igen, men prassel i bakgrunden.

– Jag gömmer mig. De får inte höra. Vänta lite.

Frida väntade och lyssnade intensivt. Hon hörde butiksljud, svag musik, utrop med erbjudanden, mansröster, protester med brytning och svaga snyftningar. Så Alianas röst igen.

– De går bort nu. Men de har inte sett mig.

– Vilka har inte sett dig? frågade Frida.

– Poliserna. De var inte utklädda. De såg ut som vanliga, men de var poliser. De hade brickor.

– Vad har hänt?

– De satte på handbojor. Nu är jag ensam kvar här. Jag gömmer mig i butiken. Jag vet inte hur jag ska komma härifrån.

– Vem har de tagit?

– Pappa, farbror och mina storebröder.

– Var är du?

– H&M.

– H&M, var?

– Vet inte. Eller, Halmstad, tror jag.

– Halmstad? Vad gör du där?

– Jag måste hjälpa dem när de går runt i köpcentrum. Kan du komma?

– Din mamma då? Din storasyster? Var är de?

– Vet inte. Långt härifrån i en stuga. De har ingen bil och ingen telefon.

– Finns det ingen som kan hjälpa dig och som vet var du är?

– Nej, ingen, snyftade Aliana. Ingen. Du skrev att du har bil. Kan du komma?

Frida försökte tänka snabbt. Det fanns egentligen ingenting som hindrade henne.

– Jag är där om två timmar. Stanna där du är, så hörs vi snart. Var inte rädd.

– Jag har nästan inget batteri.

– Bara stanna där du är. Jag kommer.

Frida ringde flera gånger när hon närmade sig Halmstad. Signal efter signal gick fram, men inget svar. Antingen var batteriet slut eller så kunde Aliana inte svara av någon annan anledning. Frida parkerade vid Stora Torget och gick in i H&M-butiken på Brogatan. Hon försökte diskret scanna av butiken, och strök längs varje vägg och klädställning. Hon ställde sig utanför upptagna provrum och försökte få det att låta som om hon försökte få kontakt med en klädprovande lillasyster. Men ingen respons. Hon tog en sväng runt torget och kikade in i andra butiker också, men inte en skymt av Aliana. Till sist gick hon in på H&M igen och fram till den rödlätta damen i kassan och frågade om det möjligen fanns någon mer H&M-butik i Halmstad. Damen, som hade väldigt små tonårskläder på sin ganska omfattande hulliga kropp, doftade cigarettrök, minttabletter och kaffe, tittade på Frida som om hon var ett ufo.

– Du är inte härifrån, va?

– Nej, det är ju därför jag frågar, sa Frida.

– Det finns ingen annan H&M i centrala stan, nej.

– Utanför stan då?

– Det var en annan sak. Vi har en jättestor butik i Eurostop, ute vid motorvägen söder om stan, log damen vasst.

Köpcentrumet var enormt. Femtonhundra p-platser och säkert trettio butiker av alla de slag. Det var lördag och strax före stängning. Storshoppande familjer köade vid kassan för att återvända hem till sina radhuslängor med fläskfiléer, TV-spel, nya jeans och munkjackor till barnen. Frida drog längs väggarna i den gigantiska butiken. Blicken sökte sig till områden som såg röriga och mörka ut. I ett hörn stod en reastång med badrockar av dålig kvalitet. Bakom den hängde joggingbyxor och andra träningskläder. Under en rad med ljusgrå workoutbyxor såg hon ett par små gympaskor sticka ut. Hon gick närmare, satte sig på huk och viskade försiktigt:

– Aliana? Är det du?

En liten nioårig flicka, likblek och rödgråten, kastade sig om halsen på Frida medan hon viskade:

– Jag trodde aldrig du skulle komma. Jag trodde jag skulle vara ensam för alltid.

– Såja, såja, viskade Frida och strök henne över ryggen. Jag sa ju att jag skulle komma. Men jag visste inte vilken butik du var i. Det fanns ju två.

Inte förrän butiksrösten ropade att butiken skulle stänga gick Aliana med på att släppa taget om Frida, och då tog hon ett stadigt tag om handen.

– Är du hungrig? frågade Frida.

Aliana nickade:

– De har McDonald's här.

Efter varsin McFeast & Co kände Frida hur fruktansvärt trött och bakis hon var. Hon hade ingen aning om hur hon skulle hantera situationen med Aliana. Hon kunde ju inte bara ta henne med sig. Det fanns en orolig mamma och storasyster någonstans i närheten. Hon köpte mjukglass till Aliana och en stor kopp kaffe till sig själv medan hon funderade. Hon frågade om de inte skulle åka till polisen i alla fall, så att Aliana fick vara med sin pappa, och försäkrade att en nioåring aldrig skulle kunna åka i fängelse i ett land som Sverige. Men då började Aliana gråta och såg ut som om hon tänkte springa därifrån. Frida fick lova att inte ta henne till polisen. Då skulle Aliana aldrig förlåta henne. Frida frågade försiktigt varför polisen kom och tog pappan och de andra och vad hon själv spelade för roll i det hela. Aliana såg närmast förvånad ut över att hon inte hade fattat grejen.

– Pappa och farbror står på ett ställe, och mina storebröder går på ett särskilt sätt. De rör sig i ett mönster som de har kommit på själva. Sen välter jag en klädstång eller ett godisställ, eller ramlar och slår mig och medan jag får hjälp av några snälla människor som böjer sig ner över mig går pappa och de andra fram och tar portmonnän ur deras fickor eller väskor. Kazan kan ta ut plånboken, ta pengarna och kortet och lägga tillbaka den i fickan på fyra sekunder. Han är helt grym. De märker inget förrän det är försent.

Plötsligt trillade polletten ner. Alla olika städer Aliana hade sms:at att de hade varit i, varför de måste åka runt. De var ficktjuvar, helt enkelt. Och Aliana var lockbetet. Frida blev alldeles paff av chocken. Vilka cyniska föräldrar. Hur kunde man göra så mot sitt barn? Stackars unge.

– Hur länge har du hållit på med det här?

– Jag fick börja när jag fyllde sju, sa Aliana nästan stolt.

– Din mamma och storasyster då? Och Trina, hette hon så, din lillasyster? Vad spelar de för roll i det hela?

– Mamma är ju sjuk. Och Zana får inte följa med, för hon är tonåring och då kan hon bli kär i en svensk kille och det får hon inte. Trina är för liten. Och hon har öroninflammation och bara skriker. Det är svårt att sova när hon bara gråter.

– Var är de nu då?

– I en stuga nära där vi var förut.

– Var var det?

– Världens största köpcentrum.

– I Sverige?

– Ja! I skogen, sa Aliana.

– Menar du Ullared?

– Ja, så heter det! Där har vi varit många gånger.

– Och handlat?

– Nej, dummer! Jobbat.

Frida lät informationen sjunka in. Familjen borde ju rimligen ha en fast punkt, en adress någonstans, släkt, vänner, ett sammanhang.

– Var bor ni egentligen? frågade hon.

– Vi har inget egentligen.

– Nån gång måste ni ha bott nånstans?

– Jo ... vi bodde hos pappas kusin i Bergsjön i Göteborg. Men det fanns bara tre rum, och de var åtta i hans familj. Vi bodde fem i varje rum. Madrasser överallt. Sen kom nya regler att man inte fick bo så många. Det satt lappar i trappuppgången. Nån som ägde huset gick runt och knackade på och räknade. Då blev kusinen och pappa osams. Kusinen vågade inte ha oss kvar. Vi hade ingenstans att sova. Pappa tog med madrasser för att vi skulle sova på skroten där han jobbade, men när de upptäckte oss blev de arga och han måste sluta.

– Vad gjorde ni då? Ni hade ju ingenstans att ta vägen?

– Ingenstans att sova och inget jobb för pappa. Det var då vi började åka runt.

– Höll ni på med såna saker när ni bodde i Göteborg också?

– Nej. Man får ju inte det. Men pappa brukar säga att nöden har ingen lag.

Frida lutade sig tillbaka på den obekväma plastsoffan och försökte sortera tankarna. Kaffet var urdrucket, mjukglassen slut.

– Skulle du hitta till stugan, tror du?

– Om man kommer på vägen så ser man trädgårdstomtarna och ett stall och en skylt och en skylt till och sen svänger man höger och rakt fram, sa Aliana som om det var världens tydligaste beskrivning.

Medan de körde norrut längs E6:an i februarimörkret funderade Frida på vad hon hade för olika alternativ. Skulle hon åka hem till mamma och lämna av Aliana där? Nej, det skulle inte fungera. Mona var inte den sorten som ställde upp när man behövde villkorslös hjälp. Allt som var oegennyttigt ur hennes synvinkel var i grunden ointressant. Till Cilla då? Nej, det var förstås omöjligt. Kanske kunde hon köra ut Cillas syster ur lägenheten i Strömmensberg, kräva att få tillbaka den på stört helt enkelt? Fast att ta en konflikt med en deprimerad människa på Stesolid lät som en om möjligt ännu sämre idé.

Men att bara köra omkring planlöst och leta efter en stuga i Ullared kändes som en väldigt osäker strategi. Kanske skulle de ta in på något motell och tänka ut en bättre lösning? Hur kunde hon förresten vara säker på att Aliana talade sanning? Hon kanske hade hittat på alltihop? Tänk om Frida i värsta fall kunde bli anklagad för barnarov eller egenmäktigt förfarande eftersom hon inte lämnade över Aliana till polis eller sociala myndigheter? Peter hade vetat vad man skulle göra. Frida försökte höra honom resonera högt. Hon kastade en blick på flickan i framsätet? bredvid. Hon hade somnat med ketchup runt munnen och mössan på sned. Så liten och smal hon var, så rädd hon måste ha varit. Nu andades hon tungt och avslappnat och en tunn sträng av saliv rann ur den lilla barnmunnen.

Vad hade Peter gjort? En glasklar tanke for genom hjärnbarken; han hade skrivit storyn. Peter skulle såklart ha använt den tårdrypande, gripande och spektakulära historien om den nioåriga flickan som tvingades av pappa och storebröder att delta i familjens ficktjuvsliga till att själv få ännu ett gigantiskt uppslag i tidningen, med bildbyline och allt. Han hade spelat välgörare och sanningssökare, skrivit uppföljningsartiklar om ficktjuvsligans väg genom Sverige, om mamman och systrarna och sedan ... sedan hade han förmodligen överlämnat Aliana till polis och sociala myndigheter. Det var nog faktiskt sådan han var. Var det attraktivt, egentligen?

Frida bestämde sig för att trots allt göra ett försök med Ullaredsalternativet, och svängde in på väg 153 utanför Varberg. Vägen var rak och vinden hård över de öppna fälten. Tung trafik av långtradare, på väg från lossning i köptemplet ett par mil bort, mötte otäckt nära mittlinjen. Frida tvingades fokusera totalt bara på att hålla bilen på vägen. Slätten övergick i mer kuperad terräng och vägen blev allt kurvigare och smalare. När de närmade sig Rolfstorp stannade hon till i en bussficka och väckte Aliana försiktigt.

– Nu är det bara några mil kvar till Ullared. Om det är den här vägen ni har kommit kanske du kan känna igen dig. Jag kör långsamt, så får du säga till om du ser nåt bekant. Okej?

Aliana nickade sömndrucket, såsig av bilvärme och hamburgare.

Frida började köra igen och fick omedelbart en stor lastbil som blinkade med helljuset bakom. Hon ökade farten lite för att hålla föraren bakom sig på gott humör. Han blinkade fortfarande, trots att hon körde i sjuttio som skyltarna visade.

– Kör om då, pucko! viskade Frida högt för sig själv.

Tre långtradarmöten på raken, en med några extraljus som bländade totalt och en blinkande lastbil bakom gjorde Frida stressad och osäker.

– Där fick jag köpa tofsar, sa Aliana som i förbifarten.

Frida hörde det knappt. Det kändes som om det bara var tjugo centimeter som skilde henne från att krossas av de mötande tradarna. Bara hålla bilen på vägen nu. Och bakis var hon. Det var bara en poliskontroll som fattades. Så plötsligt gick budskapet in i Fridas hjärna.

– Vad sa du?

– Där handlade vi. I den butiken.

– Är vi nära stugan, menar du?

– Jag vet inte vad som är nära. Men man körde in där borta, sa Aliana och pekade bakåt.

Frida hittade en skogsväg längre fram, lyckades vända i den mörka skogen och ta sig ut på 153:an åt andra hållet. Aliana guidade henne in på en charmlös grusväg, med några brevlådor på en ställning, ett elskåp, en övervuxen timmerhög och en rostig skrotbil. De passerade en liten gård med stall och trädgårdstomtar, några villor, en kennel och ett par sommarstugor. Ljusen från riksvägen försvann. Det var bara mörkt och skog. De tog av till höger förbi ett militärförråd och så blev det skog igen.

– Är du säker på att det här är rätt?

– Tror det. Lite till, sa Aliana.

Vägen tog slut. Frida stannade bilen, slog missmodigt av tändningen och suckade irriterat.

– Jaha. Vad gör vi nu?

– Är du arg?

– Nej, men jag vill gärna veta vad vi ska göra.

– Går kanske? sa Aliana.

Ett par hundra meter längre in i skogen, längs en lerig timmerväg, öppnade sig en liten glänta bland de höga granarna. Det lyste svagt i köket. En barnvagn stod utanför. Frida stannade på trappan medan Aliana rusade in i den lilla sommarstugan och möttes av förmaningar och jämrande mammagråt på ett främmande språk.

Hon hade fått köra tillbaka en bit för att få täckning på mobilen. Den enda, kom hon fram till, som skulle kunna ge henne ett vettigt råd var Åke. Han hade haft svårt att ta in hela historien, men så småningom, när han hade fattat, hade han bett att få en kvarts betänketid. När hon ringde upp igen frågade han om hon var säker på att familjen hade uppehållstillstånd, så att de inte var gömda flyktingar.

– Flickan säger att de har det. Om hon ljuger vet jag inte, men de har ju rört sig fritt, åkt tåg, gått i köpcentrum.

– Varför gömmer de sig i en avlägsen stuga då?

– Förmodligen för att de är kriminella. Männen i familjen, alltså. Kvinnorna verkar bara ha fått hänga med och sitta och vänta.

– Om det stämmer finns det väl inget som hindrar, antar jag, sa Åke.

– Hindrar vad?

– Visst hade du precis röjt ur er gamla stuga?

– Ja? sa Frida.

– Ta med dem hit.

Det hade krävts viss övertalning för att Aliana skulle få med den gamla mamman och Zana på idén. Men de insåg till slut att de inte hade något annat alternativ än att bejaka den enda möjlighet som erbjöds. Nu satt de i bilen på väg 41 mot Borås. Den gamla Smålandsvolvon var fylld av ett annat språk, av nya dofter och ljud. Mamman satt i baksätet och sov, med rosslande luftrör. Zana, som höll en kinkig Trina i famnen, gafflade högljutt med Aliana och verkade på något sätt klandra henne för att pappan och de andra hade åkt fast. En svag lukt av svett, nervositet, matos och välling virvlades runt av bilens gammalmodiga fläktsystem. Zana hade skrivit ett brev till pappan och lämnat på bordet, tagit hälften av pengarna i skåpet – åtta tusen kronor – och lagt nyckeln i krukan, där de en gång hittat den.

Kanske skulle männen släppas redan idag, kanske skulle de inte komma tillbaka på länge.

Frida ringde till Agnes och frågade om det var okej att hon hyste in några gäster i redaktionslokalen inatt. Bara det inte var ett gäng oregerliga unga män gick det bra, lovade Agnes. Det kunde Frida garantera. När de passerade Borås och hon svängde ut på riksvägen mot Jönköping undrade hon vad hon egentligen hade gett sig in på.

Åke kände sig lite fånig när han stod framför hyllan med blöjor på Hemköp i Eksjö. Han visste ju inte ens vad det skulle vara för storlek. Och vad skulle han säga om någon frågade? Att han hade blivit farfar? Eller att han hade träffat en ny, ung kvinna som givit honom ett kärleksbarn? Som om någon skulle tro på det. Äh, han fick väl säga som det var; han handlade åt några avlägset bekanta. Väldigt avlägset kunde man säga, eftersom han aldrig hade träffat dem. Men hade han nu föreslagit den här lösningen för Frida fick han ju faktiskt ställa upp. Han köpte frukost och basmat, lite frukt och grönt, kom fram till att de förmodligen var muslimer och inte åt fläskkött så det fick bli lammkorv, fiskbullar, ost och välling. Vad lite han visste om sådana här saker. Han köpte läsk och sötsaker också. Och toapapper och kritor.

Han hade sovit som en stock på redaktionssoffan, natten efter mötet i missionshuset, men legat klarvaken hela natten därpå hemma i sängen i Eksjö. Han hade haft fruktansvärd ångest och tryck över bröstet. Han skämdes över att han hade öppnat sig för Frida. Hur fruktansvärt patetisk måste hon inte ha tyckt att han var. Gamla karln, övergiven, supande, snörvlande. Vältra sina sorger och bekymmer över en stackars praktikant – hur ensam kan en vuxen man bli?

Samtidigt kände han en genuin lättnad över att själva mötet hade landat bra. Han hade lyckats förskjuta fokus från tidningens eventuella misstag till det problemet verkligen gällde. Till och med Lagerwall hade verkat hyggligt belåten efteråt. Nöjd var kanske för mycket sagt, men han hade i alla fall inte varit otrevlig. Han hade sagt något om att engagemang var grunden till all förändring. Och i så fall fanns det ju ett nyfött hopp. Det såg hyfsat ut i tidningen dagen efter också. Hansson från Vetlandaredaktionen hade bara hastat över den anklagande delen av mötesinnehållet och fokuserat på de nybildade arbetsgruppernas ambition att dra nytt folk till orten och återta platsen på kartan. En stor bild på Eiwor, Skogby, Björkman och Mats föräldrar på trappan till missionshuset täckte huvuddelen av sidan. I bakgrunden syntes Dani le stort och göra v-tecknet.

Kanske kändes det någonstans mitt i obehaget också lite, lite skönt att han hade blivit påkommen och utfläkt. Nu var allt utsagt, blottat och oskyddat. Den sista rustningen hade rämnat och nu stod han där naken i all sin ömklighet. Det var bara synd att det var Frida som hade fått ta det. Det var orättvist. Men hon var den första som hade frågat och just då var han som en sprängfylld damm.

På fredagskvällen hade han lyckats stoppa efter två öl. Förmodligen var det därför han inte hade sovit, och dessutom haft sådan monumental ångest. Abstinens, uppenbarligen. På lördagen hade han köpt en stor biff och ett sexpack folköl. Han skulle skura spisen för första gången på månader, laga riktigt god middag åt sig själv och bara dricka folköl. Så hade han bestämt. Han hade just plockat fram svinto och öppnat den första burken när Frida ringde.

Han hade först inte fattat någonting av vad hon pratade om, men sedan insett att hon faktiskt inte bara hittade på. Det var en helt ofattbar story, men den var tydligen sann. Det märkligaste av allt var kanske att Frida hade bett honom, just honom, om hjälp. Hur skulle han tolka det?

Han hade fortfarande ingen aning om det var ett bra förslag

han hade kommit med, men uttrycket "nöden är uppfinningarnas moder" hade klingat i bakhuvudet och han hade tänkt att det kanske var ett tecken. Hade nu familjen ingen fast bostad och Bruseryd behövde fler invånare skulle han väl vara en idiot om han inte såg sambandet?

Tanken på vad byinvånarna skulle tycka om att få en tjuvfamilj i krokarna hade kommit först senare när det redan var försent att backa. Men kvinnorna kunde väl inte lastas för vad männen gjorde? Eller kunde de det? Var det det som var arvsynd? På Fridas beskrivning hade han gissat att det var kosovoalbaner det handlade om. Han mindes en artikel i DN för något år sedan om att den folkgruppen var överrepresenterad bland just ficktjuvar. Hur kunde det bli så? Det kunde väl inte ligga i själva kulturen? Skulle de verkligen stjäla om de hade jobb och bostad? Det kanske är just i sådana frågor som livsåskådningen synliggörs, tänkte han där han stod i kassan och la upp varor på bandet. Kassörskan log och började slå in varorna.

– Barnbarn på ingång, eller? sa hon vänligt.

Åke tvekade, men nickade sedan. Lite stolt.

När Frida kom ner till redaktionslokalen på förmiddagen var Agnes redan där. Hon hade gått upp med en frukostbricka till de tillfälliga gästerna. Aliana hade redan ätit upp, provat sminket hon fick i paketet från Frida kvällen innan, och satt fnittrande och visade korttrick för Agnes, som blev lurad gång på gång. Mamman halvsatt i soffan och drack kaffe och åt ägg. Hon såg avstängd ut. Hon tycktes inte ens se det rörande i Alianas alla krumbukter för att få Agnes på fall.

Frida insåg att hon inte hade pratat direkt till mamman någon gång. Hon satte sig intill henne i soffan och sökte ögonkontakt. Det gick inte. Efter en stund gav hon upp och bad Aliana tolka.

– Kan du fråga din mamma om hon vill åka till den nya stugan så fort som möjligt eller vänta till senare?

Aliana översatte, och kvinnan rosslade och svarade med entonig röst.

– Mamma säger att hon är trött på att vänta. Hon har bara väntat och väntat i flera år.

Agnes bröt in i konversationen.

– Hon måste till en doktor. Det låter som hon har dragit på det där länge. Det kan vara lunginflammation.

– Det får vi ta när de har kommit på plats. Det är nog dumt att dra iväg henne till akuten en söndag.

– Det finns ingen el påkopplad i stugan. Har du tänkt på det? sa Agnes alldeles neutralt och utan anklagelse.

– Åke tänkte på det, sa Frida. Han skulle låna nåt bensindrivet aggregat från nån han kände. Stormel, kallade han det. Och så har han handlat.

– Åke? Där ser man. Han kan när han vill. Hur är det med maken och bröderna då? Vet man var de är?

Aliana samlade ihop korten och svarade rappt:

– Jag har skickat tre sms, men inget svar. De kanske inte får ha telefoner där de är. Men jag har skrivit att vi är i Småland. De får komma efter.

– Ni kunde ju inte gärna sitta där i skogen och bara vänta, sa Agnes och drog ett nytt kort ur Alianas lek.

– Vad heter din mamma, frågade Frida.

– Aferdita, sa Aliana. Det betyder nära dagen.

Frida sträckte fram handen mot den oseende kvinnan.

– My name is Frida. Welcome, Aferdita.

En svag skiftning i ansiktet och ett drag i mungipan, så en mening på albanska.

– Hon vill se stugan.

Åke hade hittat torpet på egen hand, efter beskrivning från Frida. Aggregatet var redan igång och det hade börjat komma värme i elementen. En svag doft av bränt damm spred sig i stugan och han öppnade fönstren för att vädra igenom rummen. Kylskåpet hade brummat igång utan problem, och spisen tycktes fungera. Han hade låtit vattnet rinna en bra stund. Det var brunt och illaluktande till en början, men klarnade efter ett tag. Allt i det lilla huset var gammalt och slitet men det var välstädat och fräscht i övrigt. Han hade gått en sväng runt kåken och kikat in i den fallfärdiga boden. Där stod flera gamla cyklar. Kanske kunde han fixa till några av dem, så att de inte blev helt isolerade. Ingen i den lilla kvinnofamiljen hade, vad han förstod, körkort. Men det kunde rimligen inte bli något längre straff för ficktjuveri, så männen skulle väl snart vara tillbaka. Om det var bra eller dåligt visste han inte. Han var nyfiken. Det var han. När han rannsakade sig själv kände han inte en enda invandrare. Trots att han var intresserad av politik och samhällsutveckling hade han aldrig varit i närheten av att hjälpa någon rent handgripligen. Det kändes bra. Frågan var om han gjorde rätt. Men nu hade han i alla fall tagit på sig det här ansvaret, då fick han försöka stå för det. Han packade in varor i kylen och ställde resten på köksbänken så att de skulle se vad han hade handlat. Han hoppades att blöjstorleken skulle passa. Han hade köpt en liten blomma också, en luden krukväxt med blålila, små blommor. Den skulle vara lättskött. Han tänkte att det kanske kunde göra dem glada, mitt i eländet. Han satte plastkrukan på ett kaffefat och hällde vatten på fatet, som det stod på skötselrådet. Annars kunde bladen ruttna, stod det. Vattnet måste komma underifrån. Till sist satte han på kaffe. Han hade missat filter, men tog en bit hushållspapper och satte i bryggaren istället. Ett trivsamt puttrande spred sig i köket, och lukten av bränt damm byttes snart mot nybryggt kaffe.

Trina hade slukat vällingen och somnat ute i vagnen. Aliana hade farit runt som ett jehu inne i huset och testat soffor och sängar, men nu satt sig till rätta vid skrivbordet inne i Stickans gamla rum med block och kritor. Zana plockade upp sitt smink framför husets enda stora spegel, och hade redan kontrollerat att både hårblås och locktång fungerade. Aferdita hade artigt druckit sitt kaffe under tystnad och sedan bett att få gå ut. Nu stod hon sedan en lång stund tillbaka och blickade ut över den igenvuxna ängen som en gång varit ett frodigt grönsaksland. Frida, Åke och Agnes började känna sig överflödiga när värmen funkade, maten var på plats och till och med TV:n hade gått igång. Agnes och Frida diskade undan efter fikastunden och Åke gick ut för att stuva in cyklarna i bilen, för att ta dem till Björkman för lagning. Han kom in igen och ropade på Aliana.

– Jag tror din mamma vill nånting. Gå ut och hjälp henne är du snäll.

Aliana lämnade motvilligt sitt ritande, och Frida följde med henne ut. Mamman såg annorlunda ut i dagsljuset, som om hon fått ett uns av färg på sin bleka hud och en svag glimt av liv i ögat.

– Hon undrar hur jorden är, sa Aliana.

– Jorden? sa Frida. Den är jättebra här. Det har varit ett fantastiskt grönsaksland. Min mormor och hennes bror odlade alla sorters grönsaker.

Aliana översatte och kvinnan lyssnade med en ny uppmärksamhet som inte funnits förut. Sedan en ny fråga.

– Hade de djur? sa Aliana.

– Höns, tror jag. Kanske nån ko, sa Frida.

Aliana tolkade och Frida såg hur en tår sakta rann längs Aferditas fårade kind.

– Min mamma älskar kor.

– Just det.

– Jag också, sa Aliana.
– Det vet jag ju, log Frida.

Den natten låg Frida vaken. Hon tänkte på Jannes erbjudande. Alingsås. Bara drygt fyra mil hemifrån. Pendlingsavstånd. Tänk att slippa den här hålan. Fult och dött och öde. Inga spännande journalistiska utmaningar. Stillastående människor utan framtidstro. Alingsås. Hon borde verkligen ta det. Hon skulle få en inblick i en helt annan typ av verksamhet, lära känna nya människor, kunna sova hemma i sin egen säng – bara hon blev av med Cillas syrra – och gå ut och roa sig i Göteborg varje helg. Då skulle ju allt det här vara över och hon kunde räkna Bruseryd som en kort parentes, reducera det hela till en anekdot om praktikplatsen som Gud glömde. När hon äntligen slumrade till hade hon fattat sitt beslut.

Klockan ringde halv åtta och hon var fortfarande dödstrött. Hon stoppade två skivor i brödrosten, satte på vattenkokaren, tog fram en tepåse, ett mjölkpaket, en mager ost och en tomat. Hon hajade till när hon råkade se sig själv i spegeln intill dörren och upptäckte mörka ringar under ögonen. Hon granskade sitt ansikte efter tecken på rynkor. Kanske såg hon äldre ut nu än när hon kom. Tjugotre var en märklig ålder. Någonting inuti henne ville ha svaren redan nu – var hon skulle hamna, om hon skulle lyckas, vem hon skulle träffa, om hon skulle få familj och barn? Hon ville på ett sätt desperat kika i facit och slippa den här slitsamma ovissheten. Samtidigt sa ju så många att det var nu hon skulle njuta, nu när hon var fri och inte satt fast med jobb, familj och lån. Om man hellre är trygg än fri, är man en hopplöst tråkig människa då? tänkte Frida.

När teet var urdrucket ringde hon och pratade med schemaläggningstanten på skolexpeditionen. Janne hade inte kommit. Återkom om en kvart. Hon funderade på att lämna ett meddelande och bara säga "ja", men bestämde sig för att återkomma.

När hon la på plingade det till i telefonen. Sms från Aliana: ”Vi har sovit jättegått i stugan. Hoppas du kan komma sen så jag kan visa dig flera trix. Kram A.” Medan hon läste plingade det igen. Det var från Åke: ”Godmorgon. Tiomötet flyttat till halv elva. Missa inte det. PS. Vilket drag det har blivit sen du kom. Ses. Åke.”

Janne Ahlsén hann ringa innan kvarten hade gått.

– Du tar det, hörde jag! Det blir ju ett lyft för dig, sa han och försökte låta entusiastisk.

– Jag hade tänkt det, sa Frida. Jag hade verkligen tänkt det, men... faktum är att jag ångrade mig precis.

– Va? Hallå? Är du galen?

– Förmodligen, men jag känner att jag inte kan åka nu. Det finns människor som på nåt konstigt sätt behöver mig här. Sorry.

– Som jag har slitit för att få fram den platsen, sa Janne.

– Ge den till Cilla då. Hon verkar ju inte så nöjd med den hon har, sa Frida.

Janne låtsasskrattade generat.

– Det är ett annat bekymmer, sa han. Hoppas att du vet vad du gör. Ja ja, kom bara inte och klaga igen.

9.

Fyra dagar senare hade allt det ovanliga börjat lägga sig till rätta. Åke hade hunnit dubbelkolla att familjen hade uppehållstillstånd. Det familjen uppgett stämde; de hade kommit med den stora kosovoalbanska flyktingvågen från före detta Jugoslavien 1997 när över femtusen människor kom till Sverige från det krigshärjade området. De hade varit småbrukare i en liten by utanför Kosenica, väster om den lilla staden Dakovica i sydvästra Kosovo. Åke hade också varit i kontakt med socialen om familjens situation och behov och lagt en förfrågan hos kommunen om det fanns plats för Aliana i skolan. Det skulle inte vara några problem. Platser fanns det gott om. Aferdita hade varit hos läkare och fått antibiotika för lunginflammation och medicin mot astma och högt blodtryck. Man konstaterade att hon behövde träffa en psykolog, men man måste ordna en tolk först.

När det kom till frågan om att ändra folkbokföringen och göra en permanent adressändring hade Aferdita blivit orolig och trott att maken skulle uppfatta det som om hon tog ut skilsmässa. Det vågade hon inte riskera. Däremot verkade hon utan problem acceptera att skriva in alla familjemedlemmars namn på blanketten, bortsett från makens bror. Men själva signaturen var ett bekymmer. Aferdita kunde inte skriva. Zana hade hållit handen om sin mammas hand och lyckats få till en spretig namnteckning.

Det som hade varit mest besvärligt hade varit att övertyga

Mona Fors om att familjen skulle få bo i den lilla oanvända stugan. Hon kunde absolut inte förstå vad det skulle vara bra för. Frida hade fått använda all upptänklig övertalningsförmåga och påpekat hur bra det var att huset nu blev kontinuerligt omskött, utöver att de gjorde en god sak.

– Tänk om de där männen dyker upp och stjäl allt som finns då? sa Mona ängsligt.

– Mamma, det finns inget att sno. Inte ens TV:n är värd en spänn. Och varför skulle de ta nåt därifrån, då förstör de ju för sig själva?

– Sånt vet man aldrig. Människor är så olika.

– Jag minns att du alltid pratade om alla människors lika värde när jag var liten. Gäller inte det längre?

– Nu är du bara dum. Du vet vad jag står för, men tjuvar och kringstrykare är ju nåt annat, sa Mona indignerat.

– Nyss ville du att jag skulle ta ansvar för huset. Nu gör jag det, sa Frida.

– Det är ditt arv som försvinner, sa Mona. Jag kan ju inte hindra dig, men jag hoppas att du vet vad du gör.

Frida hade jobbat på som vanligt, och det var lättare både att hitta nya vinklar och få feedback när kontakten med Åke och redaktionen var tätare. Nu var det torsdag och arbetsgrupperna skulle samlas i missionshuset igen för att utvärdera vad de hade kommit fram till. Fridas roll den här gången var helt enkelt att rapportera som från vilken föreningskväll som helst.

Skogbys fru, Helen, hade samlat sitt långa mörka hår i en tjock fläta på ryggen. Det var hon som hade fixat fika den här gången. Det var kaffe på termos och tigerkaka. De var bara ett femtontal som hade samlats vid bordet i mitten av den utkylda salen. Dani var med, med flygblad under armen. Han log stort mot Frida och frågade om hon hade fått hans mail. Frida fick tänka efter. Det kändes så längesen, men så mindes hon paradismeddelandet.

– Ja, vilken underbar film. Vad du kan! Hur hade du gjort? Det måste ha tagit jättelång tid.

– Ett par nätter bara. Jag kan allt om jag bara vill tillräckligt mycket. Och igår vann jag trettiotusen.

– Grattis!

– Jag har köpt en flaska champagne tills du kommer nästa gång, men då ska jag inte somna.

Frida blev både glad och lite stressad över de upptrissade förväntningarna. Menade han verkligen allvar med sin amorösa invit? Han kunde väl ändå inte tro att hon och han hade förutsättningar att bli ett par? Eller hade de det? Kanske var det bara hennes egna fördomar som hindrade en sådan utveckling. Dani var ju inte precis den sortens man hon hade lockats av hittills. Han var så ung, och fjunig och … annorlunda.

Anders Skogby förklarade mötet öppnat och berättade om vad de vidare kontakterna med Magnus Nyström och Cartago Copy hade gett. Slutsatsen var – inga undantag. Regeln om hundra invånare gällde alltså även Bruseryd, oavsett tjat och opinion. Det enda Nyström hade kunnat ge som ett litet halmstrå var att de kunde avvakta fyra veckor med att räkna av folkbokföringen för orten, eftersom både sportlov, konferenser, tjänsteresor och diverse andra ledtider skulle klaras av innan man fattade det slutgiltiga beslutet om kartans layout. Skogby försäkrade att han verkligen hade kontrollerat att han uppfattat saken rätt. De hade alltså fyra veckor på sig att bli hundra stycken. Förra veckan var de åttiosju.

Agnes räckte upp handen och bad om ordet.

– Vi är inte åttiosju längre, vi är nittiofem.

Nog för att snacket hade gått om nykomlingar i byn, men att de faktiskt kunde räknas som bofasta var okänt.

– Är det inte bara tillfälligt? frågade Björkman skeptiskt.

– De är folkbokförda här nu. Så det är på riktigt. De räknas, sa Agnes.

Ett blandat viskande uppstod.

– Stämmer det som jag hört att de kommer från Albanien? fortsatte Björkman.

– Kosovo heter det nu. Det är erkänt som nation, påpekade Agnes.

– Är det seriösa människor då? frågade Skogby.

– Nog behöver de nånstans att bo alltid, sa Agnes. Kvinnan är i rätt dålig kondition, men flickorna är det full fart på.

– Männen då? Är det redigt folk? sa Eiwor.

– Dem vet vi inte mycket om, de är inte med. Men de har i alla fall sin permanenta adress här, och det har vi ju nytta av just nu, sa Agnes.

Det var bara Frida och Åke som visste hela sanningen. Agnes hade fått en mildare version där männen framställdes som kringresande diversearbetare som nu hade uppdrag på annan ort men skulle komma efter senare. Ingen idealisk lösning, tyckte Frida, men hon kom inte på någon bättre själv.

Ett intensivt diskuterande uppstod som inte avtog förrän Skogby klingade i kaffekoppen.

– Jaha, ordning! Hur har det gått för gruppen som skulle fundera på om vi kunde locka hit några andra. Eiwor?

Eiwor reste sig upp och vek ut ett papper med stödord. Pärlor av svett trängde fram på överläppen i hennes rödbrusiga ansikte.

– Vi har gått runt och pratat med folk i byn och hört efter vilka som skulle kunna tänkas ha intresse av att flytta hem. Det ser väl ganska mörkt ut. Vi hoppades ett tag på Mats och Annika, men det föll tydligen inte alls i god jord hos Annika. Tyvärr. Den enda vi kom på var Harry Jonssons systerdotter, men hon bor visst i London och var inte intresserad.

– Har ni frågat han med kiosken? frågade Agnes och nickade åt Danis håll.

– Jag heter Dani, sa Dani tydliggörande.

– Eh ... nej, sa Eiwor tvekande. Borde vi ha gjort det?

– Det tycker jag, sa Agnes.

Alla blickar vändes mot Dani, som såg extremt udda ut i gruppen, kvällen till ära med en basebollkeps bak och fram. Han tycktes nervös av uppmärksamheten, och sa trevande:

– Jag har flygblad till min kiosk. Kan jag dela ut dem nu?

Eiwor sträckte på sig och bestämde sig för att göra sin läxa lite bättre.

– Du kommer ju från storstan har jag förstått. Har du kanske några släktingar eller vänner som skulle kunna tänkas vilja flytta hit?

– Jag flyttade ju hit för att komma ifrån dem, sa Dani frågande.

– Men har du ingen bror som kunde flytta hit och hjälpa dig med kiosken? fortsatte Eiwor.

– Hjälp med kiosken behöver jag inte för än så länge är det ingen som handlar. Många bröder har jag i och för sig. En som jag vet är arbetslös ...

– Ja? Hur är han då? försökte Eiwor.

– Dum i huvudet, suckade Dani trött. Han bryr sig bara om brudar och bidrag. Han skulle inte passa här.

– Har du nån syster då?

– Flera, men bara en som är vuxen. Fast hon älskar asfalt, kändisar och pengar. Hon vill köa på Stureplan varje dag.

Frida antecknade för fullt när Björkman begärde ordet. Han hade kvällen till ära bytt ut arbetsbyxorna mot gabardin och tagit den nya Lantmännenkepsen istället för den gamla. Han var visserligen krum och rynkig, men hade alltid ett slugt leende på lut som gav honom en trivsam utstrålning, och han hade allt mer börjat framstå som gruppens mest oväntade tänkare.

– Om jag har förstått saken rätt måste vi vara hundra personer folkbokförda här om fyra veckor. Då kommer vi med på kartan, eller hur? Samtidigt kan man ju gissa att de inte har råd att göra om kartan varje år. Så bara vi är med nu kan vi få fortsätta vara med ända tills de gör om den nästa gång. Det kan ju i bästa fall ta några år. Det innebär att vi kanske kan be några vänliga själar folkbokföra sig här, och sen när allt är avräknat kan de flytta hem igen.

– Varför skulle nån vilja göra sig det omaket? sa Eiwor skeptiskt.

– Vi kan väl skramla, sa Björkman med ett leende spelande i mungipan.

Det blev tyst i gruppen. Den nya tankekullerbyttan tvingade alla att verkligen fundera. Till sist tog Skogby till orda:

– Du menar att vi skulle muta dem?

Björkman skrockade.

– Det är väl synd att kalla det muta. Kalla det inflyttningsbidrag. Sen kan ju inte vi rå för om de inte trivs.

– Det hade möjligen min syrra kunnat nappa på, sa Dani.

Diskussionen pendlade fram och tillbaka, förslag föddes och skrotades, kaffet och kakan tog slut. Man avslutade med att bestämma en ny mötestid veckan därpå och beslutade att alla skulle fundera på nya lösningar till dess. Det sista Frida skrev i sitt anteckningsblock var; fem personer fattas.

Frida funderade på hur hon skulle ta sig hem. Det var i alla fall ett par kilometer. Att gå ensam längs småvägarna mitt i natten lockade henne inte. Men Micke hade försäkrat att hon antingen kunde sova över, i eget rum, eller att han kunde följa henne hem till fots, även om det innebar att han fick gå ensam tillbaka. Det hade varit bra med en cykel, men det hade hon ingen. Därför hade hon ändå tagit bilen. Hon körde in på gården vid det röda huset och log för sig själv när hon såg att han hade tänt marschaller på trappan. Det var till att slå på stort.

Hon hade aldrig varit inne i huset, och var nyfiken på hur han hade det. Han var faktiskt en riktig rockstjärna som måste ha bott i lyxiga hotellsviter runt om i hela världen. Så mycket han måste ha sett och varit med om. Han hade gjort den där resan som hon själv hade drömt om, fast från ett annat håll. Hon kanske borde ha bett om att få göra en intervju? Den tanken hade inte ens slagit henne. Hon kanske kunde fråga ikväll, eller också var det för påfluget. Men det var ju egentligen inget för Smålandsbladet, en sådan text borde hon sälja till en kvällstidning eller veckotidning. Hon undrade om Åke skulle tycka att det var okej att hon gjorde uppdrag för någon annan. Det var en senare fråga.

Micke mötte på trappan. "Moondance" med Van Morrison strömmade på hög volym ut ur huset och han gav henne en stor kram och ett glas rött redan vid dörren. Ansiktet var spisrosigt, blicken lite simmig och han doftade nyduschad och dyr parfym i sin lite för uppknäppta röda skjorta, sina slitna Levi's och med de bara fötterna i nötta Converse.

Det gamla lantköket doftade kryddor och mustig viltgryta. På bänken låg drivor av färska frukter och grönsaker, och hela rummet var fyllt av tända ljus. Längs väggen stod tre olika gitarrer, en nylonsträngad, en stålsträngad och en gammal röd Fender Stratocaster. På en vägg hade han häftat upp foton från olika konserttillfällen där han själv syntes i bakgrunden på scenen. Frida kände igen Chrissie Hynde, Mick Hucknall, Michael Hutchence och en ung Robbie Williams. Fast de befann sig mitt på bonnlandet, långt ifrån allt, tyckte Frida att det kändes som om hon var i världens mitt. Det fanns något oerhört lockande och attraktivt i hela situationen.

Micke demonstrerade stolt sitt nya fynd som han hittat på tippen – en popcornmaskin från åttiotalet. Den tidigare så talträngde mannen pratade på som den värsta försäljare om hur själva apparaten fungerade. Han garanterade att han hade rengjort den minutiöst och ville absolut att Frida skulle ha total uppmärksamhet på processen när själva poppandet satte igång.

Han skrattade högt åt maskinen när popcornen fyllde skålen och började spruta ut över bänken. Frida förstod inte riktigt vad det var som var så roligt, men skrattade med i hopp om att förstå. Han fyllde på hennes vinglas flera gånger innan de ens började äta. Frida blev rosig och lättfnittrad. Han berättade turnéminnen om diviga stjärnor, underliga arrangörer, försvunnen utrustning, missade plan och bisarra upplevelser på många, långa, sena, skumma, blöta fester. Frida kände sig som kusinen från landet som blev inbjuden i en annan skimrande, gnistrande, spännande värld späckad med genialitet och brutna tabun. Grytan var het och mustig efter att ha kokat i timmar, vinet kryddigt och bärigt. Ljusen gjorde köket varmt och ångande och Van Morrison sjöng ”Have I told you lately?” när Micke plötsligt slutade skratta och sa allvarligt: ”Men du då? Jag vet ingenting om dig. Jag vill veta allt om dig och dina drömmar.”

Frida berättade om uppväxten i den idylliska villastaden, om den fina familjefasaden som skydd för konflikterna, om pappans ständiga otrohetsaffärer, mammans oro och mindervärdeskomplex som övergick i bitterhet och elakheter när sjaskigheterna kom i dagen, den infekterade skilsmässan och sedan... den totala tomheten, känslan av att inte ha någon och samtidigt de inre kraven på att lyckas i livet. Hon berättade om mormors liv i torpet i Bruseryd och sitt eget i den lilla lägenheten i Strömmensberg. Om rädslan för att inte ha någon nyhetsnäsa, men den stora lusten till språket och viljan att få höra andra människors historia. Hon tyckte att hon la hela sitt liv i hans simmiga, blöta blick. När hon tystnade sa han:

– Men vem är du egentligen?

Hon kände sig dum. Vad menade han? Hon hade ju just berättat. Hade hon berättat fel saker, eller hade han inte lyssnat? Han böjde sig fram över bordet och la sin ärriga hand på hennes.

– Jag behöver ju veta om det är dig jag ska gifta mig med...

Bara de orden, bara förnimmelsen av löftet, att någon skulle vilja dela resten av sitt liv med henne gjorde henne så löjligt mjuk och varm inuti. Med bultande hjärta funderade hon på hur hon skulle svara, kanske något om att de inte kände varandra än, eller hur han såg på åldersskillnaden och hur han tänkte sig sitt framtida liv. Hon kunde nästan erfara känslan av vitt, frasigt siden mot kroppen, se den prunkande brudbuketten med rosor och fresia, höra röster från internationella gäster, levande musik, klirrande champagneglas på en altan med eftermiddagssol någonstans på Rivieran och se honom framför sig med rufsigt hår och stilren sextiotalskostym… Rusig av värme och förväntan var det som att hon inte riktigt såg eller kände vad som höll på att hända.

– Nu vill jag knulla, sa Micke plötsligt.

Frida skrattade generat, ryckt ur sin dagdröm.

– Det kom hastigt på.

– Kom igen. Jag behöver det.

– Det är möjligt, sa Frida mer vaksam nu, men det går för fort.

– Inte för mig. Och jag vill knulla nu. Fy fan vad jag vill knulla.

Det snurrade och susade i Fridas huvud av motstridiga signaler och känslor och hon visste inte hur hon skulle kunna väcka sig själv till att få igång försvarsapparaten. Hur skulle hon hantera situationen? Bara springa ut i mörkret, eller försöka prata sig ur situationen? Han tog ett hårdare tag om hennes arm.

– Micke, förstör inte det här nu. Det är för tidigt, sa hon och hoppades att paniken inte hördes i rösten.

Han böjde sig fram över bordet och borrade in näsan mot hennes hals och slickade henne hårt och hungrigt från skulderbladet upp till örsnibben. Hon satt stel som en pinne. Så plötsligt släppte han henne och lutade sig bakåt på stolen med ett asgarv.

– Vad spänd du är. Slappna av! Du trodde väl inte att jag skulle våldta dig?

Frida skrattade försiktigt med av lika delar nervositet och lättnad. Så såg hon hur det började rycka i hans underläpp, hur ögonen fick en rödaktig ton och började svämma över av tårar.

– Förlåt, förlåt... förlåt, som fan. Fel av mig, sa han och la huvudet i hennes knä.

Frida satt valhänt, osäker och alldeles för berusad och funderade på vad hon skulle göra med en gråtande rockstjärna i knät. Hon strök honom försiktigt över håret.

– Jag behöver nån som du, gnydde han i knät. Du kunde bo här. Eller så skulle vi köpa ett annat hus. Ett stort träslott med torn och tinnar och hemliga rum och en allé utanför. Du skulle gå runt här, barfota, i mina rum medan jag skriver låtar.

– Jag då? frågade Frida innan hon hann tänka efter. Vad skulle jag göra medan du skrev låtar?

– Vänta barn och odla och meditera, kanske skriva en bok eller måla.

– Du är ju patetisk, fnös Frida och knuffade upp honom ur knät.

– Säg inte så! röt Micke och satte sig hastigt upp med en otäckt irrande blick. Jag hatar när ni säger så!

– Vadå ni?

– Så sa alltid Sophie! Jävla Sophie! Min Sophie, sa Micke och började gråta igen.

Äntligen började Frida få fatt på en tydlig känsla och hon kände hur trött, irriterad och förbannad hon var. Hon funderade på hur hon skulle säga att hon måste gå hem när han abrupt slutade snyfta, reste sig och bytte skiva. Han frågade hur hon ville ha sitt kaffe och betedde sig som det var en alldeles vanlig, trevlig middagsbjudning.

– Hon var konstnär. Den vackraste kvinna jag har sett, långt mörkt hår, bruna ögon och alltid målarfärg och jord på händerna. Vi bodde tillsammans i London i ett hus med trädgård. Hon hade gröna fingrar, odlade grönsaker och marijuana. Hon fick allt att växa. Fast hon drog ju ner på det när hon väntade Liam.

– Vem är Liam?

– Min son. Han borde vara fyra nu.

– Jag visste inte att du har barn.

– Vi har inte känt varann så länge, du och jag, eller hur? sa Micke och fyllde på sitt glas. Jag har inte träffat honom på flera år.

– Varför inte?

– Hon vill inte se mig mer.

Micke höjde volymen och öppnade fönstret på glänt. Ett stråk av isig luft drog genom den heta kryddiga luften och blåste ut två av ljusen. Frida tänkte att hon borde passa på att rusa ut nu när han stod med ryggen mot, men nyfikenheten tog överhanden. Dessutom fanns ju risken att han blev ännu mer irriterad.

– Vad hände? frågade hon så milt hon kunde.

– Den jävla subban hade ihop det med en av mina polare när jag var på turné. Jag blev förbannad. Man måste väl få reagera?

– Visst, sa Frida neutralt och undrade hur den reaktionen hade sett ut. Men du måste väl ändå träffa ditt barn?

– Får inte, sa Micke. Besöksförbud. Får jag lov?

Han vred upp volymen på "Brown eyed girl" och sträckte fram handen. Frida vågade inte annat än att ta emot den. Hon slöt ögonen och bara följde hans rörelse på det gamla plankgolvet och tänkte att om den här dansen hade varit bara en kvart tidigare så hade hon varit berusande lycklig. Nu hade den ett helt annat innehåll. Hon kände hur hans händer gled ner över ryggen, ner mot svanken, sedan släppte han taget och tog tag om låren på henne. Han gungade underlivet tätt mot hennes kropp.

– Röker du? sa Frida.

– Bara gräs, sa Micke och fortsatte trycka sig mot henne.

– Jag ska bara hämta mina cigg i bilen, sa Frida. Kommer strax. Okej?

– Skynda dig tillbaka, sa Micke och lät henne gå.

Frida tog lugnt på sig jackan, släntrade ut på trappan, stängde dörren bakom sig och sprang, sprang, sprang. Hon kastade den fiktiva brudbuketten i farten. Molotov. Hur dum får man vara?

Agnes tyckte att det var spännande. Hon visste att många var rädda för och avoga mot människor från andra länder, men för henne, som alltid hade drömt om att resa, var det som om världen kom till henne, nu när det ändå var försent för ett eget uppbrott. De senaste veckorna hade varit omtumlande på många sätt. Först Frida, som var något helt annat än Harriet, sedan de stormiga stormötena och nu Aliana och hennes familj. Hon kom på sig själv med att ligga på kvällarna och fundera ut enkla små förbättringar i stugan och olika sätt att aktivera barnen. Hon hade bett Eiwor om hjälp att handla handarbetsmaterial och pysselsaker på en butik i Eksjö, och hon hade letat upp gamla mönster från tiden som textillärare. Kanske skulle Aliana tycka det var roligt att väva. Fast det var ju bökigt att ta dit vävstolen. Hon fick börja med något litet broderi eller kanske en stickning. Hon försökte hitta motiv som skulle tilltala en ung flicka, kanske någon seriefigur eller så.

Hon hade försökt få kontakt med Aferdita, men det var som om hon varken såg eller hörde. Agnes hade ju läst om de apatiska barnen, men hon visste inte om det kunde drabba vuxna. Kanske behövde hon bara vila och bli frisk för att kroppen skulle orka ta in signaler utifrån. Hittills hade Agnes sett till att få skjuts, i alla fall till avtagsvägen vid Hultet. Därifrån var det inte långt att gå. Hon tyckte att hon borde åka dit en stund varje dag, hon som hade tid. Det var roligt också, med lite liv och barnskrik. Men det var tradigt att vänta på skjuts hela tiden. Agnes hämtade nyckeln i skåpet och gick ut till det lilla uthuset. Hon låste upp hänglåset och tände ljuset. Cykeln stod kvar. Det var damm och spindelväv på sadeln, och lite luft i däcken, men annars inget fel. Hon baxade ut den genom dörren och tog pumpen från hyllan. Det var svårt att få hjulen i rätt läge, och svårt att böja på ryggen, men det gick. Hon pumpade och lyssnade. Inget pys. Det kanske inte var punktering. Hon kände på däcken och torkade av sadeln. Om däcken fortfarande var hårda när hon hade druckit kaffe och packat ihop garn och mönster kanske hon skulle våga prova fast det var många år sedan. En sällsam lust och värme vaknade i Agnes bröst vid blotta tanken på att återigen få sitta bredvid och visa hur nålen skulle gå.

Det hade tagit nästan en timme att gå hem i natten, men Frida var tacksam att hon ändå hade gjort det. På vägen hem hade tankarna pendlat mellan att det verkligen var nära att hon hade råkat illa ut och klandrande funderingar om hon hade gjort för stor sak av något som egentligen var rätt harmlöst. Hon gick igenom händelseförloppet i huvudet gång på gång. Hade hon på något sätt bjudit in till sex utan att själv begripa det? Var det i själva verket en helt naturlig reaktion från hans sida? Var det sådant man fick räkna med när man gick bort på middag med en okänd, betydligt äldre, världsvan man? Mest kände hon sig skitig och fånig över att hon hade låtit sig rusas av propåerna om giftermål. Var hon inte mer modern än så, att en gammaldags dröm om bröllop fick henne att tappa fattningen? Bilen stod kvar på hans gård. Hur skulle det bli att hämta den? Vågade hon ens gå dit själv? Eller var hon fånig nu?

Det hade varit svårt att somna. På natten hade hon drömt om Peter. I drömmen var han stark, trygg, vacker och uppmuntrande och det fyllde henne med sådan tillfredsställelse och styrka. Men en dag när hon kom gående på gatan längs det stora, grå hyreshuset såg hon att Peter inte bara bodde i hennes lägenhet. Han bodde i alla lägenheter, med olika kvinnor. När han gick ut från en lägenhet gick han in i en annan. Överallt nya famnar, nya leenden, nya löften. När Frida tog hissen upp och konfronterade honom förklarade han det absurda i hennes idé om att han bara skulle vara med henne. "Det förstår du väl", sa han, "att du inte skulle räcka till för mig. Hur kunde du inbilla dig det?" Hon kände sig om möjligt ännu mer illa till mods när hon vaknade än när hon somnade, nu dubbelt besviken. Hon väcktes av en irriterande ljudsignal. Det var Cilla i mobilen som undrade om hon hade läst Aftonbladet.

– Det står om Peter. Han har blivit avstängd!

– Va? Från tidningen? Vad har han gjort?

– Han har tydligen skaffat fram sekretessbelagda uppgifter genom att i telefon utge sig för att vara polis, sa Cilla.

– I vilket sammanhang?

– Du vet den där skådisen som påstods ha försökt hämta sitt barn i drogpåverkat tillstånd. Det kom fram att ingen i dagispersonalen hade pratat med nån annan än polisen. Eller vad de trodde var polisen. Han måste alltså ha ringt dit och sagt att han var polis för att få storyn.

– Så får man ju inte göra.

– Nej! Verkligen inte. Så nu är han nog inte lika kaxig. Han får inte jobba förrän det här är utrett.

– Jag fattar inte varför? Han är ju så duktig ändå. Fast man ska väl inte döma än. Han kanske inte har gjort det.

– Klart att han har. Du känner ju Peter. Han går över lik utan att blinka. Var glad att det tog slut.

Frida kände sig inte riktigt redo att glädjas över det utan valde att kontra med en motfråga:

– Hur är det med dig och Janne då?

– Skit. Jag är så jävla trött på att ha en söndergråten, patetisk femtioåring hemma i min lägenhet så att jag kan spy.

– Men kör ut honom då!

– Han är ju min handledare och klassföreståndare, nästan skrek Cilla i telefonen. Och säg inte "vad var det jag sa". Det här blev inte alls som jag hade tänkt mig. Förresten funderar jag på att hoppa av. Stadskansliet är så trist så jag dör och jag tror inte att journalistik är min grej heller.

– Lägg av! Du får inte ge upp nu. Det är ju inte så långt kvar, och det är ändå en okej utbildning. Dessutom skulle du i så fall ge dina föräldrar rätt, att du inte kan genomföra nånting.

– Just nu vill jag bara härifrån …

– Kom hit då. Du kan komma nästa helg. Här händer absolut ingenting, men det kanske är precis vad du behöver.

– Nästa helg fyller mamma år. Då måste jag vara hemma.

– Helgen efter då?

– Går det tåg?

– Det är klart det går tåg.

– Okej. Om två veckor då. Men då måste du lova att introducera mig för den där Micke Molotov. Det är kanske mannen i mitt liv.

Frida skulle just börja berätta när Cilla sa hej då och la på.

Det var grått i rummet, kyligt. Hon såg nu att saintpaulian slokade. Den hade inte fått vatten på säkert en vecka. Hon måste bli bättre på att komma ihåg sådana saker, och på att plocka bort de vissna bladen så att det kunde komma nya. Frida släppte mobilen och sjönk tillbaka på kudden och suckade över allt hon hade fått veta. Så Peter var avstängd … Om han var deppig kanske det var just nu hon skulle skicka ett sms?

Åke undrade vad det var som var så annorlunda. Han rörde försiktigt på huvudet, öppnade och stängde munnen, provade lungorna. Ingen huvudvärk, inget illamående och bara ett svagt tryck över bröstet. Kunde det vara så enkelt att han inte var bakis? Trots att det var lördagskväll hade han lyckats hejda sig efter tre folköl, och han hade inte spetsat. Den här gången ljög han inte ens för sig själv. Det var sant. Sedan hade han gått och lagt sig med en bok istället för att somna framför TV:n. Det var en berättelse om en fattig pojkes uppväxt i ett krigshärjat land. Åke brukade inte låta sig påverkas av saker han läste, och framför allt inte orka sätta in sig själv i ett större perspektiv, men nu hade det blivit så påtagligt. Så lyckligt lottad han var, egentligen. Vilken rätt hade han att tycka så otroligt synd om sig själv när det fanns människor som hade det svårt på riktigt? När han låg där med boken hade han tänkt att han borde skämmas som tillät sig att vältra sig i sin egen olycka. Vilken fjant han var. Den självömkande fetknoppen från Eksjö. Han skrattade åt sig själv. Var det detta all strävan slutligen hade resulterat i?

Det snörpte till i magen. Han inväntade det vanliga suget efter pizza och återställare. Nog hade han en Billys i frysen? Fast snålvattnet rann inte till när han tänkte på det. Tvärtom fick han en känsla av äckel vid tanken på den feta doften av mikropizza. Det var något annat han var sugen på. Kanske juice? Färsk apelsinjuice, med en liten skvätt starkt från skåpet. Eller, nej, ingen skvätt. Inte idag. I alla fall inte nu, så här tidigt. Kanske senare. Nej, inte senare heller. Han borde sluta med den där skiten. I alla fall med pizzan. Varför åt han inte gröt med mjölk som förr om åren? Hade han inte sett havregryn i skafferiet? Fast då måste de vara mer än tre år gamla. Hur länge kunde havregryn hålla sig? Inte så länge. Han måste köpa nya. Han måste till Hemköp och handla bättre mat. Leverpastej och gurka. Kanske frukt. Då kunde han passa på att köpa nya städsaker. Det var dags att ta itu med skiten hemma, röja, slänga och skrubba. Det fick vara nog med surlukt och unkenhet. Idag skulle det vädras. Fullständigt korsdrag. Kosta vad det kosta ville på elräkningen.

Dessutom hade ju Björkman ringt och sagt att cyklarna var klara. Alltså borde han köra ut dem till den nya familjen, så att de kunde röra sig friare.

För första gången på tre år hade Åke fullt upp en alldeles vanlig söndag.

Frida hörde hur det knackade på nere hos Agnes. Varför öppnade hon inte? När knackningarna envist fortsatte i allt mer bisarra rytmformationer slängde hon på sig joggingbyxor, tröja och tofflor och sprang nerför trappan. Där stod en ung man i mörkblå, gammaldags uniform och en stor, sliten skärmmössa. Han vände sig om när han hörde stegen i trappan. Det var Dani, i givakt, med ett tjockt silverfärgat kuvert i handen.

– Godmorgon, sköna dam. Vilken underbar dag!

– Vad har du på dig?

– En stinsuniform, tror jag. Jag hittade den på vinden. Mycket bra kvalitet. Äkta ull. Den passar! Ser du?

– Ja, men varför?

– Jag kommer med post till Agnes och ville se ut som en brevbärare. Visst är det likt?

– Väldigt, log Frida. Vad är det för post som kommer i silverkuvert en söndag?

– Åh, inget särskilt, bara en liten skämtsamhet vi har ägnat oss åt.

Så berättade Dani om kvällen när Agnes och hans arbetsgrupp hade möte hemma hos honom för att komma på nya idéer som kunde locka folk till Bruseryd. Agnes hade blivit alldeles fascinerad av alla skärmar och det hade slutat med att Dani hade hållit en lång föreläsning för gästerna om hur internet fungerade. När han hade berättat att man kunde söka efter gamla bekanta på nätet hade Agnes blivit alldeles till sig. Hon ville absolut ha kontakt med sin gamla ungdomsväninna Britta Bergström, som gick i samma klass på sömmerskeseminariet. Hon hade läst i Smålandsbladet att det fanns en Britta Bergström i Värnamo och hon undrade så om det kunde vara hon. I så fall var det ju nära, och då kunde de kanske träffas och prata som förr. Alltså hade de gemensamt formulerat ett brev, ett mail, och sedan hade de skickat det till Britta i Värnamo.

– Fast jag tänkte ju att man inte kan vara säker på att det är just hon så när Agnes hade gått hem skickade jag till alla andra Britta Bergström i Sverige också.

– Du är inte klok, sa Frida och satte sig ner i trappan.

– Det här är svaren.

– Var det hon i Värnamo?

– Nej. Men den tanten blev så glad över att få mail att hon undrade om de inte kunde brevväxla ändå, fast de inte kände varann.

– Bingo! Fanns rätt Britta bland de andra då?

– Nej, sa Dani och skrattade. Men hon får massor av nya vänner.

Skratten dog ut och kvar blev tysta leenden.

– Om du vill kan jag ge henne kuvertet när hon kommer hem, var hon nu är, sa Frida.

– Tack gärna. Utmärkt. Men bara om jag får återgälda tjänsten. Helst omedelbart eftersom jag ändå är klädd. Kanske kan jag erbjuda mitt sällskap på en promenad? Du ser ut som du ska motionera. Ull är ypperligt för motion.

– Var får du allt ifrån? sa Frida och skakade roat på huvudet. Faktum är att jag skulle behöva gå och hämta min bil, och när jag tänker efter vore det nog väldigt bra med lite sällskap.

Dani rättade omsorgsfullt till skärmmössan och spände dramatiskt blicken i henne.

– Vi ska gå hand i hand genom livet du och jag, sa han allvarligt.

– Det är en bra bit att gå, bara så du vet vad du ger dig in på.

– Inga problem. These boots are made for walking. En klyscha, jag vet, men så är det faktiskt, sa Dani och tittade ner på sina svarta herrskor.

– Du är helt knäpp, vet du det. Vänta här så ska jag bara springa upp och hämta jackan och bilnycklarna.

Agnes hade insett att hon var fullständigt från vettet. Hur många brutna lårbenshalsar hade hon hört om? Att frivilligt ge sig ut och cykla, för första gången på tio år, dessutom i februari, kunde inte betecknas som annat än ren galenskap. Eller storhetsvansinne. Det var med adrenalinet pumpande i kroppen på ett sätt som hon inte känt på åratal som hon hade tagit fart med högerfoten och fokuserat på att hitta balansen. Styret hade svängt och slängt. Farten var inte tillräcklig. Men så hade hon fått till en riktigt bra dubbelspark och plötsligt bar det. Hon satte högerfoten på trampan och fick snabbt ner rumpan på sadeln. Cykeln krängde till just när hon satte sig och hjärtat slog ett extra slag när hon förberedde sig på smällen som kanske skulle spräcka bäckenet. Men den kom aldrig. Det vinglade och for, men det gick. Sakta fick hon upp farten och med den kom balansen och så småningom en känsla av sväv. ”Man ska svääävva fram!” hade hennes far sagt när han lärde henne cykla en gång i tiden. Och Agnes svääävade. Förbi Björkmans hus, synd att han inte tittade ut, och bara några sekunder senare också förbi Eiwors. Trots att tempot var högst makligt tyckte Agnes att det gick med en rasande fart. Hon kände sig lätt och osårbar och alldeles fri, som om hela världen låg öppen för henne, möjlig att nå av egen kraft. Med vinden i håret hade hon svängt norrut, bort mot avtaget till Hultet. Hon hade mönster, garn och material i en tygpåse i cykelkorgen. Hon tänkte på Aliana, på hur fingerfärdig flickan var. Om hon fick upp intresset för broderi fanns det inga gränser för vad de kunde skapa tillsammans, läraren och hennes begåvade elev. Trots att det blåste kallt över åkrarna hade Agnes känt värmen stiga inombords. Och nog började vinterdagern ge sig. Visst var det ljusare.

De var ett udda par där de gick. Hon i joggingbyxor, kappa och det ljusa håret som ett spretigt fågelbo på hjässan, han i sin mörkblå stinsuniform och skärmmössa. Dani gick och rapp-nynnade på en schlager: "Jag kan va varm, jag kan va kall, jag kan va allt du vill ha. Hur svårt kan det va?" Frida log för sig själv. Han verkade inte tycka att det var det minsta pinsamt.

– Gillar du schlager? frågade hon.

– Jag tycker att de är väldigt ... tydliga. Det är ett bra sätt att kommunicera. "I love Europe" är ju till exempel svår att missförstå. Det är skönt när man inte behöver undra. Jag tycker det är svårt när vissa människor säger en sak och egentligen menar nånting annat. Ibland menar de till och med precis tvärtom. De tackar ja till kaffe, men sen dricker de inte. Eller de säger att man är välkommen, men det är man inte.

– Är vi såna?

– Ibland. Jag tycker det är bättre att man säger det man menar.

– Gör du alltid det?

– Ja, sa Dani och drog en suck så djup att det lät som om den aldrig skulle ta slut. Har du funderat?

– På vad?

– Mitt förslag, förstås.

– Nu är jag inte riktigt med.

– Och du ska vara högutbildad? Du har gått på universitet, du har en pappa som skriver böcker, du har en mamma som är syokonsulent, och du förstår inte? Hallå lilla damen? Jag har ju frågat om du vill ha mig som Sveriges mest jämställda man.

Frida kunde inte hejda ett bubblande skratt.

– Du är ju för rolig. Jag tog det inte så. Jag fick ett fint mail, men hur skulle jag kunna ta det seriöst?

– Var inte det seriöst? Fattar du hur många nätter jag hade lagt på det? Skulle jag göra det om jag inte menade allvar? Jag lovar ju att göra allt du önskar, passa barn, diska, bädda sängen, byta däck om vi har nån bil, klippa ut rabattkuponger, slänga tidningar och köpa blommor när de gamla har dött. Jag lovar att jag blir den perfekta mannen.

– Men ... det är inte det det handlar om.

– Är det inte? Alla pratar ju om jämställdhet.

– Jo, men det måste ju vara kemi också, sa Frida.

– Ja ja, kemi. Jag har kemi, sa Dani. Jättemycket. Så det nästan rinner över. Vinner jag bara några turneringar till har jag till hela bröllopet.

– Åhhh, jag älskar dig för att du är så naiv och omedelbar!

– Där ser du, sa han gravallvarligt. Du sa att du älskar mig.

– Jamen, kanske inte så. Jag tycker du är underbar, men ... vi känner knappt varann.

– Jag lovar ju att göra precis som du säger.

– Det kanske inte är en sån man jag vill ha.

– Nähä?! Ska jag inte göra som du säger? Ja, jag kanske kan vara ojämställd också. Du får ta tvätten då. Och bädda. Det blir ändå inte tillräckligt slätt när jag gör det.

Frida stannade på vägrenen, tog Dani löst i armen och vred honom mot sig.

– Du är en pärla. Jag tycker jättemycket om dig. Du är en frisk fläkt i en unken gubbvärld. Kan det inte bara få vara så så länge? Måste jag ge ett svar?

– Jag kan ju inte tvinga dig, men jag vill veta, sa Dani och såg väldigt liten ut i sin stora skärmmössa.

– Jag lovar att du kommer att hitta rätt. Någon kommer att bli överlycklig över att få dig som världens mest jämställda man.

– Hur kan du lova det?

– Det är mer ett uttryck egentligen, men jag tror verkligen det.

Dani gick tyst och tittade i den tjälspruckna vägrenen.

– Jag vill att det är du, sa Dani.

– Det får vi se, sa Frida.

– Betyder det att det inte är du?

– Ingen aning. Men plötsligt en dag kommer allt bara att vara glasklart. Då är hon bara där.

– Är hon? Jag önskar att jag bara visste var, så kunde jag gå dit, sa Dani.

– Du är rolig.

– Säkert?

– Säkert, sa Frida. En av de roligaste jag känner. Och tänk på att vänskap oftast håller längre än kärlek, bara man vårdar den.

– Då gipsar vi, sa Dani, log och la vänskapligt armen om henne.

De passerade avtagsvägen till Hultet. Nu syntes Mickes röda hus längre fram längs åkrarna. Just här var himlen stor men påträngande grå. Frida kände hur det krampade i magen. Hon hoppades intensivt att han inte skulle vara hemma. De bytte samtalsämne och började prata om Danis försök att övertala storasystern att tillfälligt folkbokföra sig på orten.

– Hon säger att så mycket pengar kan vi inte skramla ihop som det skulle kosta. Hennes liv är för kort för att hon skulle vilja tillbringa några månader av det här.

– Synd. Har du inga andra som vill komma bort?

– Jag har tänkt och tänkt, men ingen vill komma på besök i mitt huvud.

Plötsligt stannade Dani till. Sakta lyfte han på skärmmössan.

– Men nu! Nu kom en idé! Visst skrev du om kvinnan på stenen?

– Gunnel, ja. Hon som förlorade sin familj. Läste du det?

– Den andra sonen. Hon hade ju en till. Vart tog han vägen?

– Honom som hon inte ville prata om. Ja, vad hände med honom? Det kollade jag aldrig upp.

– Han kanske längtar hem?

– Eller också inte. Deras relation verkade ju inte vara den bästa.

– Alla halmstrån är bra utom de dåliga, sa Dani. Vill en fågel bygga bo i ens huvud ska man vara tacksam och ta emot och gå sakta så att äggen inte trillar ut.

Frida sneglade frågande på honom.

– Vi får fråga honom, sa Dani. Vad har vi att förlora?

– Vi kanske väcker en björn som sover? sa Frida.

– Kan livet bli sämre för tanten? Hon kanske behöver gå ut ur sitt ide?

– Hur hittar vi honom då?

– Dani kan knepen. Jag har adress och telefonnummer till honom senast imorgon.

– Vad ska vi säga till Gunnel? sa Frida.

– Ingenting. Inte förrän vi har pratat med sonen.

– Hon har förlorat en son och har ingen kontakt med den andra. Vad kan han ha gjort? Vad skulle kunna få dig att bryta kontakten med ditt barn? frågade Frida.

– Ingenting. Jag skulle aldrig kunna överge mitt barn. Men jag gissar på "heder". Det brukar vara där det börjar.

– Vilken heder? sa Frida.

– Det får du ta reda på när jag har trollat fram adressen.

Aliana hade valt länge mellan Disneymotiven, men till sist bestämt sig för en stor prunkande solros. De hade plockat fram garn i gula, gröna och bruna nyanser och Agnes hade visat hur hon skulle börja. De satt i köket med vedspisen tänd. På vaxduken stod kaffekoppar och saftglas. Aferdita satt tyst på sin pinnstol, med ryggen mot bordet och tittade ut genom fönstret, ut mot åkern. Agnes lät nålen gå genom duken och förklarade. Hon hade försökt intressera Zana också men hon ville hellre måla naglarna nu när Trina sov. Zana och Aliana fick uppenbarligen ta ett stort ansvar för den lilla eftersom mamman tycktes befinna sig i en annan värld. Aliana provade och fick snabbt upp tekniken.

– Du är flink med fingrarna, sa Agnes uppmuntrande.

– Tack. Då skulle du se Kazan. Han kan ta en …

Plötsligt hördes Zanas röst från rummet intill:

– Aliana! Nu pratar du för mycket.

– Oj, sa Aliana och log ursäktande.

Agnes förstod inte riktigt.

– Är Kazan din bror? frågade hon.

– Ja, han är näst äldst.

– Har du hört nåt från din pappa och dina bröder?

– Igår. De är tydligen i Norge, sa Aliana medan hon stack nålen genom tyget.

– I Norge? sa Agnes förvånat. Vad gör de där?

– Jobbar, tror jag.

– Jaha … jag trodde de skulle komma till er?

– Kazan kanske kommer och tar hand om oss. Pappa och de andra måste jobba för att tjäna pengar.

– När kommer han då?

– Imorgon, eller om en vecka, eller om en månad. Sånt vet man aldrig. Vi brukar bara vänta.

– Det blir roligt att träffa honom, log Agnes.

Aliana blev snabbt färdig med den bruna tråden. Agnes bytte till den gula. Men då hade Aliana redan hunnit bli rastlös och börjat väga på stolen.

– Du kanske ska springa några varv runt huset innan vi fortsätter? sa Agnes.

– Varför då?

– För att du ser ut att behöva det. Och för att det är skönt.

– Då får du springa med!

Agnes skrattade.

– Jag? Jag kan inte springa … men jag kan gå ett varv medan du springer tre. Blir det bra?

Aliana nickade. Agnes satte nålen i tyget, la broderiet på köksbordet och gick efter Aliana som började springa redan i hallen, så fort hon kommit i skorna.

De möttes på trappan igen, Aliana blossande röd och flämtande, Agnes väckt av den februarikyliga luften.

– Jag vann, ropade Aliana triumferande.

– Du vann, konstaterade Agnes, fast du sprang tre varv och jag bara gick ett.

När de kom in i köket igen satt Aferdita vid bordet. I händerna höll hon solrosbroderiet. Hon var fullständigt koncentrerad och sydde med en precision, snabbhet och hängivenhet som bara en van sömmerska kan ha. Hon hade redan fyllt flera av de gula kronbladen. Agnes satte sig förvånat intill och log uppskattande mot Aferdita.

– Du kan?!

Aferdita mötte hastigt hennes blick, så en mening på albanska.

– Solros, tolkade Aliana. Hon har odlat solrosor.

Micke kom ut på trappan precis när Frida och Dani kom in på gården. Samma jeans, samma skjorta. Inget tydligt ansiktsuttryck. Frida fick tillbaka känslan av när mamma och pappa bråkade och hon själv satt i trappan och smyglyssnade, vettskrämd men ändå nyfiken på vad som skulle hända. Han måste vara vansinnigt arg på henne för att hon bara gick ut och försvann. Han hade ändå gjort sig till och ordnat middag och tänt ljus. Klart att han var förbannad och besviken. Borde hon ha varit mer tacksam? Men... han hade ju också förstört hennes kväll. Egentligen borde väl hon vara den som var arg. Eller?

Micke torkade sina blöta händer på en kökshandduk medan han gick nerför trappan, mot dem. Han slängde vant upp handduken på axeln och sprack upp i ett stort leende.

– Hallå där! Fan vad trevligt vi hade igår! Det måste vi göra om snart. Lite mycket vin kanske, men jag har sovit som en stock. Har du piccolon med dig?

Frida presenterade Dani och Micke för varandra, fullständigt överrumplad av den totala förnekelsen av det som hänt kvällen innan. Låtsades han bara, eller mindes han faktiskt inte vad som hade hänt? Det var som om det han hade sagt igår aldrig hade uttalats. Frida skrattade med i det allmänna småpratet, tackade för gårdagen och låste upp bilen. När de körde ut från gården frågade Dani sammanbitet:

– Säg ärligt nu. Är det din kille?

Frida skakade på huvudet.

– Finns inte på kartan.

På Lennarts Café i Eksjö, vid bordet längst in i hörnet, satt Annika med en stor latte och gjorde en plus- och minuslista. Hon var trött, hade sovit dåligt på soffan hemma hos en kompis efter gårdagens uppträde. Ännu en gång hade hon inte kunnat låta bli att dra upp Jeanette i diskussionen, trots att hon visste att hon hade lovat. Det var ju flera år sedan, det var utrett och sonat, men så hade han också hackat och rackat ner på henne, underkänt hennes argument och förringat hennes känsla av att trampa kvicksand i en inskränkt småstadsmiljö. Pluslistan var kort: Fortfarande ganska snygg, vältränad, rolig ibland, duktig journalist. Minuslistan var förödande lång: Egofixerad, överlägsen, modersbunden, förändringsobenägen, ohjälpsam, grinig, gnällig, dålig lyssnare och helt värdelös på bekräftelse… Bara hon tänkte tanken på att öppna dörren hemma och gå in i hallen så kunde hon erfara den rent fysiska känslan av att inte kunna andas. Alla år hon hade gått där och burit på ungar och väntat på att han skulle komma hem och ta över. Så kom han, lekte en kvart med barnen och snörde sedan på sig gympaskorna och stack ut och sprang. Hon lagade mat och åt med barnen. När det var dags att natta måste han duscha. När han var färdig och ville äta och prata var hon bara trött och förbannad.

När Frida började på tidningen hade hon känt igen sig själv som sådan hon kanske var en gång. Ung, fri, framåt. Vart hade den Annika tagit vägen? Var hon död?

Dani hade tagit av sig skärmmössan och nu stod håret rakt upp igen. Frida var glad att han satt bredvid. Hon sneglade på honom där han satt djupt nersjunken i passagerarsätet och tittade ut över de vinterkalla åkrarna.

– Vad mycket luft det finns, sa han plötsligt. Yta överallt liksom. Skönt.

– Ändå är vi för många, sa Frida. De sa på nyheterna att vi måste bli färre på jorden.

– Färre? Dani vände sig förvånat mot henne. Inte här, va?

– Det gällde nog andra delar av världen.

Den gula vägskylten mot Hultet avtecknade sig en bit längre fram längs vägen. Frida pekade mot skogen.

– Där inne ligger min stuga.

– Där de nya bor?

– Ja. Vi kan hälsa på om du vill?

– Varför inte. Jag har inget annat för mig.

Frida svängde in på den gropiga grusvägen. När de passerat första kröken sprack den jämngrå himlen upp i en smal, smal strimma där solen lyckades leta sig ner över den småländska skogen, låta sitt ljus spela i de höga granarna och skapa svartvita skuggspel på vägen.

– Jag tänkte på en sak med den där kartan, sa Dani.

– Ja?

– Kan vi inte bara göra en egen?

– Vadå egen? sa Frida medan hon växlade till trean.

– Vi kan väl strunta i telefonkatalogen och rita en egen karta där Bruseryd är jättestort. Stora, feta bokstäver över hela sidan.

– Men då är det ju ingen annan som ser den, bara vi.

– Räcker inte det?

– Tror inte det. Jag tror att det måste stå på den riktiga kartan som alla tittar på och där allting räknas.

– Jag förstår inte det där. Det räcker väl att vi vet att vi finns?

– Hur andra ser på en betyder kanske mer än man tror för hur man ser på sig själv.

– Jaha, sa Dani och tog ett djupt andetag. Hur ser du på mig då?

Frida skrattade och tittade på Dani.

– Lägg av. Börja inte gå med håven nu igen.

– Håvern?

– Håven heter det! log Frida. Det är ett uttryck för när nån vill ha beröm och uppmärksamhet.

– Vill inte alla det?

Skogen öppnade sig. I den tuviga gläntan låg det lilla huset med sina uthus, sin pump och sina rostiga gamla trädgårdsmöbler. Det lyste i köket.

– Är det här ditt? frågade Dani andäktigt.

– Mitt och mammas och brorsans.

– Det är ju ett paradis! Du måste vara här varje ledig stund, eller hur?

Frida skakade på huvudet.

– Ingen har bott här på många år.

– Konstigt. Här finns ju allt.

– Här finns ju inget. Inget bredband, ingen badplats, inga grannar.

– Men skog och mark och tystnad, sa Dani. Varför vill alla ha det som inte kan finnas överallt? Jag förstår inte.

Frida körde in på tomten och upptäckte till sin förvåning att det stod en bil parkerad bakom uthuset, Åkes guldfärgade Volvo kombi. Hon parkerade intill, såg de renoverade cyklarna bakom bilen, och förstod.

– Min chef är tydligen här. Honom har du träffat.

De gick ur bilen och Frida visade runt på tomten innan de gick upp på förstutrappan och knackade på. Just när dörren öppnades ringde Fridas mobil. Hon såg på displayen att det var Peter. Peter! I samma ögonblick såg hon Alianas förväntansfulla ansikte i hallen, det öppna leendet, sökandet efter kontakt, längtan. Två signaler gick fram. Frida tvekade, sedan på bråkdelen av en sekund gjorde hon det. Hon klickade bort samtalet.

Peter fick vänta.

Aferdita och Agnes satt i soffan och sydde. Ordlöst, men ändå med ett slags kontakt. Aferdita gjorde vissa stygn annorlunda. Agnes tittade och fascinerades. Det såg bakvänt ut, resultatet blev inte likadant, men fantastiskt vackert. Agnes pekade på nålen med en frågande min. Aferdita visade långsamt. Agnes försökte göra efter.

Åke och Dani försökte med gemensamma krafter begripa varför ugnen inte blev riktigt varm. De gissade på fasfel och undersökte än det ena, än det andra. Aliana satt vid köksbordet och trollade bort enkrona efter enkrona som hon lockade Frida att ta fram. Frida trodde varje gång att hon förstod tricket, men blev direkt lurad igen.

Det var varmt och mycket ljud i det lilla köket. Åke hade hängt av sig mockajackan. Dani hade tagit av sig skärmmössan och knäppt upp översta knappen på sin stinsrock. Kaffet hade precis runnit klart när dörren till Stickans sovrum öppnades. Ut klev Zana, med kolsvart hår i långa mjuka lockar, filmstjärnesminkade ögon med enorma fransar, en enkel vit skjorta, smala jeans och höga klackar.

– Vad många, sa hon förvånat. Var kommer alla ifrån?

Det hade börjat skymma när Frida lämnade av Dani vid kiosken. Han hade tackat för en fin dag och gett henne en lätt puss på kinden. Frida hade rodnat men ändå tyckt att det var rart. Agnes hade envisats med att cykla tillbaka. Åke krypkörde bakom henne och såg till att hon kom hem ordentligt.

Medan det mörknade kokade Frida te och gjorde varma smörgåsar i sin lilla lägenhet. Hon läste meddelandet från Peter för säkert tionde gången. När hon inte hade svarat och inte ringt tillbaka hade han skickat ett sms. Hon kunde inte förstå hur det kunde kännas lika pirrigt varje gång hon klickade på ”läs” trots att hon redan visste vad det stod: ”Ciao Blondie! Har två biljetter till nyinvigningen av East (vid Stureplan) på lördag. Vill du gå med? Du kan bo hos mig. Kram Peter.” Hur hade hon kunnat tro att det var över? Hela kroppen spratt och bubblade av blotta tanken. Nästan glömd var förnedringen och tårarna. Han hade väl kommit på bättre tankar. Kunde hon klandra honom för det? Till slut hade hon svarat: ”Har i och för sig inget för mig. Ska fundera på saken. Återkommer. Frida.” Hon var nöjd med att hon hade lyckats hålla sig så cool och låta ganska ointresserad trots att hela kroppen skrek ”ja”. Klart att hon skulle åka. När hon gick och la sig i den lilla kojan på vinden upptäckte hon för första gången på månader att hon hade ett kön som längtade efter kontakt, värme och friktion.

10.

Ett oväder från brittiska öarna hade dragit in under natten och gett närmare tjugo millimeter regn. Med nederbördsfronten kom strömmar av varmare luft in över landet. För första gången på året klättrade temperaturen över tio plusgrader och vädret var dagens samtalsämne vid morgonkaffet på redaktionen. Frida tyckte att Annika såg ovanligt grå ut. Mats höll sig hela tiden långt ifrån henne och pratade med andra.

Åke kom med synpunkter på lördagens och dagens tidning innan han började fördela uppdrag. Frida skulle förutom att kolla inkommande post på kommunen också ringa en meteorolog och få ihop en text om hur länge ”värmen” skulle hålla i sig. På höglandet var man inte van vid så höga temperaturer så här års. Det kunde absolut duga som nyhet.

När det närmade sig lunch plockade hon åt sig kvällstidningarna och bestämde sig för att gå och äta thaimat hos vietnameserna på Restaurang Sunrise i gamla stan. Hon förstod inte varför de hade thailändsk meny när de var från Vietnam, men det kanske var det Eksjöborna ville ha. Hon fick väl fråga. Det hade blivit så mycket umgänge i helgen att det inte gjorde något att hon inte hade något sällskap.

När hon kom ut på trappan satt Annika och rökte. Det såg ut som om hon hade gråtit.

– Lunch? frågade Frida mest för att vara artig. Jag tänkte äta thai.

– Om det är okej?

– Absolut. Och jag har två tidningar om du inte vill prata.

– Det kanske jag vill, sa Annika. Om du orkar?

De varma vindarna förändrade också vägbanans temperatur på riksväg 33. Tjälsprickor som uppstått under vintern gick sakta tillbaka när asfaltens kemiska föreningar expanderade. Oljekletiga stenar som skilts åt i frost och kyla böjde sig över avgrundsdjup makadam och förnam återigen kontakt med forna tiders bindningar. Grus och damm virvlade ner i sprickorna, blandades med tjära och nya ännu okända material uppstod.

Gunnel satt på sin sten. Dunkappan uppknäppt i fönvinden. I knät låg blocket, bredvid henne termosen. Hon satt alldeles, alldeles stilla med blicken fullständigt fokuserad. Hon tittade på en punkt femtio meter bort. Hon vågade knappt andas.

I vägrenen slog en röd bil av tändningen. En medelålders kvinna öppnade sakta dörren, klev tvekande ur och gick med långsamma steg i riktning mot stenen.

De hade ätit sin kyckling i röd curry, druckit sitt citronvatten och kallpratat om kvällstidningarnas nyhetsvärdering. Annika hade hämtat kaffe åt dem båda från buffébordet och när hon skulle ställa ner kopparna på den ljusgula duken skakade hon så kraftigt på handen att kaffet i den ena koppen helt skvimpade ut. Det räckte med en enda fråga för att öppna fördämningarna.

– Hur mår du egentligen? sa Frida.

– Jag har sovit dåligt bara, sa Annika och försökte le men ryckningarna i hakan gick inte att missförstå.

– Du ser ledsen ut.

Annika hämtade servetter och försökte koncentrera sig på att torka upp spillet så gott det gick. Frida reste sig och hämtade en ny kopp kaffe. Men snart satt de där vid lunchbordet igen, intill den porlande fontänen med sjöjungfru och plastlianer.

– Jag vet bara inte vad jag ska göra, sa Annika och satte huvudet i händerna.

– Med vad?

– Med … allt. Det känns som om ingenting är som jag hade tänkt.

Frida väntade, men det kom ingen fortsättning.

– Är det nåt som har hänt? frågade hon försiktigt.

– Nej, nej. Tvärtom. Snarare inte hänt.

– Jag fattar inte. Jag har ju märkt att du är ledsen och lite … ja, arg, men varför?

– Det är så mycket, suckade Annika och sjönk ihop.

– Gör det till en ingress, sa Frida och hoppades att skämtet inte skulle missförstås.

Annika brast ut i skratt och snörvlade.

– Du är ju rolig, sa hon och snöt sig. Eftersom jag redigerar är jag bättre på rubriker än på ingresser, men det skulle bli en väldigt lång rubrik.

– Det går trender i allting. Snart kanske det är inne med jättelånga rubriker.

Annika tystnade igen. Frida blev osäker. De kände ju inte varandra alls egentligen.

– Du behöver inte berätta om du inte vill. Vi kan prata om nåt annat.

– Det är det jag har gjort i alla år. Det kanske är därför jag mår så här, sa Annika.

– Ta det i stolpar då.

– I stolpar? Jaha. Då blir det väl ungefär så här: Ung kvinna från Eksjö drömde om stora utmaningar, ett utvecklande jobb och att se världen. Uppvaktades av drömmannen, blev kär, gifte sig, fick fast jobb på den lokala tidningen, köpte hus och tyckte att livet var fantastiskt. Världen kunde vänta. Den fanns ju kvar. Så kom fyra barn i rask följd. Hon: antingen mammaledig eller hemma med sjuka barn. Han: karriär på jobbet, löneförhöjning, träffade folk, skaffade hobbyer. Hon: ner i arbetstid för att kunna hämta och lämna, inga spännande arbetsuppgifter eftersom hon inte jobbade heltid, halkade efter i löneutvecklingen, försökte kämpa ikapp ändå, gick in i väggen, blev sjukskriven, segade sig tillbaka. Han: trött på sin gnälliga, missnöjda fru, otrogen med ung kvinna på annonsavdelningen. Hon: förlät, men inget blev bättre. Nu: hon funderar på att lämna hela skiten. Frågan är bara vart hon ska ta vägen ...?

Där brast Annikas röst och hon tittade bortåt i lokalen för att försöka blinka bort tårvätskan som vällde fram trots att hon kämpade emot allt hon kunde.

Frida hade inget bra svar på den frågan. Hon räckte valhänt Annika en servett. Det var säkert fel, men hon kom inte på något annat. Inte fick det gråten att avta, snarare tvärtom. Hon hörde hur Annika försökte dämpa en hulkning.

– Inte vill du väl egentligen lämna hela skiten? sa Frida till slut. Du behöver kanske bara ändra nåt litet, det som känns mest fel.

Plötsligt vaknade Annikas vrede och bitterhet.

– Jag sitter ju fast! Jag kommer ingen vart. Barnen finns här, jag måste bo här. Det finns bara en tidning att jobba på, och jag kommer aldrig att komma ifatt. Hur mycket jag än skiljer mig kommer jag att påminnas om Mats och den jävla Jeanette varenda dag jag går till jobbet.

– Mats och Jeanette? Är de ihop?

– Nej! Men de skulle väl bli. Karlar kan ju inte vara ensamma mer än två veckor innan de skaffar en ny. Klart att han skulle ta upp det igen. Eller nån annan. Jag skulle bli den eviga singeln, ensamstående mamma i småstad år ut och år in.

– Vill du skilja dig då?

– Ingen aning! Jag vill bara inte ha det som det är nu.

– Men älskar du honom?

– Jag vet inte det heller. Jag vet inget annat. Men jag retar mig på att han kan leva sitt liv som han vill och jag inte mitt som jag vill och då blir jag bara argare och ledsnare för varje år som går. Det funkar inte längre.

– Hur skulle du önska att det var då?

– Vad?

– Ditt liv.

Annika såg plötsligt förvirrad ut, som om hon inte hade satt sig in i frågan hur hon faktiskt skulle vilja ha det om hon fick välja själv. Hon lutade sig fundersamt tillbaka, återupptäckte fontänen bakom ryggen och doppade försiktigt fingertopparna i vattenspegeln. Hon svepte med handen runt, runt i bassängen för att till sist hålla handflatan direkt under vattenstrålen.

– Jag skulle vilja ha det som han. Känna att jag utvecklas på jobbet, att jag får bekräftelse och nya utmaningar, att jag är nån man räknar med. Kunna vara med i barnens liv men inte stå för all markservice, ha egna intressen och vänner. Tillåta mig själv att ha kul.

– Och Mats då? Vad skulle han säga om du sa det här till honom?

– Mats ... han skulle irriterat snöra på sig skorna och sticka ut och springa i två timmar och när han kom hem igen skulle han låtsas som om allt var som vanligt.

– Och om allt inte bara återgick till det normala, vad skulle hända då?

– Det är väl det jag är för feg för att ta reda på, sa Annika tyst.

– Jag tycker inte alls du verkar feg, sa Frida. Arg och frustrerad, men inte feg. Det kanske är hans tur att ta hand om barnen nu. Din tur att glänsa på jobbet.

Annika fnös generat.

– Han är en mycket bättre journalist, och det vet vi båda två.

– Kanske har varit. Men han var världens mes på personalmötet, det var inte du. Jag var faktiskt imponerad över att du stod upp för det vi hade gjort.

– Var du? utbrast Annika förvånat.

Frida nickade bekräftande. Annika log försiktigt och rätade en aning på ryggen. Den vietnamesiska servitrisen skyndade fram och la notan på bordet. Frida plockade upp sjuttio kronor ur plånboken och la på den ljusgula, kaffefläckiga duken. Annika tog upp två hundralappar och sköt tillbaka Fridas sedlar.

– Jag tar det. Du är klokare än man tror när man ser dig, sa hon och reste sig.

– Tack. Och du är vassare än man tror när man ser dig, sa Frida.

Hon fick ur sig den korta texten om väderläget snabbare än hon hade trott. Det var märkligt att man faktiskt kunde träna upp hastigheten i att hitta vinkeln, få ihop en hyfsat slagfärdig ingress och sedan välja ut vad som skulle vara med i själva texten. Hon lämnade texten direkt till nyhetsdesken och fick klartecken att åka tillbaka till Bruseryd medan det ännu var ljust.

Dagarna hade blivit betydligt längre nu, och snart var det mars. Hon passerade Eksjö camping och Rikets sal. Sjuttiovägen blev nittioväg och hon körde förbi den vintervilande golfbanan och den märkliga husvagnsparkeringen som låg utslängd mitt i skogen, med löfte om bevakad nattparkering. Hon undrade om någon någonsin stannade så här års.

Frida närmade sig Gunnels universum. Hon bestämde sig för att köra långsamt och försöka vinka. Hon tittade i backspegeln att hon inte hade någon bakom sig och saktade farten. Så fort hon kom runt kröken såg hon den röda bilen i vägrenen. En röd bil. En röd bil! Hjärtat slog ett ofrivilligt extra slag. Hon sökte Gunnel med blicken. Hon satt på stenen med ryggen mot vägen, vänd bort. Hon hade sällskap. Det här är min historia också, tänkte Frida. Om jag är en riktig journalist stannar jag här och frågar vem det är. Det kanske är ofint på ett sätt, men annars smiter jag undan ansvaret för min egen berättelse.

Hon parkerade i gruset, tog sitt block och sin penna, steg ur bilen, korsade vägen och gick med avvaktande steg mot stenen. Gunnel tittade upp först när hon var alldeles nära. Frida såg att hon var rödgråten och blek. Intill henne satt en lång, mager, lite krokig kvinna med trött permanentat, blont hår och grå täckjacka. Redan av profilen kunde Frida avläsa att hon var solariebrun, kraftigt rynkig och hade glasögon. Hon tog intensiva bloss på en cigarett och högerbenet ryckte nervöst. Kvinnorna pratade lågmält med varandra och hade hittills inte upptäckt henne. Till slut harklade hon sig och klev in i deras blickfång.

– Hej Gunnel. Jag tänkte bara stanna till och höra hur det är. Allt väl? sa Frida och mötte Gunnels frågande, omtumlade blick.

Gunnel såg chockat på henne men fick fram ett slags nickning.

– Frida Fors, Smålandsbladet, sa Frida och sträckte fram handen mot den andra kvinnan.

– Jag vet, sa kvinnan med cigaretthes röst. Jag vet mycket väl vem du är. Vi har pratat i telefon. Jag bad dig komma hit. Det har jag ångrat. Det är jag som är Harriet Thuresson.

Det var en distinkt knackning. Det var så ovanligt med besök att Frida först tänkte att det var helt omöjligt att det faktiskt var just på hennes dörr det knackade. Det var förmodligen en hackspett, eller en sättning i huset eller också hade Agnes äntligen kommit igång med vävstolen igen, det som hon hade pratat om så länge. Men det fortsatte knacka. Det kunde inte vara någon annanstans än på hennes dörr. En svag vissling hördes också. Frida kände igen låten… "I love Europe". Hon skrattade till och reste sig motvilligt från datorn. Dani stod utanför med händerna i sidorna.

– Vad har du i öronen egentligen? Knäck eller? sa han och gick in utan att vänta på svar.

– Jag försökte skriva, men det går inte, sa Frida hjälplöst.

– Varför går det inte? Har du fått lim mellan fingrarna också?

– Nej, men jag tänkte skriva om den som orsakade olyckan i kurvan, fast det känns som att det inte går att skriva det nu utan att det blir fel. Jag tror inte att det är etiskt.

– Fråga Åke, sa Dani och satte sig i den lilla redaktionssoffan. Han verkar ju veta allt.

– Jag ska göra det, sa Frida och drog fram skrivbordsstolen så att hon kunde sitta mittemot honom. Men vet du vad det konstigaste var?

– Hur ska jag kunna veta?

– Det konstigaste var att Gunnel inte verkade lättad eller glad över att få förklaringen. Det var som om hennes förtvivlan blev värre än tidigare.

– Hon kanske blev ledsen av att tänka på olyckan.

– Jag vet inte. Jag tycker att det var konstigt. Hur kan hon må sämre när hon äntligen får svaret?

– Kvinnor är konstiga. Det har jag sagt hela tiden, sa Dani.

– Det har du väl inte, sa Frida.

– Det var faktiskt om Gunnel jag kom, sa Dani. Jag har hittat honom, den andra sonen. Johan. Han bor i Jakobsberg med en kvinna och två barn, eller om det var tre, men nu är det bara två. Han är sjukskriven sen ett par år tillbaka, men jag tror han är utförsäkrad och måste börja jobba. Kvinnan heter Rosita, och verkar driva eget företag. Barnen är sex och nio. Det är två pojkar, Hampus och Linus.

– Har du provat att ringa?

– Ringa? Du är inte klok. Vad skulle jag säga? Dessutom har de ingen fast telefon, och han har inget mobilabonnemang. Hon har, men inte han.

– Jaha? Det är ju ovanligt.

– De verkar ha många betalningsanmärkningar.

– Hur vet du det?

– Jag beställde en kreditupplysning. Ekonomin verkar inte bra.

– Det är klart, om han är sjukskriven... har du en adress då?

– Jag har gatan och numret. Jag kollade på huset på nätet. Inget trevligt område.

Det var kallt på klinkergolvet. Åke ångrade att de hade snålat in på golvvärmen då när de gjorde om köket för tio år sedan. Det där med värmeslingor var så nytt då. Onödigt lyxigt, hade Marianne tyckt. Men klinkers skulle det vara, det var tydligen praktiskt. Åke hade aldrig fattat vitsen, han tyckte bara att det var hårt och kallt. Nu var det ingen mer än han som smutsade ner. Han hade hellre haft trägolv, men framför allt golvvärme.

Han hade precis stängt kylskåpsdörren för tredje gången på bara ett par minuter. Han skulle inte ta ölen som stod där på översta hyllan. Det fanns verkligen ingen anledning. Han hade ju lyckats hålla igen i flera dagar och bara druckit folköl, men nu var de slut och starkölen stod så skimrande och lockande med sina blankblå, kalla burkar. Han tvingade sig själv att hälla vatten i kaffebryggaren och skeda upp kaffepulver i filterinsatsen. Alla andra drack ju kaffe på kvällen, det borde han också kunna göra. Han försökte föreställa sig smaken av nybryggt kaffe och framkalla en känsla av njutning. Men det tungan sökte var den lite metalliska skärpan som bara en skvätt starkt i kaffet kunde åstadkomma. Nej, sa han till sig själv, jag ska inte!

Fast bara en liten, liten dutt med flaskan, vad kunde det göra egentligen? Var det inte bättre att han vande sig av sakta men säkert och att kroppen lite långsamt fick vänja sig vid nya nivåer? Det kunde väl aldrig vara bra att sluta tvärt? Det kanske skulle göra det svårare att lyckas? Medan Åke kohandlade med sig själv tänkte han på mötet med Lagerwall som han hade haft strax innan han gick hem. Henry brukade aldrig komma oanmäld, men det hade han gjort nu. Åke visste inte hur han skulle tolka det när Henry sa att han bara ville titta förbi. Sedan, när de väl hade småpratat en stund, hade han tagit upp mötena i Bruseryd och hört efter hur det gick.

– Med vad? hade Åke undrat.

– Kommer de att lyckas? Hittar de några som vill flytta hit? hade Henry frågat.

Åke hade berättat om Aliana och hennes familj och Henry hade ställt många nyfikna frågor om det hela verkade seriöst.

– Jag är förvånad själv, men det här har blivit ett samtalsämne i mina kretsar, hade Henry sagt. Vi är ju några stycken som har rötterna i Bruseryd och det här verkar ha tagit fäste hos många. Det skulle kännas i hjärtat om namnet försvann från kartan. Man undrar hur det ska gå, om det går att vända en negativ utveckling.

– Det är klart att man undrar, hade Åke svarat utan att riktigt förstå vart Henry ville komma.

– Vi bedriver ju ingen kampanjjournalistik på den här tidningen, och vi har absolut inga ambitioner att förändra världen, men just den här frågan känner jag som ägare att vi på tidningen ska engagera oss i lite mer än vanligt.

– Hur menar du då, lite mer konkret? hade Åke frågat.

– Hjälp dem.

– Hjälp dem?

– Ja. Hur vet jag inte, men det vet säkert du. Satsa lite, skriv om deras framsteg, och är det nåt som kostar så löser vi det också, hade Henry sagt.

I vanliga fall skulle Åke ha dragit öronen åt sig. Han avskydde när Lagerwall försökte styra honom att skriva om något som gagnade ägarfamiljens personliga intressen, men det här var ju annorlunda. Han kunde inte komma på någon omedelbar anledning att göra motstånd. Och för första gången på länge hade deras möte slutat i samförstånd.

Just när han skruvade av korken på flaskan och höll på att förlora kampen mot sig själv ringde mobilen. Han ställde ifrån sig brännvinet på köksbänken och svarade. Det var Frida.

– Förlåt att jag ringer så sent, men jag behöver ett råd.

– Okej, svarade Åke. Shoot!

– Du vet texten jag skrev om Gunnel, på stenen. Där berättade hon ju att polisen aldrig identifierade vem som orsakade olyckan, och att det var en röd bil.

– Ja, det minns jag. Hurså?

– Gunnel satt ju där för att personen till slut inte skulle orka bära sitt dåliga samvete utan ge sig till känna. Tydligen satte artikeln igång nåt hos den som gjorde det. Jag vet vem det är. Och jag vet inte om och hur man ska skriva om det i tidningen. Vad tycker du?

– Ja, vad tycker jag om det? sa Åke fundersamt och satte sig på pinnstolen vid köksbordet. Hur kom det fram?

– På väg hem idag såg jag att det satt nån hos Gunnel på stenen, så jag stannade till och gick fram.

– Du gick fram? Och så erkände han bara sådär rakt ut utan vidare?

– Inte han. Hon.

– Jaha, hon…? Men hur kan du vara säker på att det verkligen var hon?

– Hon sa det. Eller, sa… hon spände ögonen i mig och skrek: Det är lika bra att alla får veta så slipper jag i alla fall vara ensam i helvetet. Skriv det i tidningen så det tar slut nån gång.

– Åh, fan. Åke tog ett djupt andetag. Det var inte dåligt. Du har ett erkännande alltså. Det är tungt.

– Ja, det är det kanske, men kan man skriva det i tidningen? Ska man skriva om det? Det är ju verkligen att hänga ut en person.

– Rättvisan har förstås inte haft sin gång, men väljer den här personen att tala ut till dig som reporter så finns det egentligen inget direkt som hindrar oss från att skriva. Såvida personen ifråga inte verkar befinna sig i chock. Då ska man vara försiktig. Men nu har det ju som sagt gått några år sen det hände, så min bedömning är att... visst kan vi skriva. Det är förstås en skalp för tidningen och för dig som reporter. Den chansen ska vi väl inte missa?

– Okej, sa Frida, jag gör ett försök så kanske du kan läsa sen?

– Absolutely. Maila mig när du är klar. Apropå en helt annan sak, hur går det med befolkningsprojektet? Hur många är det nu?

– Det fattas fortfarande fem personer.

– Fem, sa Åke. Aj då. Det är ju rätt många. Finns det några förslag?

– Vi har lyckats identifiera Gunnels son med familj i Jakobsberg, men de har ingen telefon så i så fall får man åka dit och prata med dem. Och det är ju en bit. Vem ska göra det, liksom?

Det blev tyst i luren. Frida hörde ljudet av en sörplande kaffebryggare i bakgrunden och ett diskret hummande från Åke.

– Vad skulle du säga om en tjänsteresa till Stockholm? sa han till sist. Du tar bilen, bor på hotell och försöker få tag i killen och hans familj. I bästa fall blir det en bra story, i sämsta fall får du i alla fall erfarenheter av att åka iväg på lite mer långväga uppdrag.

– Tjänsteresa? sa Frida förvånat. Jag hade faktiskt tänkt åka till Stockholm i helgen, privat. Hotell behöver jag nog inte.

– Det väljer du själv. Åk på torsdag eller fredag och stanna över helgen. Det gör inget om du lyckas övertala honom att flytta hem.

– Va?

– Jag tycker att du kan vara ganska aktiv i ditt frågande. Kolla om det inte skulle passa bra och vara trevligt att flytta hem och så vidare, fortsatte Åke.

– Sen när blev du flyttgeneral?

– Äh, jag bara tycker att det skulle vara roligt om det blev ett positivt slut med den här historien. Känns det okej för dig?

– Det känns kanske som en lite ovan journalistroll, men ändå ... det är ju kul.

– Bra. Då säger vi så, sa Åke. Jo, förresten, jag ser det visserligen i texten sen, men vem var det egentligen som körde den där bilen?

– Jag vet inte om du egentligen vill veta ...

– Det är klart.

– Det var ... Harriet Thuresson.

Det blev alldeles tyst i luren. Frida hörde ljudet av en flaska som krossades mot klinkers, och Åkes kvävda rop:

– Jävlar i helvete ... det kan vi inte skriva.

Dani klickade igång Fridas dator och skrev in eniro.se i sökfältet. Han knappade in adressen där Johan med familj skulle bo och fick upp en bild över huset i Jakobsberg. Fotot var taget rakt framifrån och visade ett smutsgrått betonghus från miljonprogramstiden med likadana fyrkantiga fönster våning efter våning. Porten var orangebrun och nerklottrad. Framför fasaden stod en sorglig rad buskar och några trasiga bänkar. Det såg outsägligt deprimerande ut.

Frida hade precis avslutat samtalet med Åke och berättat att hon fått i uppdrag att åka på tjänsteresa och söka upp Johan. Nu stod hon och rotade i köksskåpen i det lilla pentryt.

– Kom här får du se hur det ser ut, huset där han bor, sa Dani.

– Alldeles strax. Du, jag har inte ätit sen lunch. Vill du också ha nåt?

– Allt utom gris, svarade Dani.

– Pasta med tomatsås, blir det bra?

– Låter fantastiskt efter tjugoen dagar i sträck med lammkebab.

Frida skrattade till åt det typiska Danisvaret och tog fram en stor pastakastrull, satte den på den lilla elspisen och slog på plattan på max.

– Ett glas vin medan vattnet kokar upp? frågade hon.

– Det gick ju så bra sist, när jag somnade på stolen.

– Äh, på det igen bara. Du måste träna helt enkelt, sa Frida och hällde upp två glas rött ur en vintetra.

Hon smakade, tog glasen och gick bort till Dani vid datorn. Han tog en ovant stor klunk och pekade sedan på skärmen.

– Om du fick välja, skulle du hellre bo där än här?

– Ingen aning, sa Frida och betraktade det grå huset. Det beror väl på allt runtomkring? Men det ser verkligen otroligt trist ut.

– Visst gör det. Hela mitt bröst blir som en bur av instängda fåglar när jag ser det.

– Så hur skulle du välja?

– Det vet du. Jag är ju här. Jag valde bort det livet för detta. Och jag älskar det. Det är lite ensamt ibland i min lilla kiosk, men jag älskar det.

Frida tog en klunk till och kastade en hastig blick över axeln. Hon insåg plötsligt vad nära han stod. Ur den här vinkeln såg hon vilka rena drag han hade – den skarpt skurna näsan, de mjukt välvda läpparna, de perfekt formade svarta ögonbrynen och de svagt glimmande bruna ögonen. Hon kunde ana värmen från hans kropp och i näsan kittlade en mjuk doft av herrtvål och sandelträ. Hon hade alltid varit svag för dofter. De kunde försätta henne i lika omtumlande tillstånd som en riktigt bra låt. Just den här parfymen påverkade henne i allra högsta grad, och hon blev på något märkligt sätt liksom mjuk och intuitiv. Kanske var det inte bara doften, utan också vinet. Hon tog en klunk till. Tanken slog henne att hon aldrig hade varit tillsammans med en yngre man. Hans olivfärgade hy, den runda, kryddiga doften och känslan av värme och fysisk energi fick en svag ström att sprida sig i hennes kropp.

Han skrattade till generat när han upptäckte hennes granskande blick.

– Vad är det? Har jag en fläck nånstans?

– Nej, nej, jag bara ... såg på dig.

Dani svalde.

– Vad tänkte du på?

– Inget, svarade Frida fort.

– Jo, sa Dani. Jag såg att du tänkte på nånting.

Han stod kvar, helt nära, och tittade rakt på henne. Blicken var allvarlig, men ett blygt leende lekte i mungipan.

– Jag blundar och håller tummarna för att det händer, det som du tänkte på, sa Dani.

– Jag tänkte inte på nåt sa jag ju, försökte Frida.

– Så kan ingen blick ljuga, sa han och slöt ögonen och väntade med lätta förväntansfulla andetag.

Frida vände sig ett kvarts varv åt vänster och kände hans högra axel nudda hennes vänstra skuldra. Det gick som en stöt genom ryggraden. Hon drog in doften av sandelträ, tillät sig att bli yr och lätt och böjde sig sakta, sakta fram och lät sina läppar nästan möta hans ljusbruna hals.

Hon knappt nuddade honom, bara lät sin utandning spela över hans hud. När hon närmade sig käklinjen och örat kunde hon inte hålla emot längre utan lät tungan och läpparna försiktigt känna hans sötsalta hudsmak. Hon hörde hur han kippade efter andan. Han vred huvudet sakta åt hennes håll och mötte blygt hennes varma, mjuka, våta tunga. Frida lät sin högra hand glida upp längs hans skuldra, in under skjortan vid nyckelbenet. Hans hud var så slät och oförstörd och under den kände hon kraften från unga, vitala muskler.

– Gör vad du vill med mig, sa Dani knappt hörbart.

– Vill du det? sa Frida och fortsatte kyssa honom.

– Ja...

– Vad vill du att jag gör?

– Vad som helst, viskade han.

– Precis vad som helst?

– Jag har aldrig gjort det här förut.

– Aldrig?

– Aldrig. Jag har bara drömt om det. Visa mig. Visa mig vad man kan göra.

– Är det säkert att du vill det då? sa hon medan hon lät tungan spela över hans örsnibb.

– Helt, helt, helt säkert.

Långsamt knäppte hon upp hans skjorta, drog den av honom och lät den falla till marken. Hon lät sina händer röra sig längs hans långa, muskulösa armar, för att sedan svepa över hans svarthåriga bröst och ner längs hårlinjen mot magen. Han tittade storögt på henne medan hon löst och flyende lät sin högra handflata nudda hans bälte, jeansfickan, vidare över ljumsken och ner på låret. Hon kunde känna hur han darrade till första gången hon långsamt och försiktigt lät fingertopparna ana det hårda, svällande könet som ville upp och ut i frihet mot verklig, naken beröring.

Hon tryckte sig mot honom, lät sitt eget underliv sakta röra sig mot hans och kände bultandet vakna och vätskan rinna till. Kåt. Faktiskt kåt på riktigt. Hon kunde inte minnas när hon var så upphetsad av spänning och beröring. Det brukade vara annorlunda. Sex var något hon gick med på för att få kärlek bekräftad, inte för att hon egentligen verkligen önskade det. Det här var något annat. Det här var en elektrisk, innerlig åtrå hon inte kände igen. Kanske var det hans passivitet, men ändå tydliga förväntan, detta att han gjorde sig villig och öppen och längtande utan att vara påflugen och sätta sina egna behov först, som fick hennes blod att rusa. Det var hon som förde, inte han. Det var hennes takt, inte hans. Det var en jämställd berusning där han bad henne leda honom och där han hungrigt följde. Att hennes eget kön kunde pulsera och längta så var en fullständig nyhet för henne.

Hon tog hans hand och förde den upp under sin tröja. Hon hörde hur han kippade efter luft när hon hjälpte honom att känna huden, formen och den styva bröstvårtan innanför den svarta bygelbehån. Hon drog honom med sig bort till soffan och knuffade mjukt ner honom på rygg. Han tittade fascinerat på när hon knäppte upp hans jeans och drog dem av honom. När hon började dra ner kalsongerna var hans upphetsning så stor att hon för ett ögonblick misstänkte att han skulle svimma. Hans svällande lem reste sig av den nyvunna friheten. Han såg andäktigt och fokuserat på när hon drog av sig byxor, tröja, behå och trosor, och det var som om han inte trodde sina ögon när hon sakta, men bestämt, satte sig grensle över hans mage och lät sitt eget våta kön försiktigt nudda hans sprängfyllda. En hastig beröring av hans glans mot hennes blodfyllda lustcentrum, så en plågsam paus av längtan efter mer och sedan en ny hastig nuddning. Så småningom började hon röra sig mot toppen av hans kön med en aning mera tryck och kraft. Hon hörde vattnet i kastrullen börja sjuda men kunde inte sluta röra sig fram och tillbaka i en allt mer bestämd rytm. När hon kände att hennes egen längtan inte gick att hejda lyfte hon sig en liten aning och lät hans våta kön möta öppningen på hennes. Hon kunde nästan inte andas när hon med en återhållen ultrarapidartad rörelse sänkte sig ner över honom, försiktigt, sakta, mot basen, roten, långt, långt in. Hon höjde sig lite och sjönk igen och rörde sig sedan mot honom i en allt mer rytmisk rörelse. En sky av bubblande ånga började stiga ur den kokande grytan i pentryt och hon hörde vattnet fräsa mot plattan när det rann ner över kanterna. Hon hörde Danis andning förändras och början av ett urtidsljud växa ända från djupet och en överväldigande förvåning väckas i hans unga blick över de enorma krafter som frigjordes i hans oerfarna kropp. Tillfredsställelsen över att kunna locka fram detta hos honom gjorde henne än mer upphetsad, uppfylld, varm, våt och kåt och precis innan kroppen exploderade hann hon tänka att hon faktiskt knullade för att hon verkligen, verkligen ville och för att hon, just då och just där, inte för sitt liv hade kunnat låta bli.

11.

Johan plockade ihop assietterna och de urdruckna Colaglasen och ställde dem på den blåmönstrade brickan med väderkvarnsmotiv under texten "Jakobsbergs Centrum". Han snappade åt sig de skrynkliga servetterna som låg utspridda på bordet, i soffan och på golvet, och tryckte ner dem i det översta glaset.

Hampus och Linus hade tillåtits att gå från bordet. Han hörde dem spela TV-spel i det lilla sovrummet innanför köket, och ljuden av småkäbbel och spelengagemang ingav honom en känsla av trygg vanlighet.

Rosita småpratade med de sista tre flickorna vid ytterdörren. Han såg henne över axeln krama flickorna hårt och länge, en efter en. Han hörde hur de bestämde att ses samma dag, nästa år. Flickorna lovade att aldrig glömma. Hur skulle de någonsin kunna göra det? Nathalie hade ju varit en av dem. Året som gått hade fått dem alla att fundera på sina liv och hur viktigt det var att våga leva här och nu och njuta av det som ändå var bra, som vänskap och kärlek.

Johan hade bävat för den här dagen. Ettårsdagen. Han och Rosita hade pratat fram och tillbaka om hur de skulle ta sig igenom den. Till slut hade de kommit fram till att det bästa skulle vara att bjuda hem Nathalies bästa vänner och prata om henne som hon var när hon levde, titta på kort, försöka plocka fram de goda minnena och skratten. Fem artonåriga flickor hade kommit. Det hade varit stelt till en början. De hade ju inte setts sedan begravningen. De hade kämpat mot gråten över smörgåstårtan allihop den första timmen, men när fotoalbumen kom fram kunde ingen av dem hålla sig. Först började flickorna, sedan Rosita och till slut också Johan. Han hade aldrig gråtit inför andra, inte ens på begravningen, och först hade han skämts och gått undan ute i köket, men sedan när han såg Nathalies alla vänner gråta och kramas hade han vågat visa sig. Han hade kunnat krama Rosita hårt, hårt och de hade tröstat varandra och sagt att de aldrig skulle sluta kämpa och att det viktigaste nu var att de höll ihop och gjorde allt för att Hampus och Linus skulle må bra.

Det kändes nästan som om hon tröstade honom mer än han henne, trots att det var hennes dotter och inte hans. Men de hade ju levt ihop så länge att hon var som hans eget barn, även om själva grunden för hennes existens låg där som en otäck sjunksten mellan dem. Det var den som till slut hade dragit ner henne och fått henne att välja döden framför livet.

Johan plockade in i diskmaskinen och torkade av köksbänken. Han öppnade köksskåpet ovanför mikron och kollade att han verkligen hade tagit sina tabletter idag. Jodå, båda två, Zoloft och Sobril. Han hade fått gå upp i dos sista månaden när årsdagen närmade sig. Allt för att hålla hjärtrusningen och panikkänslorna borta. Det hade känts som ett nederlag eftersom han visste att han måste bli frisk. Systemet tillät honom inte att vara sjukskriven längre. Snart skulle sjukpenningen sluta komma och vad skulle han göra då, gå till socialen? Han hade låtit Rosita dra det tunga lasset alldeles för länge. Det kändes inte bra. Inte var det någon bra förebild för pojkarna heller. Han ville vara en pappa som gick till jobbet som alla andra, inte en som satt hemma och kämpade mot paniken. Den hade slagit klorna i honom som en rovfågel som kommer från ingenstans och gör en blixtsnabb attack från skyn. Det var lite mer än fyra år sedan nu. Först budet om att Erik och hela hans familj kört ihjäl sig i kurvan hemma vid gården, sedan chocken när mamma Gunnel sa att han inte var välkommen på begravningen så länge han hängde ihop med den utländska horan. Han var inte välkommen på sin egen brors begravning. Han hade bönat och bett, försökt på alla sätt. Men hon vägrade. Till sist sa hon att hon aldrig mer ville höra ifrån honom. Hon hade inte längre någon son i livet. Det var då panikeländet hade börjat, och det vanliga livet på något sätt slutat. Två år senare, just när han började komma på fötter, hade Nathalies identitetskris gått igång på allvar. Ätstörningarna hade varit svåra men där hade han och Rosita ändå kunnat stötta, men när det tog slut med pojkvännen och han hade kallat henne för ”horunge” inför alla deras gemensamma vänner hade ingen av dem haft några bra svar. Det var ju det hon var. Hon hade faktiskt en mamma som hade levt som prostituerad i flera år och hon var resultatet av ett övergrepp där kunden hade tvingat Rosita att gå med på samlag utan kondom. Det spelade ingen roll hur många gånger Johan och Rosita sa att de älskade henne, för Nathalie hade börjat hata sig själv.

Ändå hade de trott att den värsta krisen var över. Den där marsveckan förra året hade hon plötsligt verkat gladare, liksom lättad. Sedan hade de fått höra att det var typiskt hos människor som har fattat beslutet att ta livet av sig, ett lugn inför att plågan snart skulle vara över.

Det var Johan som hade hittat henne där hon låg livlös och kall i sängen. Han skulle aldrig glömma vinkeln på handen ut över den urvuxna barnsängen. De hann aldrig köpa den där nya, breda sängen som hon skulle få i artonårspresent. Han såg med en gång han gick in i rummet att man inte skulle kunna ligga med armen på det sättet, liksom vrängd. Han ville bara vråla rakt ut, men hann samtidigt tänka att Hampus och Linus inte fick vakna och se detta för då skulle de aldrig bli hela igen.

Han kände tårarna rinna till igen, böjde sig över vasken, skvätte lite vatten i ansiktet, och torkade sig med kökshandduken.

Han försökte släppa den plågsamma bilden och hjärnan hakade tag i ett uttryck han hört på nyheterna för ett tag sedan och som inte riktigt ville släppa taget: ”omvärldsförändring”. Reportern hade pratat om en bransch i kris, och sagt att det enda som kunde rädda de förlustdrabbade företagen var en omvärldsförändring, alltså att något fullständigt oväntat inträffade som plötsligt drev skeenden i en helt ny riktning. Det var något sådant han gick och väntade på, tänkte han när han torkade bort vattenstänket från bänken, sköljde ur disktrasan och hängde den prydligt på kranen. En omvärldsförändring.

Rosita kom ut i köket och la armarna om hans stadiga kropp. Hon såg på honom med ett sorgset leende och gav honom en lång, stillsam puss.

– Det gjorde vi bra, sa hon enkelt. Jag tycker att det kändes fint. Vilka fantastiska tjejer.

– Det var jobbigt, sa han, men skönt på nåt sätt. Jag brukar ju inte gråta. Det var ovant.

– Jag vet. Jag tror du behövde det mest av oss allihop.

Hon var fortfarande lika makalöst vacker som när han såg henne allra första gången – de runda armarna, de tunga brösten, den intensiva blicken och de kraftfullt mörkröda läpparna. Han hade älskat henne från första stund. Sedan hade han fått ägna månader åt att få henne att förstå att det faktiskt var henne han älskade, inte bara hennes kropp. Han ville inte köpa hennes sexuella tjänster, han ville leva med henne, älska henne, älska med henne, ha barn med henne, skapa ett nytt liv ihop där hon kunde glömma hur hon hade tvingats försörja sig och dottern i det nya landet. Märkligt nog tycktes hon helare än honom, det var han som stod för tungsinnet i familjen, hon för skratten. Utan henne skulle han inte orka.

Frida hade kommit iväg vid tiotiden. Det var en mäktig känsla att rulla mot Stockholm på tjänsteresa, med fest på Stureplan inplanerad. Hon hade packat med alldeles för mycket kläder för bara en helg, men ville inte riskera att känna sig felklädd. Hon hade ingen aning om vad hon skulle ha på sig. Kanske skulle hon hinna köpa något nytt. Hon hade ringt Peter innan hon åkte men han hade inte svarat. Hon pratade in ett meddelande om när och var de skulle ses och fick ett sms en stund senare med texten: ”Massor att göra. Ring när du närmar dig. Ses sen.” Det var bara att ha is i magen. Hon var ju på väg och det var han som hade bett henne komma.

När hon lämnade Bruseryd och närmade sig stenen slog det henne att Gunnels märkliga strategi faktiskt hade lyckats. Till sist hade syndabocken lockats fram ur sin innersta håla. Var det artikeln i tidningen som hade fått Harriet att ge sig till känna? Kanske var det gamla uttrycket sant: ”När man lockar ut trollen i solen så spricker de…” Och att det var Harriet. Järv-Harriet. Frida mindes hur hon hade sett ut i drömmen. Så såg hon förstås inte ut i verkligheten, men det fanns något undanglidande hos henne som alla andra tolkat som utbrändhet fast det i själva verket var en skuld för tung att bära.

Hon såg åkern och stenen och förväntade sig att den skulle stå öde nu när allt äntligen var över. Men där i det grå förmiddagsljuset på den slaskiga åkern satt hon på sin sten. Gunnel. Den här dagen, precis som alla andra dagar. Varför? Det var ju över nu? Hon behövde ju inte sitta där längre? Var det så invant att hon inte visste vad hon skulle göra annars?

Hon hade tagit höger i Eksjö, mot Tranås. Vägen var smal och dålig och hon hamnade bakom en saltbil i flera mil utan att lyckas köra om. Men när hon väl kom ut på E4:an gick det lätt att köra. Volvon var tung men stadig. Hon råkade få in P4 när hon passerade Södertälje, och när radioprataren påannonserade ”I love Europe” med Christer Sjögren rodnade hon vid tanken på den märkliga gårdagskvällen. Hon hade bestämt sig just innan hon somnade igår kväll för att hon faktiskt inte hade något att skämmas för. Han var vuxen, hon var vuxen. Man fick göra sådana saker. Och de hade båda tyckt om det, det var det ingen som helst tvekan om. Sedan skulle det förmodligen aldrig hända igen, men hon skulle inte vilja ha det ogjort. Helt uppenbart hade hon hjälpt Dani att få upp ögonen för en helt ny värld, och det gjorde henne faktiskt lite stolt.

Det hade inte varit svårt att hitta till Jakobsberg. Höghuset syntes på långt håll och hela närområdet tycktes vara en enda stor parkering. Enda problemet var att klura ut vilken entré som var rätt eftersom numreringen antingen hade fallit bort eller sprayats över med graffiti. Till sist hittade hon rätt orangebruna port, och på namnskyltarna vid hissen kunde hon se att det bodde en Johan Stålnacke på sjätte våningen. Det kändes märkligt att komma oanmäld, men hade de nu ingen telefon kunde det inte bli på annat sätt.

I hissen luktade det snus och gammal urin. Väggarna var nerklottrade med könsord, tecknade jättekukar och gamla fastkletade tuggummin. Frida var tacksam när hon fick kliva ur på det grönprickiga våningsplanet med fyra bruna dörrar. I bilen hade hon gång på gång gått igenom vad hon skulle säga om det var någon hemma. Av någon underlig anledning var hon fruktansvärt nervös. Det här var allt annat än hennes vanliga område. Hon ringde på och väntade. Det tog en stund, så öppnades dörren av en muskulös man med tatuerade armar. Han såg förvånad och lite sorgsen ut.

– Välkommen. De andra har tyvärr redan gått, men kom in du, sa han och bjöd henne att stiga på.

När de hade satt sig i soffgruppen i det beigeblommiga lilla vardagsrummet och Rosita hade kommit med kaffe och smörgåstårta kom frågan som förklarade saken för Frida.

– Hur kände du Nathalie? Jag känner inte igen dig från begravningen. Eller du kanske inte kunde komma? hade Johan frågat.

– Jag kände inte Nathalie, men jag beklagar sorgen. Jag är här av en helt annan anledning. Trivs ni här?

Det var bara några dagar sedan hantverkarna drog bort den sista täckplasten från golven. Den senaste månaden hade det gemensamma fikarummet på våning fyra i Cartagoskrapan totalt bytt karaktär. Borta var känslan av brackig IT-era, stålrören och den exklusiva italienska espressomaskinen, som ändå alltid hade varit sönder och gjort personalen mer irriterad än inspirerad. Den var nu ersatt med en vanlig, driftssäker kaffemaskin och det stela, vita uttrycket hade mjukats upp med runda bord i ljust trä ackompanjerade av röda stolar i formpressad plast. På den antracitgrå köksbänken stod en låda gröna Delicatodammsugare, prydd med en slogan som lekte med tidens fettpanik: garanterat fria från fibrer. Magnus Nyström borstade bort ett obefintligt dammkorn från det grå kavajslaget, tog lådan i vänster hand, presentationsmappen i höger och gick med bestämda steg mot konferensrummet längre bort i korridoren. Han visste att det han skulle presentera var bra. Stilen var enkel och avskalad, designen helt rätt i tiden, budgeten fortfarande inom ramarna. Han hade till och med tänkt ut ett bra skämt om Delicatos nya slogan att öppna mötet med. Det skulle bli skratt och god stämning redan från början, sedan var det bara att glidåka. Om en timme skulle han än en gång vara vd:s och marknadschefens kung och gunstling. Det fanns helt enkelt inget som kunde hindra honom från att slå dem med häpnad.

Frida hade egentligen inte blivit förvånad när sms:et kom. Snarare gick det helt i linje med hur det brukade bli när hon och Peter skulle träffas. Men en viss besvikelse var förstås meddelandet om att han måste gå direkt från jobbet till festen och att hon fick hämta nyckeln till hans lägenhet i servicebutiken på hörnan. Hon hade snurrat länge borta vid TV-huset på Gärdet innan hon begrep hur hon skulle köra längs Valhallavägen för att komma av rätt, in till höger, på baksidan av Tessinparken. Det var samtidigt lite spännande att få se hans lägenhet utan att han var där. Östermalm lät ju flott. Klart att Peter bodde just där.

Hon lyckades till slut baxa in den stora rostiga Volvon mellan två stadsjeepar på Erik Dahlbergsgatan. Hon gick in i servicebutiken och plockade åt sig frukostmat och kvällstidningar och sa till killen i kassan om nyckeln samtidigt som hon betalade. Hon funderade på om hon bara var en i raden som hämtade nyckeln där och att den unga killen just där och då tänkte: Jaha, så var det dags igen, nästa tjej.

Hon gick in på kinesrestaurangen i porten mittemot och beställde kyckling med cashewnötter att ta med.

– Pinnar? Starka såsen? frågade den lille mannen bakom disken när han packade ner hennes mat i papperspåsen.

– Ja tack till båda, sa Frida och betalade.

Portkoden stod på kuvertet. Det var en alldeles vanlig uppgång. Hon tog hissen upp till tredje våningen, klev ur, hittade dörren med den handskrivna lappen ”Engström”, låste upp och gick in. Det var mörkt och luktade unket. När hon tände lampan såg hon att det bara var ett litet rum med plastmatta, ett minimalt pentry och en dusch där det luktade mögel. Det fanns ett litet rangligt bord, två stolar och en madrass på golvet. På väggen satt mittuppslaget om den påverkade skådespelaren uppnålat. Han hade förstorat sin bildbyline i en kopieringsapparat massor med gånger, klippt ut och häftat upp intill.

Frida sjönk förvånat ner på madrassen. Det var inte alls så här hon trodde att det skulle vara. Så torftigt och oglamoröst. Hon la sig ner. Lakanen luktade Peter. Känslan från i höstas kom tillbaka. Hon sög in doften och strök med handen över kudden. Örngottet var fläckigt. Lakanen kändes solkiga och faktiskt lite skitiga. När hon drog undan täcket såg hon att underlakanet var alldeles grått. Bilderna av det smutsvita tyget flöt i tankarna ihop med de slaskiga snödrivorna längs vägen mot Tranås, och strålen från saltbilen framför snurrade runt, runt.

När hon vaknade var kinamaten kall. Hon skulle stå under Svampen på Stureplan om mindre än en timme. Hon måste duscha och göra sig i ordning. Och hon hade inte ens bestämt vad hon skulle ha på sig. Undrar hur han skulle se ut? Skulle det pirra till som vanligt när hon såg honom? Förmodligen. Samtidigt tänkte hon att hon skulle minnas underlakanet om hon kände det där underläget igen. Be om kärlek? Hade hon inte kommit förbi det?

Det blåste en kall och fuktig vind över Stureplan. Frida tänkte att Svampen var en usel mötesplats i blåsten. Trots att hon var sen var hon först. Hon kände sig utsatt och uttittad. Hon såg unga, bildsköna män med tunna, skräddade trenchcoats huttra förbi med snabba steg. De feta bakåtslickade frisyrerna stod som oljiga höstackar åt fel håll i vinden. En backslick i motvind kunde få den coolaste kille att se fel ut. Ändå var detta de attraktiva män hon läste om i kvällstidningarnas helgbilagor. Efter en stund tyckte hon att det såg ut som om de alla hade samma uniform. Var det verkligen ett tecken på styrka och framgång att se ut som alla andra? Varför ville de se likadana ut? Där kom en som såg ut som om han hade försökt hitta den rätta looken, men inte riktigt lyckats. Allt såg taffligt och billigt ut, som ett slags Ullaredsbrat. När han kom närmare tyckte hon att det var något bekant med gången och sättet att dra handen genom håret. Herregud, det var ju han. Peter. Så liten och annorlunda han såg ut här. Liksom, fel. Tack, tänkte hon. Bra. Hon skulle inte trilla dit igen. Han log med hela ansiktet och vinkade när han såg henne:

– Där är du ju! Vad fin du är! Jag hade nästan glömt att du är så jäkla snygg, sa han och slog armarna om henne mitt framför alla rätta människor på Stureplan.

Och Frida kände doften av parfym från hans varma hals och hon bara föll och föll rakt in i hans öppna famn.

Hon hade aldrig trott att det skulle kunna hända, men nu satt de på en premiärfest på East och han hade lagt sin hand på hennes, tydligt på bordet så att alla kunde se. De var inne på sin tredje drink och Peter hade blivit förtrolig och dragit alla turer kring problematiken med avstängningen. Han kände sig sviken av arbetsgivaren. Han hade ju bara försökt få fram den bästa nyheten. Varför fick vissa som trippade på gränsen uppbackning av ledningen, och andra inte?

– Jag har fått mig en rejäl tankeställare.

– Då var det ju värt nåt i alla fall, sa Frida och kände den påtagliga värmen från hans handflata.

– Jag har väl insett fler saker också, sa Peter och fångade hennes blick i sin.

– Som ... vadå?

– Till exempel att jag var en idiot som släppte dig.

Frida kände lyckokänslan leta sig uppåt och neråt från mellangärdet.

– Hur kom du fram till det då?

– Ja, hur kom jag fram till det? Låt mig säga så här: tjejerna här i Stockholm är egotrippade och ... ointressanta.

Frida teg, lät tystnaden driva honom att fortsätta.

– Jag har provat, det ska jag inte sticka under stolen med, men ... det känns inte rätt. Eller, det är inte bara det att det inte känns rätt. Det känns helt enkelt fel.

Peter tog en tandpetare, klädde av den och bröt den mitt itu.

– Har du tänkt på mig? frågade han.

Frida tvekade, försökte tvinga fram bilden av det smutsiga underlakanet.

– Kanske, lite. Ibland, sa hon och kände pulsen stiga.

Ett uppsluppet sorl spred sig plötsligt genom lokalen och människors uppmärksamhet drogs mot ingången där ett nytt sällskap just gjort entré. Peter vände sig om och reste sig halvvägs ur stolen.

– Undrar vem det är?

Frida ställde sig upp och tyckte sig känna igen en liten blond kvinna i en grupp av kostymklädda män. Rubriken: "Nytänd brittisk stjärna på PR-turné i Sverige" for genom huvudet på henne.

– Är det inte hon ni hade på nöjet idag? Den brittiska poptjejen som ligger etta på albumlistan?

– Ja jäklar, sa Peter. Det är hon. Coolt.

Frida väntade på ett läge att fortsätta samtalet, men Peter fick något nytt i blicken.

– Vänta här. Jag ska bara kolla en grej, sa han och reste sig. I'll be right back!

Frida tryckte ner den lilla bismaken av besvikelse. Hon insåg att det var fullt rimligt att han behövde gå och ringa redaktionen för att höra efter att de hade täckning på nöjesnyheten att en internationell kändis roade sig på Stureplan. Dessutom hade hon ju begripit att Peter var desperat efter att vinna ledningens förtroende igen. Ett habilt nöjeslöp kanske kunde ge en knuff i rätt riktning. Medan Peter försvann mot en annan del av lokalen tog hon upp mobilen för att ha något att sysselsätta sig med och slippa att känna sig övergiven och vilsen. Displayen visade att det fanns tre nya meddelanden. Hon klickade upp det första, som var från mamma: "Varför ringer du aldrig? Här sitter jag akterseglad och ensam. Ring nån gång. Mamma." Frida suckade djupt och tryckte på radera. Det gick inte. Istället kom ett nytt besked upp på skärmen: "Avsändaren har begärt ett svar. Svara nu?" Frida klickade på nej onödigt hårt och lyckades till sist få bort meddelandet.

Nummer två var från pappa. Herregud, så längesen det var de pratades vid. Hon hade verkligen ingen aning om hur han levde sitt liv nuförtiden. Rökte han? Hade han mjölk i kaffet? Drack han te på morgonen? Gillade han juice med fruktkött i? Jag känner inte min pappa längre, tänkte Frida och fick upp texten på displayen: "Kära Frida! Har du fått nån användning för blomsterpressen? Var var det du var nu igen? Stora, varma kramar Pappa." Han visste inte ens var hon var. Han som brukade prata så mycket om hur viktigt det var att vara närvarande. Nu kändes han mer "därvarande". Här var han i alla fall inte. En stor famn, men inte för henne. Det sved till. Meddelande nummer tre var från Aliana. Det började med en glad gubbe, sedan stod det: "Mamma undrar åm vi får gräva på ängen? Det finns en spade i lilla huset. Får vi låna den?" Frida såg plötsligt stugan och ängen framför sig. Hon såg Aferditas tomma, längtande blick och Aliana med kvicka hoppsasteg runt stugknuten. Hon tänkte på tågresan när hon träffade dem första gången. Då när Aliana hade berättat att om man bara har en ko och två getter klarar man sig, och frågat om hon trodde att man kunde odla egen mjölkchoklad. Den där ängen som var så fullständigt meningslös för henne själv var en dröm för någon annan. Frida log för sig själv. Sedan skrev hon med stora bokstäver: "JA! Låna spaden! Gräv på ängen. Kram Frida."

Peter syntes fortfarande inte till. Hon reste sig för att gå på toaletten och på vägen passade hon på att söka efter honom med blicken. I ett angränsande mindre rum såg hon honom fördela drinkar och champagne till det internationella sällskapet. Själv satt han bredvid den lilla sångerskan. Han hade tagit av sig kavajen och kavlat upp ärmarna. Lite smörande kanske behövdes för att få en intervju, tänkte Frida och ställde sig i kön på damtoan. Framför henne stod långa, slanka Östermalmstjejer i urringade silverblanka toppar och balanserade på höga klackar. De pratade med varandra på ett sätt som Frida trodde bara förekom i TV: "Heeeej daaarling!" Hon kände sig som kusinen från landet i sin korta svarta satinkjol, det svarta linnet med kolstenar och en insvängd skotskrutig kavaj som var lite för påklädd och varm. För att slippa stå och glo tog hon upp den kasserade kvällstidningen ur papperskorgen. Hon bläddrade lojt igenom tidningen som hon redan läst en gång idag och fastnade vid uppslaget om den engelska sångerskan. Det var en lång intervju med henne, gjord i sviten på Grand Hôtel dagen innan. Hon ögnade igenom texten. Medan hon läste gick en tanke långsamt upp för henne... intervjun var ju redan gjord. Varför satt Peter där borta i lokalen och smörade för en intervju som redan var körd? Det var inte det han var ute efter. Skulle han kunna ta pluspoäng måste han ha en annan nyhet... stjärnans festnatt med tidningens reporter. Han skulle inte alls komma tillbaka. Den där drinkrundan var bara början på något som skulle pågå hela natten. Tankarna virvlade runt i huvudet medan hon kissade forcerat på den allt annat än glamorösa krogtoan. Hon tvättade händerna, tittade sig bestämt i spegeln, slängde tidningen i papperskorgen igen och gick med lugna men bestämda steg bort mot Peter och det glassiga sällskapet. Han mötte henne inte med blicken fast han såg att hon kom. Ändå gick hon fram och ställde sig intill. No tjafs, tänkte hon. Nu fick det vara slutmesat.

– Hej. Ska du kanske introducera mig för ditt sällskap? log hon övertydligt brett mot Peter.

Peter och hans bordsdam tittade båda upp, stjärnan mötte hennes blick och sträckte intuitivt fram handen:

– Hi. Nice to meet you. How are you? sa hon och log sitt inövade leende mot Frida.

– I'm fine thank you. And soon I will be even better, svarade Frida och tog den lilla tonårshanden löst i sin.

– Fan, Frida, väste Peter över axeln. Du kan väl vänta där borta så länge?

– Nej, Peter, jag väntar ingenstans längre.

– Kom igen. Förstör inte det här för mig nu. Jag har kanske världens grej på gång.

– Klart att du har. Det kommer du alltid att ha och det du vill kommer alltid att gå först.

– Måste du ta det nu? Vi kan väl prata när vi kommer hem?

– Hem till ditt äckligt skitiga underlakan i din sunkiga lopplya?

– Vad har mina lakan med saken att göra?

– Du kunde fan inte ens bädda rent när du visste att jag skulle komma.

– Håll käften. Du stör. Paja inte detta nu.

Frida tog ett djupt andetag. Han hade faktiskt bett henne hålla käften. Hålla käften?! Hon tog sats ända från magen.

– Det är först nu jag verkligen fattar vilken fejk du är.

– Vad snackar du om? fräste Peter.

– Begreppet fejk, kära du, borde du ha full koll på. Det är när det fullständigt saknas ett ärligt uppsåt, när det bara är bluff och båg rakt igenom. Sån är du, Peter. Hundra procent fejk rakt igenom. Och förresten ser du ut som en Ullaredsbrat. Och en fjantig Stureplanswannabe är det sista jag vill ha.

– Men...? sa Peter, men Frida hade redan släppt honom med blicken och log nu stort mot den lilla stjärnan.

– Enjoy Stockholm, very nice meeting you, sa Frida.

– Nice meeting you too. Take care, svarade sångerskan välinrepeterat.

Frida vände sig om utan att möta Peters frågande blick och med en ny svikt i steget gick hon målmedvetet därifrån med Åkes ord om att hon kunde ta in på hotell ringande i öronen.

Gunnel hade ätit sina tre bitar löksill med kall potatis och kokt ägg. Nu hade hon plockat undan den minimala disken. Det hann aldrig bli några berg av disk. En kopp, en sked, en tallrik, ett glas, en kniv och en gaffel. En kastrull ibland. Inte som när barnen var små och det var saftglas och kakfat och köttbullssmetsskålar att diska ständigt och jämt. Hon torkade av bänken och hängde disktrasan på kranen. Så öppnade hon köksskåpet och kontrollerade att hon hade tagit sin medicin. Jodå, både för hjärtat och ångesten. Allt var som det skulle, ändå blev hon stående. Mitt i blickfånget stod äggkopparna. Det fanns vanliga, enkla i trä och det fanns några i porslin med tuppar på. Det brukade bli slagsmål om vem som skulle få ha vilken. Erik och Johan hade kivats om dem precis som hon själv och hennes syskon hade gjort när de var små. Hon tog varsamt fram den finaste äggkoppen ur skåpet. Den var av blankt porslin och hade ett litet tupphuvud som frigjorde sig ut från själva bägaren. Kammen hade en gång varit djupt mörkröd, nu var den blekt rosa. Allra längst ut på näbben saknades det en liten bit porslin. Hon kunde precis återuppleva ögonblicket när hon och Birgitta handgripligen hade kivats om vem som skulle få ha den finaste koppen. Birgitta hade segrat med ett hårt storasysterryck men i den framgångsrika rörelsens förlängning hade hon tappat greppet och koppen hade rullat ut över bordet och ner på golvet och förlorat en liten men viktig del av helheten. Mamma hade kommit springande och med ilsken röst frågat vad som pågick. Trots att de egentligen var osams hade Birgitta och Gunnel visat upp en fullständigt enad front; allt var bra, de bara dukade. Då var allt ännu som det skulle. Jörgen levde, Birgitta var en del av familjen. Gunnel ställde in koppen igen, stängde skåpet och gick upp på andra våningen. Hon gick genom hallen, syrummet och sovrummet och vidare in i den gamla barnkammaren där Gunnel och Birgitta en gång hade bott. Hon öppnade det bruna hörnskåpet och kände med handen högst upp till höger på hyllan. Med darrande händer plockade hon ut högen med gamla brev. Hon satte sig sakta ner på det virkade sängöverkastet och knöt långsamt upp det bruna snöret som höll ihop bunten. Hon kunde precis höra moderns formuleringar någonstans i bakhuvudet: ”Vi läser inte brev från en sköka. Hon ska inte få smitta dig med sina tankar. Det är för din egen skull, Gunnel.” Gunnel tittade i taket, bad en kort bön, drog en djup suck och öppnade sedan försiktigt det översta kuvertet. Hon läste under tystnad det korta brevet och sedan brast hon ut i en stilla gråt. Hur kunde mor och far göra så mot sitt eget barn? De offrade henne. För vem? För vad?

Fridas Stockholmsbesök hade inte alls blivit som planerat, men hon hade sovit riktigt gott i en stor bred säng på Hotel Mornington på Nybrogatan och unnade sig ett långt bad i det lyxiga badrummet. Det var ovant med värmegolv, stora speglar, riktade spotlights och välputsade ytor. De senaste månaderna hade hon liksom vant sig vid kyffiga, dåligt upplysta rum. Vid den maffiga frukostbuffén struntade hon i fibrerna och åt bara bacon, äggröra och en stor portion fruktsallad. Hon drack både te och kaffe, läste Dagens Nyheter och Svenska Dagbladet och kände sig ... urban. När hon tänkte på gårdagskvällen på East sved det inte alls som hon trodde. Tvärtom. Hon log åt att hon äntligen hade kommit på något att säga när det verkligen behövdes. Skönt. Det kändes faktiskt skönt.

Hon funderade på hur hon skulle hantera den nya situationen. Hon gjorde ett försök att söka Magnus Nyström på Cartago Copy per telefon för en eventuell intervju, men han var ledig och kunde inte nås. Frida bestämde sig för att gå en promenad på stan, ta en sväng till Jakobsberg och fortsätta samtalet med Johan och sedan bege sig hemåt. Hemåt? Jo, det var nästan så hon tänkte på det nu.

När hon checkade ut från hotellet kom precis en leverans av kvällstidningarna. Hon bläddrade snabbt fram Aftonbladets nöjessidor. Uggla släpper ny skiva, amerikansk dokusåpa till Sverige, chefsbyte på Dramaten. Längst ner i botten, under en stor annons för Kolmårdens djurpark, låg en bild från East med popstjärnan och hennes sällskap. Rubriken var: Stjärnan festade i Stockholm inatt. Under bilden fanns bara en tvåraders bildtext med ungefär samma innehåll. Det var allt. Ingen Peter, ingen byline.

– Ska jag sätta upp tidningen på fakturan? frågade killen bakom disken som höll på med räkningen.

– Nej tack, sa Frida. Jag tror jag hoppar den.

– Det gör du rätt i, sa killen med ett leende. Det står ju ändå inget i den.

12.

Johan och Rosita hade pratat hela natten. Först var det blankt nej. Sedan när de frikopplade tanken från Gunnel och gården blev det plötsligt på ett annat sätt. Om byborna kunde ordna fram ett bra boende till ett vettigt pris inne i själva samhället fanns ju inga direkta hinder. Rosita konstaterade frankt att distansen mellan mor och son helt och hållet var formulerad av Gunnel, inte av Johan. Och vad var det som sa att han måste godkänna den tolkningen? Han hade väl lika stor rätt till sin hembygd som hon till sin? Hade någon av dem egentligen råd att låta en relationsmässig låsning fortsätta att förstöra, år ut och år in? Hade han inte pratat om en omvärldsförändring? För pojkarna skulle det definitivt vara en bättre uppväxtmiljö. Rosita kunde ha sin frisör- och nagelsalong var som helst, och kanske skulle det rentav vara lättare för honom att få jobb som rörmokare där i krokarna?

– Jag tror inte på att din mamma har ett hjärta av sten. Om hon får lära känna Hampus och Linus har jag svårt att tro att hon väljer ensamheten framför dem. Och vill hon hata mig får hon väl göra det. Jag behöver ju inte älska henne heller.

– Men tänk om de inte tycker om oss? hade Johan frågat.

– Ja, den risken finns. Men hur många älskar oss här? Kanske får vi tvärtom en väldigt bra start för att vi hjälper samhället att behålla sin plats på kartan. Vi räddar ju byn. De behöver oss.

– Tänk att nån skulle behöva mig, hade Johan sagt.

– Och mig …

– Det trodde man aldrig. Så vad ska vi säga? hade Johan frågat till slut.

Rosita gav honom en lång blick och tog hans tatuerade hand i sin.

Det kändes längre hem än bort. Två timmars hällande regn gjorde att det tog längre tid också. När hon äntligen körde in i Eksjö och passerade rondellen utanför stationen kunde hon nästan se sig själv stå där, ett par månader tidigare. Och nästa helg skulle hon vänta på perrongen för att möta Cilla. Hur skulle det bli? Överklass-Cilla i hennes lilla torftiga Bruserydslägenhet? Vad kunde de hitta på? Hon fick väl visa tidningsredaktionen, gamla stan med alla fina trähus, Lennarts Café med de goda Budapestbakelserna, men sedan då …? Det fick bli som det blev. Passade det inte fick hon väl åka hem igen.

Samtidigt som Volvon rullade genom stan satt Åke i sin mexitegelvilla ett par hundra meter från rondellen och filade på ett brev. Han skrev om och skrev om tills han slutligen blev nöjd, signerade med bläck och stoppade papperet i ett vitt kuvert. I samma stund, ett par kilometer norrut, stod Annika och betraktade kläderna i sin garderob. Hon provade blusar och kavajer, kjolar och byxor. Till slut hade hon bestämt sig för en knälång jeanskjol, vit skjortblus och mörkblå kavaj. Medan Annika testade olika fraser och ansiktsuttryck framför spegeln gled Fridas vita Volvo vidare ut ur stan.

Det duggade lätt när hon närmade sig Bruseryd. Bilen fångades in av kurvans obehagliga feldosering och hon såg den välbekanta profilen på det grå stenblocket. Gunnel satt böjd med huvudet i händerna. Frida sänkte farten, fällde ut blinkersen, bromsade och parkerade i vägkanten. Hon hade ju ändå en fråga att ställa.

Det drog en oväntat stark vind genom granarna. När den nådde åkerns öppna yta uppstod en ovanlig form av turbulens som fick partiklar av jord och smuts att lämna marken och virvla högt, högt upp i luften. Mitt i luftpelarens centrum började den nedtryckta sanningen sakta vändas upp. En hand, en famn, några tröstande ord och en solstråle som bröt fram bakom virvlande damm och regntunga moln gjorde att Gunnel inte längre mäktade med att kväva det otäcka odjuret som vill upp och ut.

– Det var inte bara den röda bilen, viskade hon tyst mot Fridas axel.

– Vadå, inte bara? svarade Frida lågt.

– Han ringde när det var tio minuter kvar. Han hade lovat det, för att jag ville stå på trappan och möta.

– Vem? Erik?

– Ja, Erik. Jag sa, vad härligt att jag får hem dig för gott nu.

Gunnel log. Frida log tillbaka.

– Då sa han; kom ihåg att det bara är på prov. Vi testar ett år så får vi se sen.

– Jaha…?

– Och då sa jag; flytta hem och ta över gården gör man inte på prov, det är ett ansvar och en livsuppgift och…

Gunnel tystnade. Blicken försvann bort mot skogen och stannade där, stum och inåtvänd. Frida väntade. Först efter någon minut kom närvaron tillbaka och Gunnel fortsatte:

– Så blev vi liksom oense. Osams. Och han sa att han inte kunde köra och prata i telefonen samtidigt för att det var så mycket trafik, och då sa jag att han inte skulle avfärda sin mamma sådär och då var han ju tvungen att svara på det och sedan hörde jag Marie skrika, och sedan ett barn som grät och så blev det tyst, och det bröts.

Rösten sprack och gick över i gråt. Frida la sin arm om den skakande lilla kvinnan.

– Det var mitt fel, viskade Gunnel. Det var jag som gjorde det.

En långtradare for förbi, en traktor blev omkörd av en blå Volvo och en kråka skränade i toppen på en svajande gran i skogsbrynet. De bara satt. Orden sjönk in.

– Hade jag inte bett honom ringa hade det inte hänt… Det var mitt fel, sa Gunnel igen.

Inget hade förändrats. Allt hade förändrats. Frida kramade och tänkte. Tiden gick.

– Ett telefonsamtal dödar ingen, sa hon till sist. Du har suttit här länge nog. Jag tror att Erik skulle önska att du förlät dig själv.

– Det går inte att förlåta. Det går aldrig att förlåta. Det är försent. Inget kan ändra på det.

Frida andades och bestämde sig för att kasta sig ut.

– Det är inte försent för Johan, sa hon stilla.

– Johan…? sa Gunnel.

Frida bet sig i läppen och fortsatte:

– Jag har varit i Stockholm och träffat honom. Han vill flytta hem. Johan, Rosita, Hampus och Linus…

Gunnel vände sakta upp huvudet och en ny glans syntes i det rödgråtna ögat.

– Johan? Vill han flytta hem?

Frida nickade.

Veckan som kom rådde en frenetisk verksamhet i Bruseryd. Aliana skulle börja skolan, Trina skulle på kontroll på BVC, Björkman behövde reparera plogen eftersom Frida bett honom plöja åkern vid Hultet och Eiwor Svantesson och Helen Skogby började planera kakmenyn för nästa veckas möte i missionshuset. Anders Skogby hade tagit kontakt med Magnus Nyström på Cartago Copy och via hans sekreterare fått ett löfte att han skulle infinna sig i Bruseryd följande tisdag klockan sex. Samhällets arbetsgrupper hade träffats och räknat hushåll om och om igen. Hann bara Johan Stålnackes folkbokföringsdata in i tid var de nittionio bofasta. Det fattades alltså en. En endaste en. Frida hade lekt med tanken att själv erbjuda sig, men samtidigt visste hon att hon i så fall riskerade att förlora sitt hyreskontrakt i Göteborg. Det priset var lite för högt. Frida tyckte att Åke kunde fråga Lagerwall. Han kunde väl skriva sig i Bruseryd en kortare tid. Det borde han ha råd med. Tanken på att fråga Micke Molotov slog henne också, men det bar henne emot. Hon ville faktiskt inte gå dit. Och han hade förmodligen sina skäl till att inte skriva sig på orten, annars hade han säkert gjort det för längesen. Frida hade fullt upp med att skriva notiser, artiklar och reportage. Hon gjorde äntligen "En dag på djurkliniken" och fick ett helt uppslag i alla editionerna med fina bilder, som hon tagit själv, på Skogby när han förlöste ett föl. Hon gick på systemet och köpte gott rödvin och handlade rådjurssadel och kantareller för att bjuda Cilla på en festmiddag när hon kom.

Och Cilla kom, och grät. Hon grät över Janne som hade tagits till nåder av sin fru innan Cilla hann sparka ut honom, vilket skapade en känsla av dubbel förnedring. Hon grät över sin outsägligt tråkiga praktikplats, sin usla relation till de ständigt missnöjda föräldrarna, sin rädsla inför att se sin starka, begåvade storasyster förvandlas till ett insjunket psykiskt vrak och hon grät över att hon inte visste vad hon skulle göra med sin tid och med sitt liv. Vid lunchtid andra dagen började Frida känna sig som en jourhavande terapeut. Dessutom hade Dani skickat flera mail där han allvarsamt förklarade att han behövde prata med henne. Ostört. Till sist hade hon helt sonika skickat ut Cilla på en lång promenad med vägbeskrivning. Tre timmar senare började hon bli allvarligt orolig över att Cilla inte hade dykt upp. Hon svarade varken på telefonsamtal eller sms. Frida gav sig ut och körde sin gamla löprunda med bil i båda riktningarna för att se om hon låg skadad i ett dike någonstans, men ingen Cilla. Först vid sjutiden ringde hon, fnittrig och bra i gasen.

– Jag träffade din gamla kompis, Micke. Han bjöd in mig och vi har så jäääävla trevligt, så jag tror jag stannar här inatt, om det är okej? Du blir inte sur nu, va? Lova?! Snälla?

Frida suckade och lovade, halvt besviken, halvt tacksam. Det var på något sätt Cilla i ett nötskal. Alltid nya genvägar.

När det knackade på dörren sent på kvällen trodde Frida att Cilla hade ångrat sig. Så var det inte. Det var Dani som stod utanför med världens största chokladask.

– Godkväll här uppe på vinden. Jag tänkte att du kanske var godissugen?

– Oj, tack. Verkar det så?

– Kanske, fast egentligen ville jag bara ha en anledning att gå hit. Det var så trevligt sist jag blev bjuden på någonting här. Spagetti. Om du minns?

– Jag minns, sa Frida och rodnade. Kom in. Vill du ha te?

– Ja, om vinet är slut blir te bra.

Frida ställde den enorma chokladasken på soffbordet och gick och satte på vattenkokaren. Dani krängde av sig skorna och uniformsjackan innanför dörren. Han gick tyst runt ett par varv i rummet innan han satte sig i soffan. Tekopparna kom på plats. Frida brottades med cellofanomslaget och lyckades till slut få upp asken. De tog varsin bit. Frida först, sedan Dani.

– Vi tog trillingnöt båda två. Såg du? sa Dani.

Frida nickade.

– Du såg ju vilken jag tog, och kunde välja samma.

– Jag kanske hade tänkt ta den redan innan du hann välja. Vem kan egentligen säga när ett initiativ börjar och vad som kom först?

– Det där var ingen schlagertext, va? sa Frida fundersamt.

– Inte än kanske. Den är på gång.

Dani sträckte på sig och fixerade henne med blicken.

– Jag kom för att tala om att jag tänker ta mitt ansvar.

– Vilket ansvar?

– Men, hallå? Är du vaken, eller? Jag är inte som de andra. Jag ställer upp. Livet ut.

Frida tog ett par djupa klunkar av teet. Hon fick det inte att gå ihop. Dani fortsatte:

– Jag har varit i kontakt med din pappa, och han svarade på mail att om du var med på det skulle han inte lägga några hinder i vägen.

Frida satte teet i vrångstrupen och började hosta våldsamt. Det skvätte över hela bordet och ner i chokladasken. Dani skyndade sig att hämta hushållspapper och börja torka upp.

– Andas! Du får inte dö nu, sa han medan han dunkade Frida i ryggen med den ena handen och baddade de blöta chokladbitarna med den andra.

– Har du frågat min pappa om min hand? Är det det du säger? fick Frida ur sig till slut.

– Ja, vadå? Vi har ju gjort det. Då ska mannen ställa upp. Det är man skyldig, sa Dani.

Frida visste inte om hon skulle skratta eller gråta. Allt var bara så ovant och rörande annorlunda. Dani såg oroligt på henne.

– Skrattar du åt mig?

– Inte alls, sa Frida. Jag är bara förvånad. Jag uppskattar det du säger väldigt mycket, men du är faktiskt inte skyldig mig nåt. Vi gjorde det vi gjorde för att vi ville det just då, men vi behöver inte fatta några andra beslut på grund av det.

– Inte? sa Dani besviket. Men… vad ska jag göra då?

– Du behöver inte göra nånting.

– Men jag fattar inte? Hur ska man vara?

Dani såg väldigt ensam och övergiven ut där han satt i soffan och plötsligt kunde Frida ana hur han måste ha sett ut som liten pojke, den släta huden, de stora frågande ögonen, de mörkröda känsliga läpparna.

– Har jag gjort bort mig? frågade han sorgset.

– Nej, sa Frida och skakade på huvudet.

– Säkert?

Frida nickade. Dani suckade och fortsatte:

– Vad ska jag göra med alla fjärilar som åker runt i bröstet då?

– Vara glad över att det rör på sig där inne kanske?

– Just nu är det svårt att vara glad, sa Dani och Frida kunde se hur hakan darrade på honom. Och det där vi gjorde då ...? Kommer det aldrig, aldrig att hända igen?

– Det har jag inte sagt, sa Frida och böjde sig fram över bordet och tog en chokladbit till. Och tänk att du mailade till min pappa. Skrev han nåt mer?

– Han skrev ... att det uppenbarligen var för länge sen ni hördes av.

Det var först tänkt att Mats skulle skriva artikeln eftersom Frida på sätt och vis var inblandad, men när Åke hade funderat ett extra varv tyckte han att det vore fel att någon annan än Frida fick chansen att sätta sitt namn på texten om miraklet i Bruseryd. Det här var Fridas jobb. Det var hon som hade dragit igång debatten, väckt opinionen och fått det att hända. För ett mirakel skulle det bli eftersom Lagerwall hade gått med på att bli den hundrade bofasta invånaren. Den gamle tidningsmagnaten skulle plocka poäng på alla och envar genom att ansöka om permanent adressändring vid sittande bord. Eiwor hade ordnat så att det skulle finnas datoruppkoppling så det kunde ske när alla såg på. Lagerwall hade gjort upp om ett tillfälligt arrende av brukets gamla herrgård. Inte för att han skulle flytta in, men det fick ju i alla fall se så ut. Och ett halvårs hyra var inte mycket med tanke på den PR-vinst han kunde räkna hem.

Åke hade blockat för tre sidor till morgondagens tidning. Kalle Walther, som äntligen blivit av med bandaget, skulle plåta. Dani hade printat ut inbjudningskort och affischer och det tycktes bli ännu mer folk än på det första stormötet. Eiwor och Helen hade bullat upp med smörgåstårta, lättöl, kaffe, bullar, kakor och... champagne. Allt material var framme och hophäftat. Det skulle inte vara någon tvekan om att de hade klarat att uppfylla Cartagos krav. Enda orosmolnet var att Nyström inte hade hörts av under eftermiddagen. Men enligt sekreteraren hade han åkt från Stockholm i god tid och hon hade själv bokat rum åt honom på Vaxblekaregården i Eksjö. Trots att klockan närmade sig sex var det fortfarande ljust ute. En blekt grå, vänlig dager välvde sig som en kupol över det slitna lilla samhället. Traktens alla skator, som hade samlats i tallarna bakom missionshuset, kunde se hur byinvånarna i olika grupper och formationer promenerade mot möteslokalen.

Björkman hade varit och hämtat Aliana, Zana, Trina och Aferdita i en av sina oräkneliga skrotbilar. Det var ju tack vare den familjen allt detta överhuvudtaget var möjligt. Det gick ett sus genom folkmassan när Gunnel steg ur framsätet på Fridas vita Volvo. Denna kvinna som ingen av dem hade vågat närma sig eller prata med fanns nu här mitt ibland dem. Det skapade både respekt, rädsla och beundran. Hur skulle hon bemötas? Vad skulle man säga till någon som har förlorat hela sin familj? Ännu ett mummel väcktes när en ljusblå Toyota parkerade på platsen bredvid och ut klev den förlorade sonen, Johan Stålnacke. Visst gick det rykten om hans vackra, mörka kvinna, men en dag som denna fanns en tyst överenskommelse om att det som hade varit skulle vara glömt och begravet. Att kunna förlåta och gå vidare tycktes vara en nödvändighet för att överleva ute i mörka skogen. När sedan Hampus och Linus hoppade ur baksätet och en av pojkarna gick fram och la sin lilla hand i farmor Gunnels var det mer än ett öga som tårades. Gunnels fårade ansikte, som ingen hade sett le på många år, strålade av nytt och försiktigt hopp. Det var en besynnerligt varm och tillåtande atmosfär inne i det gamla missionshuset. Det var som om människor nu såg på varandra med en annan värme, med en tacksamhet över att vara en nödvändig del av helheten. Var och en var viktig. Alla behövdes. En plats på kartan krävde sammanhållning och gemenskap.

Eiwor, Skogby och Åke skulle hålla i själva mötet. Eiwor ordnade med datorn, Skogby med kompendierna. Frida såg från sin plats hur de småpratade, tittade på klockan och undrade vart Nyström hade tagit vägen. Folk höll på att sätta sig i salen. Aliana gjorde en grundlig inventering av kakbuffén innan hon ivrigt började leta efter bästa platserna åt sig och familjen. Hon paxade slutligen ett par stolar på tredje raden, nära gången. Agnes slog sig ner intill och vinkade åt Dani att det fanns plats för honom också. Just när han skulle sätta sig ville Aliana plötsligt byta plats, vilket gjorde att Zana hamnade på platsen bredvid. När Zana satte sin handväska på golvet mötte hennes blick helt hastigt hans och den som tittade noggrant hade kunnat se en svag rodnad över Danis ansikte.

Frida satt redo med blocket i knät. Hon gladdes åt att få skriva artikeln. Det kändes som en revansch utspelad inför hela byn. Hon sökte efter Åke med blicken, men hittade honom inte. Inte i salen, inte i farstun heller. Hon kastade ett öga mot toaletten. Nej, den lyste grön. Var var han? En kort ilning av panik for genom kroppen. Inte nu igen. Inte en gång till. Fan. Hon la hastigt blocket på stolen och gick med bestämda steg mot utgången. Hon gick ut på trappan. Ingen Åke. Hon gick i vänstervarv runt huset, precis som förra gången. Hon såg Åkes bil. Han satt inte i den. Hon stannade upp en sekund, så hörde hon en låg, välbekant röst:

– Mycket välkomna ska ni vara allihopa. Åke Johansson heter jag …

Frida vände sig om och såg Åke stå vid ett uthus med ryggen mot parkeringen.

– Vad gör du? frågade hon.

– Pissar och repar, ser du väl? Jag kommer nu.

– Är allt okej?

– Det är lugnt! Bara Nyström kommer.

– Så jag kan gå in igen? frågade Frida.

– Absolutely, sa Åke.

Han kom tjugo över med andan i halsen, den bakåtslickade frisyren lite på sned och den välskräddade kostymen skrynklig i skörten baktill på kavajen. Han hade bara hunnit hälsa runt som hastigast innan Åke drog igång mötet och Eiwor och Skogby drog förhistorien och statistiken. Man gjorde en stor grej av att presentera bygdens nya invånare. De fick resa sig upp och vinka mot sina nya grannar, inte Aferdita förstås, men alla de andra. Henry Lagerwall hade efter ett långt anförande gjort ett enormt nummer av att han nu skulle bli samhällets hundrade invånare. Hela församlingen hade högtidligen fått följa adressändringsprocessen på dataskärmen, projicerad på en gigantisk vit duk. Alla applåderade när han till sist klickade på "OK".

Det hela avslutades med att Åke presenterade en överraskning. Dani hade tagit fram en egen karta med namnet Bruseryd i stora, glänsande bokstäver. En sådan skulle alla få med sig hem för att aldrig glömma den här dagen. Presentationen var glasklar och otvetydig. Bruseryd hade uppfyllt alla krav Cartago Copy hade ställt. Nu ville de bara ha ett rungande ja från Magnus Nyström och se sitt namn lysa på den nya kartan.

Nyström rättade till slipsknuten, strök handen nervöst över håret ett par gånger och ställde sig upp. Han hade presentationsmappen med sig, men lät den ligga på stolen. Han harklade sig och tog till orda:

– Jag ber om ursäkt att jag blev så sen. Jag kom iväg lite sent från Stockholm. Vi hade ett extrainsatt möte nu på eftermiddagen.

Han gjorde en paus och letade efter de rätta orden.

– Jag hade hoppats kunna presentera den nya grafiska profilen för er här idag. Vi har jobbat med den i flera månader, och den är för oss ett väldigt omfattande projekt som redan har kostat åtskilliga miljoner. Jag kan lova er att det blev bra. Jag har den där i portföljen.

– Visa den då! ropade Björkman från sin plats på femte raden.

– Jag förstår att ni är nyfikna, fortsatte Nyström. Innan jag går vidare måste jag bara säga att jag är mycket imponerad över det ni har åstadkommit. Jag kunde inte i min vildaste fantasi tro att ni skulle försöka ta er över hundrapersonersgränsen, ännu mindre att ni skulle lyckas. I ärlighetens namn var det väl bara nåt jag slängde ur mig för att få arbetsro.

Det skrockades nöjt i bänkraderna, samtidigt som en försiktig oro började sprida sig. Nyström flackade med blicken över församlingen, vred sina händer och fortsatte:

– Men på det här extrainsatta mötet idag kom det nya direktiv. Det är så det kan bli i en stor organisation.

– Måste man vara tvåhundra nu eller? hojtade Björkman och skrattade åt sitt eget skämt.

– Tyst med dig, väste Eiwor.

– Nej då. Inte alls, sa Nyström. Men, saken är den att ... det blir ingen ny grafisk profil alls.

– Va? sa Björkman.

– Det finns inga pengar. Senaste kvartalet har gått sämre än väntat, så det här projektet är helt enkelt ... nedlagt.

– Nedlagt?! sa Åke rakt ut.

– Ja, tyvärr, sa Nyström.

– Men, vad innebär det för Bruseryd? frågade Frida.

– Egentligen ingenting. Kartan kommer att fortsätta se ut som den alltid har gjort.

– Där Bruseryd är med? sa Åke.

– Precis, sa Nyström.

– Så allt blir vid det gamla? sa Agnes.

– Allt blir vid det gamla, sa Nyström.

Ett sus och mummel uppstod i bänkraderna. Johan och Rosita tittade på varandra. Aliana tittade frågande på Frida. Frida tittade undrande på Åke.

– Så det här som vi har gjort är ... meningslöst? sa Åke.

Det blev helt tyst i salen.

– Va? fortsatte Åke. Är det det?

– I stort sett, sa Nyström. Eller ... det beror förstås på hur man ser det.

Mats mamma reste sig mödosamt ur rullstolen och begärde ordet.

– Men, hur blir det nu med den där kebaben som jag har tänkt på?

– Mamma, det är inte det det handlar om, viskade Mats.

– Ingen skillnad. Jag har alltid bra erbjudande till alla, sa Dani.

Det blev tyst igen. Mötesdeltagarna försökte förstå vad som just hade hänt. Så småningom harklade sig Anders Skogby och tog till orda.

– Det känns förstås väldigt snopet det här. Fast vi kanske kan fortsätta med arbetsgrupperna ändå?

– Men det behövs väl inte längre? sa Björkman och fick bekräftande hummanden från andra i salen.

Huvudskakningar och suckar spred sig som en epidemi bland mötesdeltagarna när Dani reste sig och begärde ordet.

– Men, hallå?! Det låter som om vi har förlorat. Se det från andra hållet. Vi har en plats på kartan och vi är fler än när vi började!

– Jag håller med, flikade Eiwor in. Vi har börjat på nåt nytt. Det ska vi inte släppa.

– Men varför ska vi fortsätta när det inte blir nåt? sa Björkman.

– För vår egen skull kanske? svarade Eiwor.

Dani sträckte upp sin mobiltelefon i luften och fortsatte:

– Min syster skickade precis meddelande. Hon skriver att Stureplan är öken och att hon kan byta adressen hit om hennes kompis också är välkommen. Vad ska jag svara? Är det försent eller inte?

Nyström satte sig ner av pur förvåning. Björkman vände på kepsen ett halvt varv. Frida skrev och skrev.

– Svara att alla är välkomna! sa Agnes högt och stadigt.

Från platsen intill hördes en tunn, oprövad röst på bruten svenska.

– Alla välkomna. Bra.

Blickarna vändes mot Aferdita. Hon hade talat.

13.

Spårvagnen var till brädden fylld av pensionärer, utländska turister och studenter på väg till höstens första skoldag. Den senaste veckans värmebölja hade gjort armar och kinder rödbruna av sol och toleransen för den slappa klädkoden högre än normalt. Det doftade deodorant, parfym och svett när Frida trängde sig av vagnen. Hon småsprang i skuggan längs husen, öppnade den glasklädda entrédörren och skyndade in i den senapsgula hallen. Det sjöng i metallen och ekade mellan våningsplanen när hon tog trappan i dubbla steg. Hon hejdade sig en kort stund framför spegeln och rufsade till det blonda håret. Hennes blick drogs till anslagstavlan intill och hon kunde inte låta bli att dra på munnen när hon såg två välbekanta uppslag – ett ur tidningen Vi, som hade köpt Fridas artikel rakt av och till och med kört samma rubrik: ”Miraklet i Bruseryd”. Dessutom: två sidor ur tidningen Land som hade skrivit om reportern som provocerade det lilla småländska samhället att hitta sin självkänsla igen. På den stora bilden såg man Frida på den numera upplöjda ängen framför torpet. I bakgrunden syntes Aferdita och yngste sonen, Kazan, rensa ogräs. På en gammal rostig traktor i skogsbrynet satt en äldre, mörkhårig man med mustasch och rökte. Till höger i bildkant tittade Aliana in och gjorde V-tecknet och en grimas. Hade man kunnat se bildens förlängning åt vänster hade man också skymtat kon som Skogby så generöst hade bidragit med. På en annan bild stod alla ortens invånare på missionshusets trappa och vinkade mot kameran. Gunnel stod intill Johan.

Dani stod intill Zana, som hade Trina i famnen. Tittade man noga kunde man se att det fanns en liten kontakt mellan Danis långfinger och Zanas tumme.

Frida skyndade vidare genom korridoren och in i föreläsningssalen. Det första som slog henne var hur mycket Ann-Louise hade förändrats. Herregud, hon som hade varit en sådan tönt, nu såg hon ut som värsta modeslaven. Torkel såg exakt likadan ut som han gjort ända sedan utbildningen började – jeansklädd, runda glasögon och snusen rinnande i mungipan. Peter satt längst bak i vit T-shirt och svart kavaj. Det fanns en ledig plats intill. Han vinkade lite tafatt åt henne. Ett halvår som undanskymd nattredigerare, utan rubriker och bylines, hade på något sätt fått honom att krympa. Hans knyck på nacken såg inte längre lika självklar ut. Luggen föll bara fånigt. Leendet kändes inte äkta. Kanske var det något som ingen annan såg, men Frida tyckte att besvikelsen lyste om honom. Hon vinkade tillbaka, men valde att sätta sig på en ledig plats i mitten av rummet.

Rektorn, Rendefors, klev in i sommarblå kavaj och vita jeans och manade till tystnad. Han stängde dörren och började med att hälsa alla välkomna tillbaka till sista terminen, och berättade att det blivit vissa förändringar inför säsongen. Han höll just på att dela ut stenciler med höstens kursplan när dörren for upp med ett ryck. In steg Cilla, vacker som vanligt, i en småblommig, generös sommarklänning. Hon såg stressad och lite arg ut och hastade mot den lediga platsen bredvid Frida.

– Så du kom ändå? viskade Frida.

– Vad fan skulle jag annars göra, svarade Cilla. Jag måste tydligen göra om praktiken, men den här terminen borde jag hinna gå.

– Kul.

– Sådär, sa Cilla.

– Att du är här alltså, sa Frida.

Cilla undslapp sig ett motvilligt leende.

– Hur kan man gå på så många nitar som jag gör? Vilken idiot han var. Varför lyssnade jag inte på dig?

– Lyssna kanske inte är din starka sida.

– Inte mammas och pappas heller. Du kan fatta vad de jublade när jag kom hem med den här, viskade Cilla ironiskt och strök sig över bulan på magen.

– Det är ju ditt liv.

– Tala om det för dem är du snäll, skrattade Cilla lågt.

Rendefors var färdig med puppersexercisen och påkallade uppmärksamhet från katedern.

– Som ni kanske har hört är er huvudföreläsare, Janne Ahlsén, sjukskriven i höst. Det är förstås lite olyckligt, men nu är det som det är. Vi tror att Janne repar sig bara han får vara hemma och ta det lugnt ett tag. Ni får alltså en ny huvudlärare. Han är ytterst välmeriterad, har jobbat inom yrket i över trettio år och kommer direkt från en post som nyhetschef inom tidningsvärlden.

Rendefors gick och öppnade dörren och ropade till sig någon i korridoren. Ett nyfiket sorl utbröt i föreläsningssalen. Rendefors kom in igen, nu i sällskap med en rödlätt man med ljusbrun mockajacka slängd över armen.

– Får jag presentera: Åke Johansson, nyhetschef på Smålandsbladet.

De stod bara och glodde på varandra efter första lektionen – Åke och Frida. Sedan gav han henne en stor, lång kram. Frida tyckte nästan att hon anade en ryckning i hakan på honom. Han var lite slankare än sist och såg ovanligt fräsch ut.

– Hur har du löst det med boende och sånt? frågade Frida.

– Jag hyr en trea på Nilssonsberg i andra hand medan jag känner mig för. Det här är ju bara ett vikariat. Men när nu Jesper kom in på en enstaka kurs här tyckte jag att det var lika bra att våga. Han behövde nånstans att bo och jag behövde börja om. Jag hade suttit för länge på min stol i Eksjö ändå.

– Hur är det med alla på redaktionen då?

– Bra. Lagerwall är i sitt esse förstås. Annika har förresten sagt upp sig.

– Va?

– Hon har börjat på reklambyrå i Nässjö.

– Hur går det med alla barnen då?

– Mats har fått gå ner i arbetstid. Han knorrar lite, men vad fan, har han nu satt dem till världen får han väl stå ut med det. Han hade nog hoppats på att få hoppa in efter mig, men han får ta nästa tåg.

En kvinna i sprakande färgglad klänning och starkt rött läppstift kom gående i korridoren. Kerstin Regnell har i alla fall inte förändrats, tänkte Frida. Hon log stort mot Frida.

– Det kunde man inte tro om dig, Frida. Eller förresten, fel av mig, det var kanske precis just det man kunde. Du gör mycket av lite, vete sjutton hur du bär dig åt. Grattis.

– Tack, sa Frida och önskade att pappa hade hört de där orden, fast att Åke hörde dem kändes också bra.

Kerstin Regnell vände sig mot Åke och frågade:

– Har du tänkt klart? Ska vi gå ut och ta en öl sen?

– Svaret på första frågan är ja. Jag har tänkt klart. Svaret på andra frågan är nej.

– Nähä? sa Kerstin Regnell utan att riktigt kunna dölja sin besvikelse.

Åke gav Frida ett konspiratoriskt ögonkast, och fortsatte:

– Inte en öl, men gärna en kopp kaffe om det kan funka?

– Alltså, den här småländska humorn begriper jag mig inte på, sa Kerstin och skakade på huvudet. Men det får man väl lära sig ...

Frida kände en märklig stolthet växa inombords.

– Jag ska gå nu. Cilla väntar. Vi ses imorgon. Som vanligt, sa Frida mot Åke.

Åke log så att hela snusen syntes.

– Absolutely.

– Du är dig lik, sa Frida och skrattade till åt hans smålandsengelska.

– Jag vet inte riktigt hur jag ska säga, sa Åke, men jag tror på nåt sätt att du fattar om jag bara säger: tack.

– Tack själv, sa Frida och vände sig bort för att det fuktiga i ögat inte skulle synas.

Hon rättade till sin axelväska och skyndade med snabba steg mot trappan. Precis när hon nådde entrédörren plingade det till i mobilen. Sms från Aliana. Frida öppnade meddelandet och läste:

”Hej. Hur mår du? Jag mår bra. Nu har jag två nya namn i min telefonbok! Imårgon ska vi på kalas hos Hampus och Linus för deras farmors syster kommer hem för första gången på femti år. Hon bodde i Värnamo, men det visste ingen. Kom snart tillbaka. PS. Den lilla blå blomman du gav mig när du åkte har fått en ny knåpp. Jag låvar att vattna som du sa. Kram. Hej då.”

Frida blev stående med handen på handtaget en lång stund. Sedan, med ny kraft, öppnade hon den tunga dörren och gick vidare.

Några ord från författaren

Det går inte att förneka att det finns en verklig förlaga till bokens Bruseryd. Mitt emellan Eksjö och Mariannelund, längs riksväg 33 som nu hunnit byta namn till riksväg 40, ligger den gamla bruksorten Bruzaholm. Den som är uppmärksam kan dock notera att bokens landskapssceneri på vissa punkter skiljer sig från verklighetens. Så är också såväl historien som karaktärerna helt och hållet sprungna ur min fantasi. Det finns alltså inga verkliga förlagor till bokens huvudpersoner. Och den här berättelsen hade förstås kunnat utspela sig var som helst i avfolkningens Sverige.

Jag vill rikta ett varmt tack till min förläggare Abbe Bonnier, som trodde på den här historien och på mig trots att han inte hade sett ett enda ord som jag hade skrivit. Jag vill också tacka min pappa, Lennart Hjulström, för ständig uppmuntran och kloka synpunkter. Mycket viktig har också min bästa vän Ninni Jonzon varit för nyfiket frågande om historiens utveckling och oavbrutet stöd i livet. Tack också till Christofer Psilander för research.

Boken tillägnas mina barn, Clara och Oscar, för att de aldrig upphör att inspirera och utmana mig.